HEYNE<

Bisher erschienene
MECHWARRIOR DARK AGE-Romane:

Bd. 1: *Michael A. Stackpole:* Geisterkrieg
Bd. 2: *Loren Coleman:* Der Kampf beginnt
Bd. 3: *Robert E. Vardeman:* Ruinen der Macht
Bd. 4: *Martin Delrio:* Der Himmel schweigt
Bd. 5: *Martin Delrio:* Schatten der Wahrheit
Bd. 6: *Martin Delrio:* Den Toten dienen

Ein Verzeichnis aller weiteren im HEYNE VERLAG
erschienenen BATTLETECH-Romane finden Sie
am Schluss des Bandes.

MARTIN DELRIO

SCHATTEN DER WAHRHEIT

Fünfter Band im
MECHWARRIOR DARK AGE-Zyklus

Deutsche Erstausgabe

WILHELM HEYNE VERLAG
MÜNCHEN

HEYNE SCIENCE FICTION
06/6275

Titel der amerikanischen Originalausgabe
TRUTH AND SHADOWS
Deutsche Übersetzung von
REINHOLD H. MAI

Umwelthinweis:
Dieses Buch wurde auf chlor- und
säurefreiem Papier gedruckt.

Redaktion: Joern Rauser
Copyright © 2003 by Wizkids LLC
All rights reserved
Copyright © 2004 der deutschen Ausgabe und der Übersetzung
by Wilhelm Heyne Verlag, München
in der Verlagsgruppe Random House GmbH
www.heyne.de
Printed in Germany 2004
Umschlagbild: Franz Vohwinkel/Wizkids LLC
Umschlaggestaltung: Nele Schütz Design, München
Satz: Schaber Datentechnik, Wels
Druck und Bindung: GGP Media GmbH, Pößneck

ISBN 3-453-52002-5

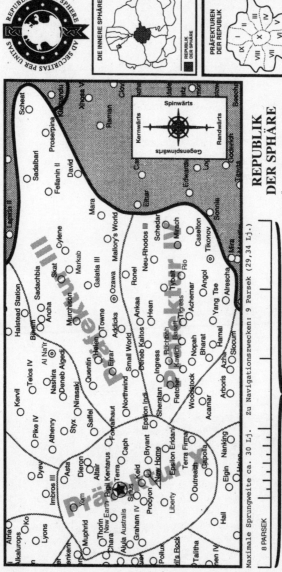

Teil 1

Pirsch
November – Dezember 3133

I

Balfour-Douglas Petrochemicals Bohrplattform 47,
Oilfieldsküste, Kearny, Northwind
Präfektur III, Republik der Sphäre

November 3133, Trockenzeit

Ian Murchison, der MedTech des Balfour-Douglas-Bohrturms 47, lehnte nach einem langen Arbeitstag an der Reling der Aussichtsplattform der Station und schaute in den Nachthimmel. Hier in den niederen Breitengraden an Kearnys Oilfieldsküste war es trotz der Jahreszeit warm. Die Landmasse des Kontinents wirkte nur wie ein dunkler Schatten am östlichen Horizont, und im Westen tauchten die letzten verblassenden Schatten des Sonnenuntergangs das Meer in violettes Licht.

In dieser Nacht stand kein Mond am Himmel und überstrahlte den Rest des Sternenzelts. In der Nacht zuvor hatte Murchison einen Meteorschauer gesehen, für diese Jahreszeit ein ungewöhnliches Ereignis. Vielleicht, vermutete er, war es der Ausläufer vom Schweif eines kleinen, nicht kartographierten Kometen in dessen langer, elliptischer Bahn um Northwinds Sonne, der die Atmosphäre alle paar Jahrhunderte nur einmal streifte. Aber heute Nacht sah er bloß das gewohnte Funkeln der Sterne, deren Licht sich in der schwülen Meeresluft brach.

Es war ein langer, aber auch ein langweiliger Tag gewesen. Doch das störte Murchison nicht. Ab und zu ein bisschen Langeweile konnte ihm durchaus gefallen.

Auf einer Ölplattform waren Tage ohne Langeweile in der Regel das Ergebnis hässlicher Arbeitsunfälle oder plötzlicher Krankheitsausbrüche, und Balfour-Douglas 47 lag an einem unbewohnten Küstenstrich, weit entfernt von einem guten Krankenhaus. Selbst der Hubschrauber zum Abtransport von ernsthaft kranken oder verletzten Besatzungsmitgliedern hatte bei der Ankunft drei Stunden Flug hinter sich – was bedeutete, dass Murchisons Patienten in den meisten Fällen bereits entweder stabil oder tot waren, bevor der Transporter eintraf. Balfour-Douglas 47 hatte keinen derartigen Notfall mehr erlebt, seit Barry O'Maras Blinddarmentzündung mitten in einem Orkan der Windstärke 10, und Murchison hatte es nicht eilig, den nächsten mitzumachen.

Er stieß sich von der Reling ab. Lange genug hatte er die Nachtluft genossen. Jetzt wurde es Zeit, zurück in sein winziges Büro zu gehen, die Prellungen und Schnittwunden des vergangenen Tages festzuhalten, alle Schränke und Schubladen abzuschließen und schlafen zu gehen. Falls sich noch irgendwelche medizinischen Probleme auftaten, würde ihn jemand wecken.

Ein leises Geräusch hallte durch die Nacht, das Klirren von Metall auf Metall. Murchison war mit allen gewohnten Geräuschen, die an einem Tag auf der Bohrplattform entstanden, vertraut und blendete sie zu jeder Tages- und Nachtzeit automatisch aus, sodass er ihre stetige Klangkulisse als Stille empfand. Das jedoch war keines der üblichen Geräusche gewesen. Er blieb stehen und lauschte, aber das Klirren wiederholte sich nicht.

Er zuckte die Achseln. Vielleicht hatte jemand auf einem der anderen Decks der Plattform etwas fallen lassen. Hier draußen auf dem Meer waren Geräusche über weite Strecken zu hören, und das Klirren konnte von überall auf der Bohrstation gekommen sein. Oder möglicherweise war es auch nur das Geräusch der Metallstruktur der Plattform selbst gewesen, die unter der ständigen Belastung nachgab. In dem Fall hätte es bedeutet, dass in ein, zwei Tagen irgendetwas an Bord brechen würde, vermutlich ohne Vorwarnung, und Murchison würde den Pechvogel zusammenflicken müssen, den es dabei erwischte.

Was auch immer, dachte er. Heute Nacht konnte er ohnehin nichts daran ändern. Er setzte seinen Weg fort.

Murchisons Büro war ein kleiner, fensterloser Raum auf dem oberen Verwaltungsdeck der Plattform, gleich neben einem Sprechzimmer mit einer einzelnen Koje. Beide Räume waren wie üblich verlassen. Das Büro enthielt nicht viel Einrichtung: einen Schreibtisch, einen Computer und ein Datenterminal. Falls Murchison es mit Problemen zu tun bekam, mit deren Behandlung er nicht vertraut war, konnte er sie über die Datenverbindung nachschlagen oder bei Bedarf mit Experten besprechen. Auf einem Metallregal stand ein kleiner Trividempfänger. Er schaltete einen Nachrichtenkanal ein und machte sich an die Arbeit. Mit halbem Ohr hörte er die Sportnachrichten – hauptsächlich Rugbyergebnisse –, während er auf dem Computer den Logschirm für den vergangenen Tag aufrief.

> 07.45. Wilkie, Ted. Fußpilz. Behandelt mit Tropensalbe. Arbeitsfähig geschrieben.

Auf dem Trividkanal begann zur vollen Stunde eine neue Nachrichtensendung mit den Schlagzeilen des Tages. Die Hauptmeldung behandelte Anzeichen einer wirtschaftlichen Erholung von den Folgen des Stahlwolf-Angriffs Anfang Sommer. Im Studio kommentierte ein Experte von der Universität New Lanark die Statistiken.

11.56. Barton, Glynis. Verbrennungen zweiten Grades an der rechten Hand, von heißem Öl in der Friteuse der Kombüse. Sterilen Verband angelegt, für zwei Tage leichten Dienst vorgeschrieben.

In den Trividnachrichten folgte der Wetterbericht und eine Meldung über frühe Schneefälle in den Rockspire Mountains, die einen harten Winter erwarten ließen. Es folgten die Vorhersagen für die einzelnen Regionen. Für die südliche Oilfields Küste, an der Balfour-Douglas 47 lag, kündigte der Sender für die Nacht Mindestwerte um 22° Celsius an, und für den kommenden Tag Höchstwerte um 36°.

15.20. Calloway, Tim. Muskelschmerzen und Fieber unbekannter Ursache. Behandelt mit Acetaminophen, zurück ins Quartier geschickt mit Anweisung, sich auszuruhen und reichlich Wasser zu trinken.

Die Mediennachrichten meldeten Pläne der lokalen Sender Northwinds, durch den Zusammenbruch des HPG-Netzes ausgefallene Serien durch zusätzliche Eigenproduktionen zu ersetzen: »Zu diesem Thema ein Interview mit Produzent Brett ...«
Das Licht ging aus, und der Monitorschirm wurde schwarz. Stille senkte sich über Büro und Sprechzimmer. Selbst das leise Summen und Ticken der elektronischen Ausrüstung war abrupt verstummt.
Stromausfall, dachte Murchison.
Jetzt hörte er Lärm: Schwere Schritte hämmerten über die Stahlplatten der Decks. Unten auf Deck C gellte eine Alarmsirene, ein durchdringendes metallisches Kreischen. Der Alarm hatte eine separate Batterie. Einmal ausgelöst, würde er stundenlang durch die Plattform hallen, bis ihn jemand von Hand abschaltete.

Murchison hatte eine Taschenlampe in der rechten Schreibtischschublade. Sie hatte eine rote Linse, damit er sie auch in Notfällen benutzen konnte, ohne seine Nachtsicht zu verlieren. Außerdem lag rechts neben der Tür unter den Kleiderhaken ein Seesack mit Erste-Hilfe-Material. Er schaute auf das Leuchtzifferblatt der Armbanduhr. Er würde fünf Minuten warten, ob der Strom wiederkehrte oder jemand in sein Büro kam, um ihn über die Lage zu informieren. Dann würde er sich selbst auf die Suche machen.

Wieder hörte er Lärm. Ein schrilles Pfeifen, das sich mehrmals wiederholte. Das Prasseln metallischer Einschläge, eine lange Serie von Schlägen, unterbrochen von leiseren, dumpferen Geräuschen. Brüllen – Worte, aber unverständlich –, dann ein Aufschrei.

Diesen Klang kannte Murchison. Jemand war verletzt.

Er holte die Taschenlampe aus der Schublade, griff nach dem Seesack und machte sich auf den Weg.

Zumindest auf diesem Deck regte sich nichts. Das Büro des Stationsmanagers war um diese Nachtzeit ohnehin verlassen. Das Konferenzzimmer wurde nur bei offiziellen Besuchen benutzt. Die Tür des Sicherheitsbüros stand halb offen, aber das Zimmer schien leer. Die Monitorzeilen, die alle lebenswichtigen Räume und Maschinen von Balfour-Douglas 47 überwachten, waren außer Betrieb.

Murchison stieg hinab aufs nächste Deck. Seine Schritte hallten laut auf den Metallstufen. Auf der Treppe hielt er die Ohren offen und war nicht mehr überrascht, als er irgendwo unter sich eine Pistole mehrmals feuern hörte. Ihm wurde bewusst, dass er die Schüsse zählte und mit der Besatzungsliste der Bohrplattform verglich. Zumindest unterbewusst war er bereits zu dem Schluss gekommen, dass hier gerade etwas wirklich Schlimmes vorging.

Er fragte sich, ob er weitergehen oder nicht doch lieber bleiben sollte, wo er war. Falls die Lage so ernst war, wie er befürchtete, hatte es keinen Sinn, sich in seinem Büro zu verkriechen. Sobald sie ihn fanden – wer auch immer »sie« waren –, war er vermutlich ohnehin so gut wie tot. Und wenn er schon sterben musste, dann wenigstens in Erfüllung seiner Pflicht.

Er öffnete die Tür zur nächsten Ebene, auf der sich die Unterkünfte für die Arbeiter und die Einzelkabinen des Verwaltungsstabs befanden. Diesmal schälte der rote Lichtkegel der Taschenlampe mehrere am Boden liegende Körper aus der Dunkelheit.

Zahlreiche Verletzte, dachte er. Das zwang ihn zu einer Triage. Er war der einzige MedTech auf B-D 47, und Hilfe war, falls sie überhaupt kam, noch Stunden entfernt. Falls er irgendetwas von Wert erreichen wollte, war er gezwungen, sich als Erstes an die unangenehme Arbeit zu machen, die Verletzten in drei Kategorien zu sortieren: diejenigen, deren Behandlung warten konnte; diejenigen, die er durch sofortige Hilfsmaßnahmen retten konnte, und diejenigen, denen nicht mehr zu helfen war.

Er hatte keine Ahnung, was vor sich ging, nur, dass es schlimm war. Das Einzige, was ihm in den Sinn kam, war: zu tun, wofür er ausgebildet war.

Er atmete tief durch. »Alle, die noch gehen können, zu mir.«

Keine Reaktion. Also gab es zumindest in Hörweite keine Leichtverletzten. Er lief weiter und ging neben dem ersten Opfer in die Hocke. Einschusswunden einer Feuerwaffe hatten eine blutige Spur quer über den Körper gezogen. Er versuchte eine Mund-zu-Mund-Beatmung. Ohne jeglichen Erfolg. Er zog einen schwarzen Anhänger aus dem Vorrat in der Seitentasche des Seesacks, befestigte ihn an der Leiche und ging weiter.

Dem nächsten Opfer hatte vermutlich ein Lasergewehr den halben Schädel weggebrannt. Der Geruch von verbranntem Fleisch stieg Murchison in die Nase, aber der Mann atmete noch. Diesmal ein roter Anhänger: sofortige medizinische Behandlung, sobald Hilfe eintraf. *Falls Hilfe eintrifft.* Er verdrängte den Gedanken und setzte seinen Weg fort.

Der dritte Körper lag in einer sich ausbreitenden Blutlache. Ein Arm, an dem noch der sterile Verband zu sehen war, den er am Vormittag angelegt hatte, zuckte schwach. Er kniete sich hin und streckte die Hand aus, um an der Halsschlagader nach einem Pulsschlag zu tasten, dann erstarrte er, als das Geräusch von Schritten an sein Ohr drang. Er schaute hoch. An einem Paar hoher Lederstiefel entlang, vorbei an wohlgeformten Schenkeln in einer dunklen Hose, zu einer Hand mit einer schweren Pistole.

Die Hand hob die Waffe und feuerte. Die Überlebende, um die sich Murchison gekümmert hatte, war keine mehr, und dem MedTech wurde klar, dass er, falls er nicht unglaubliches Glück hatte, ebenfalls tot war. Diese Erkenntnis hatte einen seltsam beruhigenden Effekt. Er setzte sich nach hinten auf die Fersen und schaute ganz hoch.

Er sah eine Frau in enger Hose und anliegender Lederjacke, das lange schwarze Haar fest nach hinten gezurrt. Sie schaute lächelnd zu ihm herab, und die Kombination ihres Körpers und Gesichts wäre verführerisch genug gewesen, sämtliche erotischen Fantasien seiner Pubertät zu erfüllen ... hätte sie nicht gerade erst Glynis Barton mit einem Kopfschuss hingerichtet.

Aber Ian Murchison hatte sie nicht erschossen. Noch nicht. Er atmete einmal kurz durch, dann noch einmal, um seine Stimme unter Kontrolle zu bekommen, und fragte: »Wer sind Sie und was tun Sie hier?«

»Ich bin Anastasia Kerensky«, antwortete sie. »Diese Plattform gehört jetzt mir. Und weil es Verschwendung wäre, einen MedTech zu töten, der bewiesen hat, dass er seinen Dienst auch unter extremen Umständen erfüllen kann – gehörst du mir jetzt auch.«

2

Passagiersalon der Touristenklasse, Landungsschiff *Pegasus*,
unterwegs von Addicks nach Northwind
Präfektur III, Republik der Sphäre

November 3133

An den meisten Abenden war der Touristenklasse-Salon des Landungsschiffes der *Monarch*-Klasse *Pegasus* nach dem Abendessen gut besucht, und das, obwohl es seit dem Zusammenbruch des Hyperpuls-Kommunikationsnetzes keinen nennenswerten interstellaren Tourismus mehr gab. Heutzutage hatten die weitaus meisten Reisenden wichtigere Gründe, aus einem Sonnensystem in ein anderes zu fliegen, als den Wunsch nach einem exotischen Urlaubsziel. Aber trotzdem gab es in der Republik der Sphäre noch viele Menschen, die zu einem bezahlbaren Preis auf eine andere Welt mussten.

Der Salon in der Touristenklasse verfügte über eine Bar, jedoch nur über einen Barmann, und die Passagiere mussten sich ihre Getränke selbst holen, statt Bedienungen hin und her zu schicken. Die Beleuchtung war hell und sachlich, statt eine gedämpft beleuchtete Privatatmosphäre zu schaffen. Tische, Polsterung und Boden wirkten etwas abgenutzt. Man sah, dass hier gespart worden war, um die Erste Klasse noch besser herausputzen zu können.

Doch das Essen in der Touristenklasse stammte aus derselben Küche wie das in der Ersten Klasse. Das Besteck war statt aus Silber aus Edelstahl und die Servietten bestanden aus Papier statt aus zu Schwänen und Sternen gefaltetem Leinen. Doch die Mahlzeiten waren von derselben Qualität.

Nach langen Monaten im Kampfeinsatz auf Addicks waren Kapitänin Tara Bishop Silberbesteck und Leinenservietten herzlich gleichgültig. Gutes, heißes Essen statt Feldrationen und kalte, starke Drinks reichten völlig, sie zufrieden zu stellen. Die Northwind-Regimenter hatten sie nach Hause gerufen, und die Rückkehr war dringend genug, dass man ihr sogar den Flug bezahlte ... allerdings nur Touristenklasse. Schließlich war Northwind nicht aus Geld gemacht. Kapitänin Bishop hätte den Differenzbetrag für ein Erster-Klasse-Ticket aus eigener Tasche bezahlen können – der größte Teil ihres Solds für die Zeit auf Addicks brannte ihr ein Loch in die Börse –, es war ihr die Mühe jedoch nicht wert.

Außerdem war es ihr in der Ersten Klasse zu still und wohlerzogen. Die Touristenklasse schien lustiger. Sie konnte jeden Abend Poker spielen, bis der Barmann den Salon schloss, um die Tische abzuräumen und die Gläser zu waschen. Kapitänin Bishop spielte gerne Poker, und sie war gut genug, um meist zu gewinnen. Viel mehr hatte es auf Addicks zwischen den Kämpfen gegen Katana Tormarks Des Drachen Zorn – und danach gegen Kev Rosses Geisterkatzen – nicht zu tun gegeben. Also hatte sie die Zeit genutzt, ihr natürliches Talent zum Bluffen zu schärfen.

Ihr Ticket deckte Unterkunft und Mahlzeiten an Bord der *Pegasus* ab und auf Northwind wartete ein neuer Posten auf sie. Sie konnte es sich leisten, mit ihrem ganzen Restsold zu zocken, ohne sich Sorgen zu machen, falls sie verlor. Zumindest für Bishop lag der Reiz des Spiels in der Möglichkeit, ihr Können zu beweisen. Die Erregung des typischen Spielers bei der Aussicht, groß abzuräumen oder alles zu verlieren, war ihr fremd.

Zwei der drei übrigen Spieler an diesem Abend waren aus demselben Holz geschnitzt wie sie. Tara Bishop hatte sie am Abend zuvor zum ersten Mal in Aktion gesehen. Sie hatte sich mit ein paar Stones Gewinn aus dem Spiel verabschiedet, doch war sie dabei noch mehr oder weniger nüchtern gewesen, im Gegensatz zu einigen der anderen am Tisch. Der Mann mit der Augenklappe und die Frau mit dem Dolch im Ärmel – sie glaubte vermutlich, er sei versteckt, aber Bishop hatte Erfahrung auf diesem Gebiet – hatten sich dagegen den ganzen Abend am selben Drink festgehalten.

Das hatte Bishop neugierig gemacht. Von dieser Neugier getrieben, war sie länger aufgeblieben und hatte vom Datenterminal ihrer Kabine aus die Passagierliste eingesehen. Eigentlich hätte sie dazu nicht in der Lage sein dürfen, aber das Leben bei den Northwind Highlanders hatte Kapitänin Bishop eine ganze Reihe nützlicher Fähigkeiten eingebracht, und das unbemerkte Eindringen in Computersysteme stand ziemlich weit oben auf dieser Liste.

Der Mann mit der Augenklappe und die Frau mit dem Dolch – Farrell und Jones, so alltägliche und nichts sagende Namen, dass sie höchstwahrscheinlich als falsch gelten konnten – waren unabhängig voneinander an Bord gekommen, und die Dokumentspuren, die sie hinterlassen hatten, führten auf verschiedene Planeten. Es gab keinen Anlass, sie als Komplizen zu betrachten. Aber ihr Gefühl sagte ihr, dass sie unter einer Decke steckten, und zwar aus demselben Grund, aus dem sie an Bord Poker spielte: aus schierer, überwältigender Langeweile.

In diesem Moment hatte Kapitänin Tara Bishop beschlossen, sich am kommenden Abend zu amüsieren.

Jetzt saßen vier Personen am Pokertisch: Bishop, Farrell, Jones und der schlaksige junge Herr, den die beiden allem Anschein nach ausnehmen wollten. Bishop und die beiden Spieler waren nüchtern. Das Opfer des Abends war es, wie nicht anders zu erwarten, nicht.

Das Opfer – Thatcher Wilberforce oder Wilberforce Thatcher, Bishop war sich nicht sicher, welcher der Vor- und welcher der Nachname war – hatte momentan auch deutlich mehr gewonnen als Jones und Farrell. Vermutlich war das Absicht. Die beiden Spieler machten sich einen Spaß daraus, ihn euphorisch werden zu lassen, damit er sein Urteilsvermögen mit reichlichen Drinks einschläferte, bevor sie sich wie Krähen auf ein Stück Aas auf ihn stürzten.

Ha, dachte sie und verbarg ihre Verachtung unter einer Maske hohler Leutseligkeit. *Macht, dass ihr weiterkommt. Für euch gibt's hier heute kein totes Fleisch. Ich werde euch schon zeigen, wo Bartel den Most holt.*

Erst musste sie jedoch Thatcher loswerden, oder Wilberforce, oder wie auch immer er hieß. Bishop unterdrückte ein erwartungsvolles Grinsen und setzte ihren Plan in Marsch, indem sie sich zu dem jungen Mann umdrehte.

»Sie haben heute Nacht das Glück gepachtet«, beklagte sie sich. »Ich komme kaum mit, und die beiden hier« – sie wedelte mit der Hand zu Farrell und Jones hinüber – »sitzen praktisch auf Grund.«

Thatcher blinzelte. »Irgendwann muss sich das Glück mal wenden. Ist wohl nicht ihre Nacht heute.«

Tara Bishop hatte Mühe, ihre Gesichtszüge unter Kontrolle zu halten. *Himmel hilf*, dachte sie. *Der Kerl ist nicht nur besoffen, er ist auch noch blöde. Einen solchen Gimpel zu rupfen sollte verboten sein, wie das Abschießen unter Naturschutz stehender Arten.*

»Vielleicht verlieren die beiden heute Nacht«, erklärte sie, »wer aber wird gewinnen? Das ist die Frage.«

Thatcher strahlte das fröhliche Grinsen des naiven Dummbeutels. »Sieht ganz nach mir aus, oder?«

Bishop setzte eine nachdenkliche Miene auf. »Oh, ich

weiß nicht.« Sie deutete auf ihren Stoß Jetons. »Ich kann mich nicht beklagen.«

»Aber Sie haben weniger als ich.«

»Genau darauf will ich hinaus. *Ihr* Glück ist *meinem* Glück im Weg, und es wird mich abdrängen, wenn die beiden« – wieder winkte sie zu Farrell und Jones hinüber – »absaufen.«

Jones, die Frau mit dem versteckten Dolch, schaute plötzlich auf. »He, Moment ...«

Bishop schnitt ihr mit plötzlicher Feindseligkeit das Wort ab. »Still. Thatcher und ich diskutieren, wer Sie nachher ausnimmt.«

Sie sah Jones an, dass es sie juckte, handgreiflich zu werden. *Noch jemand, der das Spiel bei schummriger Beleuchtung und noch schlechteren Manieren gelernt hat.* Aber die Spielerin schluckte ihre wütende Antwort hinunter und steckte zurück. Schließlich war die Jagd noch nicht vorüber, und es wäre dumm gewesen, die Beute zu verschrecken.

Bishop wandte sich wieder zu Thatcher um. »Ich sehe das so: Jemand wird den beiden heute Nacht ihr Geld abnehmen, und dieser Jemand sind entweder Sie oder ich.« Sie schenkte dem jungen Mann ein zuversichtliches, leicht angesäuseltes Lächeln. »Ich habe einen Vorschlag für Sie.«

»Was für einen Vorschlag?«, fragte Thatcher. Er war offenbar noch nicht zu betrunken, um Vorsicht wenigstens vortäuschen zu können.

»Wir heben ab«, sagte sie. »Wer die höhere Karte hat, bleibt im Spiel, wer die niedrigere hat, nimmt sein oder ihr Geld und geht.«

Thatcher wirkte unschlüssig. »Ich weiß nicht ...«

Nein, du weißt allerdings überhaupt nichts, dachte Kapitänin Bishop. *Genau deshalb bist du auf dem direkten Weg, dein letztes Hemd zu verspielen.* Laut sagte sie: »Auf diese Weise verschwenden wir unser Glück nicht aneinander.«

Sie sah ihm an, dass er schwankte. Jones und Farrell ignorierten einander, doch Bishop spürte ihre Gedanken: Ganz gleich, wie es ausging, ihnen blieb ein Opfer. So oder so würden die beiden ihren Spaß haben.

Gut, dachte sie. *Behaltet diese Gedanken noch ein wenig im Hinterkopf.*

Zu Thatcher sagte sie: »Ich setze fünfzig Stones.«

Die Augen des jungen Mannes funkelten. »Fünfzig Stones *und* ein Platz am Tisch?«

»Genau.«

»Gemacht.«

Tara Bishop nahm das Kartenspiel, mischte und schob den sauber ausgerichteten Stapel zu Thatcher hinüber, damit er abheben konnte. Er drehte die Karo 2 um. Sie nahm das Spiel zurück, mischte noch einmal und hob selbst ab. Da sie keinen Bedarf sah, sich aufzuspielen, begnügte sie sich mit dem Pik-Buben.

Es gab mehr als eine Fertigkeit, die man beim Kartenspiel erlernen konnte. Kapitänin Bishop hatte auf Addicks – aber nicht nur dort – die Langeweile bekämpft, indem sie sich die meisten davon angeeignet hatte.

»Tut mir wirklich Leid«, sagte sie zu dem jungen Mann. Na ja, so jung nun auch wieder nicht, vielleicht sogar etwas älter als sie, aber, hilf Himmel, im Vergleich zu ihm fühlte sie sich sehr alt. »Vielleicht kommt Ihre Nacht ja noch.«

Bishop schaute mit einem Ausdruck freundlicher Beschränktheit zu, wie Thatcher seinen Gewinn einsammelte und den Salon verließ. Dann drehte sie sich mit einer radikal anderen Miene zu Farrell und Jones um.

»So, der ist aus dem Weg«, stellte sie fest. Sie nahm die Karten und mischte. »Und jetzt, Freunde ... spielen wir eine ehrliche Partie Poker.«

3

Sporthalle, Neue Kaserne, Tara, Northwind
Präfektur III, Republik der Sphäre

November 3133, Winter

Die Sporthalle der Neuen Kaserne in Tara war erheblich größer als der Name vermuten ließ. Der gesamte Komplex, weiträumiger als viele öffentliche Stadien, diente der körperlichen Ertüchtigung aller im Fort oder irgendwo sonst in der planetaren Hauptstadt stationieren Northwind Highlanders. Darüber hinaus war er Heimstätte für die Sportmannschaften des Regiments. Das weite Kuppeldach der Halle spannte sich nicht nur über die Hauptarena, sondern deckte auch eine Reihe von Spezialanlagen ab: Schwimm- und Sprungbecken, Räume mit Gerätschaften fürs Krafttraining und Hallen mit Matten, Sprossenwänden und Spiegeln, in denen die Soldaten des Regiments die verschiedensten Disziplinen trainieren konnten, vom Fechten bis zum Volkstanz.

Countess und Präfektin Tara Campbell von Northwind und Paladin Ezekiel Crow hielten sich in einem der kleineren Trainingsräume auf. Sie waren allein. An den Wänden der Halle saßen weder Zuschauer noch andere Athleten. Nur die Taschen mit Wasserflaschen und Sportgerät, die Crow und die Countess mitgebracht hatten, standen auf den Bänken. Um keine Gerüchte aufkommen zu lassen, hatte Tara Campbell die Tür der Halle offen gelassen.

Die Gräfin, eine zierliche Frau mit platinblondem

Haar, trug eine weite weiße Trainingshose und eine von einem schwarzen Gürtel gehaltene Kampfsportjacke. Der Paladin war ähnlich gekleidet. Die Steppjacke, die ihn im Freien gegen die Novemberkälte schützte, hatte er nun ausgezogen, die dünnen Lederhandschuhe allerdings noch nicht. Das dunkle Hemd und die schwarze Hose, die er unter der Jacke getragen hatte, waren weit genug geschnitten, um volle Bewegungsfreiheit zu gewähren, konnten aber zur Not als legere Alltagskleidung durchgehen.

Nur gab sich Crow niemals leger, dachte Tara. Seine einfache Kleidung trug keine offensichtlichen oder versteckten Hinweise auf Fähigkeiten oder die Ausbildung in bestimmten Disziplinen. Und sie hatte den starken Verdacht, dass er sie auch genau deshalb gewählt hatte. Er würde kaum versuchen, damit einen Mangel an Kenntnissen zu überspielen, denn niemand brachte es bis zum Paladin der Sphäre, ohne bewaffnet ebenso wie unbewaffnet seinen Mann stehen zu können. Also war er vermutlich ein Könner.

Ein Könner – und verschlagen dazu.

Tara entschied, dass ihr das gefiel. Sie hatte selbst schon die Masche »Schlag mich nicht, ich bin süß und harmlos« bei Gegnern angwandt, die dumm genug waren, darauf hereinzufallen. Sie lächelte Crow an.

»Ich muss Ihnen dafür danken, dass Sie hierzu bereit waren. Ich brauche die Übung, und es ist nicht leicht, jemanden zu finden, der in der Lage ist, für die Dauer des Trainings zu vergessen, dass ich die Präfektin und Countess bin. Jedenfalls lange genug, um mir einen vernünftigen Kampf zu liefern.«

»Ich habe selbst zu lange auf ein Training verzichten müssen«, erwiderte Crow und lockerte sich mit ein paar Drehbewegungen. »Und das aus ähnlichem Grund. Sie tun mir also auch einen Gefallen. Was meinen Sie? Fünf Minuten? Erster Sturz oder über die Linie?«

»Über die Linie.« Mit einem trockenen Grinsen fügte Tara hinzu: »Angesichts der Last von Rang und Position werde ich in der vorhersehbaren Zukunft wohl keine andere Option haben.«

Crow verbeugte sich leicht. »Sie wissen es wohl am besten. Und wo ist die Linie?«

Tara versuchte mit aller Gewalt teilnahmslos dreinzublicken. Innerlich jedoch strahlte sie. Crows Antwort zeigte ihr, dass er sich – wie erhofft – in dem bevorstehenden Zweikampf nicht aus fehlgeleiteter Höflichkeit zurückhalten würde.

»Nehmen wir doch diese Fliesenreihe«, schlug sie vor und deutete mit dem Fuß auf die dekorative Abgrenzung in der Mitte der Trainingshalle. »Der Erste, der sie überschreitet ...«

»Zahlt einen Preis nach Wahl des Gewinners«, beendete der Paladin den Satz. »Es ist immer gut, wenn es um etwas geht.«

»Soll mir recht sein. Regeln?« Wären sie in derselben Tradition ausgebildet worden, hätte sie sich diese Frage sparen können, aber auch das war eine Information, die Crows ungewöhnliche Sportkleidung verheimlichte.

»Nichts, was zu einer dauerhaften Verletzung oder zu einer Reduktion unserer Fähigkeiten führen könnte, Northwind zu verteidigen.«

Tara nickte. »Klingt vernünftig. Das heißt also ... Keine Angriffe auf die Augen, aber in die Ohren beißen ist erlaubt.«

»Falls die Countess of Northwind den Wunsch verspürt, mich ins Ohr zu beißen, darf sie das gerne versuchen«, antwortete Crow, und Tara hatte den Eindruck, dass er dabei sanft lächelte. »Fangen wir an?«

Sie erwiderte das Lächeln. »Aber sicher.«

Wieder verbeugte sich Crow. Diesmal setzte er die Bewegung zu einer Rolle vorwärts fort, aus der er kurz vor ihr wieder hochkam, allerdings noch außerhalb ihrer Reichweite.

»Netter Zug«, lachte sie und wirbelte mit einem waagerechten Tritt nach vorne, der ihn aus der Reserve locken sollte.

Er fiel auf das Manöver nicht herein – sie wäre auch überrascht gewesen, hätte es geklappt –, sondern zog stattdessen einen Handschuh aus und schleuderte ihn ihr ins Gesicht. Sie duckte sich, und im selben Moment, in dem sie den Blickkontakt verlor, griff er seinerseits mit einem Sensentritt an.

»Sie haben«, – Tara drehte sich halb und fing den Tritt mit dem Unterarm ab – »die Handschuhe bewusst anbehalten, was? Nicht schlecht.«

Sie bekam das Bein zu fassen, drehte es, und Crow folgte der Drehung, um keine Verletzung zu riskieren. Er stürzte, zog die Beine an und stand augenblicklich wieder auf den Füßen, frei und noch näher als zuvor.

»Die Countess schmeichelt mir«, stellte er fest und legte ihr den Arm um die Schultern. Mit der Hand fasste er den dünnen Stoff ihres Hemds. Er zog sie herum, dann schob er den anderen Arm unter ihre Achselhöhle und in ihren Nacken, von wo aus er ihren Kopf nach vorne drückte. »Wie wäre es mit einem kleinen Spaziergang?«

Er drehte sie durch den Druck auf den Hinterkopf und zwang sie auf die Linie der roten Bodenfliesen zu, die den Rand ihres Kampfbereichs markierte. Er ging unmittelbar hinter ihr, den Körper fest an den ihren gepresst. Es war nicht mehr weit.

Kurz bevor ihr Fuß – von Crows überlegener Körperkraft dazu gezwungen – die Linie hätte überschreiten müssen, hob Tara die freie Hand und schlug sie auf die Hand in ihrem Nacken. Sie drückte fest zu, sodass der Paladin die Hand nicht mehr zurückziehen konnte. Im selben Augenblick kreuzte sie die Beine und ließ sich nach vorne fallen.

Sie vollführte einen linkisch wirkenden Überschlag, aber Crow blieb nichts anderes übrig, als ihr zu folgen. Entweder das, oder er riskierte, ihr den Hals zu brechen – und gleichzeitig die Regeln ihres Duells. Sie fiel, sie rollte ab und trug sie beide über die Fliesenlinie. Dann entspannte sie sich.

»Sie haben die Linie überschritten«, stellte Crow fest. Durch ihr Manöver lag er unter ihr, sie spürte seinen Atem auf der Nackenhaut, als er sprach.

»Ich denke«, gab Tara zurück, »Sie haben den Boden zuerst berührt. Paladin.«

Ein Moment der Stille.

»Ja«, bestätigte Crow. »Das Gefühl habe ich auch.«

Welche Antwort sie darauf gegeben hätte, sollte Tara Campbell selbst nie erfahren. Sie hörte Schritte und stand hastig auf, gerade rechtzeitig, um Brigadegeneral Michael Griffin in der offenen Tür der Halle stehen bleiben zu sehen. Sie erkannte, dass sie unerwartet hitzig wirken musste, und war sich ebenso bewusst, dass Crow – weniger erhitzt als plötzlich hyperkorrekt – aufstand und zwei Schritte entfernt stehen blieb, auf angemessene Distanz achtend.

Crows dunklerer Teint machte es schwierig, seine Gefühle zu erkennen. Tara hatte diesen Vorteil nicht und stellte verärgert fest, dass ihr Gesicht vermutlich rot war. Sie konnte nur hoffen, dass der General diese Farbe der körperlichen Anstrengung des Trainings zuschrieb und keiner unerwünschten Emotion. Michael Griffin und Ezekiel Crow waren nicht allzu gut miteinander ausgekommen, als der Paladin auf Northwind eingetroffen war, und Griffin war alles andere als erfreut gewesen, dass Crow auf Wunsch des Exarchen Damien Redburn geblieben war, um Northwind beim Wiederaufbau zu helfen. Der Gedanke, die Gräfin und der Paladin könnten einander mehr als politische Unterstützung geben, hätte ihn erst recht verärgert.

Aber General Griffin, wie immer in frisch gestärkter Uniform und bis auf den roten Schnurrbart, der sein einziges Zugeständnis an persönliche Eitelkeit zu sein schien, glatt rasiert, war ein Exempel an Höflichkeit.
»Mylady. Paladin Crow.«
Tara wischte sich eine Haarlocke aus dem Gesicht. Es wurde wieder einmal Zeit, zum Friseur zu gehen, dachte sie. Seit ihrer Jugend trug sie das Haar bürstenkurz, doch die letzten Monate waren so hektisch gewesen, dass es ungewöhnlich lang gewachsen war.

»Was führt Sie hierher, General?«, fragte sie und ließ den zweiten Teil der Frage – *Und hätte es nicht warten können?* – unausgesprochen.

Aber natürlich hatte es nicht warten können. General Griffin hätte einen ihrer seltenen Freizeitmomente niemals ohne einen ausgezeichneten Grund gestört, und seine Miene ließ daran auch keinen Zweifel zu.

»Nachrichtendienstliche Meldungen, Mylady. Das letzte am Raumhafen eingetroffene Landungsschiff hat beunruhigende Nachrichten von unseren Agenten im All gebracht, insbesondere von unseren Agenten auf Tigress.«

Tara verschluckte einige Worte, die sich für eine ohnehin schon verschwitzte und unelegante Adlige nicht schickten. Tigress war die Heimatbasis der Stahlwölfe, der Mitglieder des Wolfsclans in der Republik der Sphäre. Wie verschiedene andere Fraktionen waren auch die Stahlwölfe seit dem Kollaps des HPG-Netzes darauf aus, sich ein Stück aus der Republik herauszuschneiden, aber Präfektin Tara Campbell dachte nicht daran, das zuzulassen. Von Tigress stammende Truppen unter dem Befehl der neuen Anführerin der Stahlwölfe, Anastasia Kerensky, hatten vor weniger als einem Jahr Northwind überfallen und waren erst nach schweren Kämpfen zurückgeschlagen worden.

»Was ist auf Tigress los?«, fragte Ezekiel Crow.

»Unseren Agenten zufolge«, erläuterte Griffin, »sind

die Stahlwolf-Einheiten, die von Tigress zum Angriff auf Northwind aufbrachen, noch nicht in die Vier Städte zurückgekehrt.«

»Ist das alles?«

Griffin schüttelte den Kopf. »Wir haben auch Berichte über weitere Einheiten erhalten, die Tigress mit unbekanntem Ziel verließen.«

Tara hatte ihre Verärgerung inzwischen unter Kontrolle und fragte: »Wie aktuell sind diese Meldungen?«

»Nicht so aktuell, wie ich es gerne hätte, leider. Der Bote musste das Landungsschiff dreimal wechseln, einmal davon in die falsche Richtung, bevor er riskieren konnte, an Bord eines Schiffes Richtung Heimat zu gehen.«

»Haben wir Meldungen über irgendwelche Stahlwolfaktivitäten in Präfektur III nach dem Datum dieses Berichts?«, wollte Crow wissen.

»Stahlwolfaktivitäten schon«, antwortete Griffin. »Aber nur unbedeutende Geplänkel, und keine der Meldungen über diese Angriffe erwähnt Anastasia Kerensky.«

»Könnte sie herausgefordert worden sein und ihre Position verloren haben?«, fragte Tara sich. »Sie wäre verwundbar gewesen, nachdem sie im Sommer gegen uns unterlag.«

»Möglich ist es«, nickte Griffin. »Aber ein neuer Anführer hätte dafür gesorgt, dass man ihn kennt, mindestens auf Tigress, und unsere Agenten dort haben keine bedeutenden Veränderungen in der Befehlsstruktur der Stahlwölfe gemeldet.«

Einen Moment lang herrschte grimmiges Schweigen in der Halle. Dann fasste Tara in Worte, was sie alle dachten: »Die Schlampe führt was im Schilde. Ich spüre es in den Knochen.«

4

Passagierkabinen der Touristenklasse, Landungsschiff
Pegasus, unterwegs von Addicks nach Northwind
Präfektur III, Republik der Sphäre

November 3133

Dianna Jones – seit sie alt genug war, ein Messer zu führen, bei Freund und Feind als ›Dagger Di‹ bekannt – hatte miserable Laune. Die eigentlich so viel versprechende Pokerpartie war ganz und gar nicht nach Wunsch verlaufen. Schlimmer noch, beim Verlassen des Salons hatte ihr Jack Farrell mitgeteilt, dass er in seiner Kabine mit ihr reden musste. Aber sie hatte absolut keine Lust, sich mit irgendjemandem zu unterhalten, und schon gar nicht mit Einauge Farrell.

Doch persönliche Neigungen zählten nicht, wenn es um die Arbeit ging. Und das hier *war* Arbeit. Sie flog ganz sicher nicht zum Spaß oder für ihre Gesundheit in der Touristenklasse nach Northwind.

Wütend folgte sie Jack in dessen Kabine. Abgesehen von der Lage war sie identisch mit ihrer eigenen: ein kleiner, kompakter Raum mit einer in die Seitenwand eingelassenen Koje und Staufächern darüber und darunter. Die Nasszelle war eine senkrechte Art Kapsel in einer der anderen Schottwände. Passagiere, denen Ellbogenfreiheit wichtiger war als Privatsphäre oder Bequemlichkeit, konnten die geräumigeren Waschräume am Ende des Ganges benutzen. Die beiden verbliebenen Schottwände der Kabine enthielten zum einen die Luke und zum anderen eine Kombination aus Schreibtisch und Unterhaltungskonsole. Der Tisch wies ein Trivid, ein Disklaufwerk, einen Computer und eine Kommkonsole auf. Außerdem stand dort der einzige Stuhl.

Dagger Di setzte sich an den Tisch, ohne auf eine Einladung zu warten. Sie zog den Stuhl unter der Tischplatte vor und setzte sich verkehrt herum hin, wobei sie darauf achtete, zwischen Farrell und dem Ausgang zu bleiben. Ihr Boss mochte Farrell vielleicht trauen, aber eher würde die Hölle zufrieren, als dass sie diesen Fehler jemals beginge. Natürlich bemerkte Farrell, was sie tat, aber er lachte nur, zuckte die Achseln und streckte sich auf der Koje aus.

»Vergiss es, Schätzchen. Wir haben Arbeit.«

»Ja, klar.« Di war wütend und nicht in der Stimmung, von einem Augenblick zum anderen umzuschalten. »Wer zum Teufel ist diese Northwind-Schlampe überhaupt?«

Farrell grinste selbstgefällig. »Du solltest dir häufiger die Passagierliste ansehen. Sie ist Kapitän in einem der Highlander-Regimenter. Reist in Zivil. Ist in Addicks an Bord gekommen, also hat sie in letzter Zeit reichlich Kämpfe mitgemacht.«

»Und es macht dir überhaupt nichts aus, dass sie mit der ganzen Kohle abgezogen ist?«

»Nicht wirklich. Es war schließlich nicht unsere.«

»Doch war es«, fauchte Di. »Wir haben es gewonnen.«

»Und sie hat es zurückgewonnen. So spielt das Leben, Di, Schätzchen.«

Di ließ sich nicht besänftigen. »Ich hatte Pläne mit diesem Geld. Und nenn mich nicht ›Schätzchen‹.«

»Dann mach halt neue Pläne. Es sei denn ... Du hast doch wohl nicht mit Spesengeld gespielt?«

»O Gott, nein!« Di schüttelte heftig den Kopf. »Seh ich *so* dumm aus?«

»Nein«, antwortete er mit einem nervösen Blick auf ihre Messerhand.

Dazu hat er auch allen Grund, dachte sie. Nach allem, was zwischen ihnen vorgefallen war, konnte Farrell nicht so dämlich sein und glauben, sie würde mit dem Geld ihres Auftraggebers spielen. Schon gar nicht, nachdem ihr momentaner Auftraggeber Jacob Bannson von Bannson Universal Unlimited war.

Bannson beschäftigte nur die Besten – Dagger Di litt nicht unter falscher Bescheidenheit, was ihren oder Jack Farrells Wert betraf. Und er behandelte seine Angestellten korrekt. Er erfüllte seinen Teil eines Vertrags auf den Buchstaben genau, und er bezahlte seine Leute ihrem Wert entsprechend. Aber mit denen, denen Bannsons großzügige Bezahlung nicht reichte, die ihn bestahlen oder betrogen, rechnete er schnell und gnadenlos ab ... und in aller Regel, ohne die örtliche Justiz zu bemühen.

»Ich habe nur die frei verfügbaren Reisemittel benutzt«, erwiderte Di. »Genau wie du. Es sei denn, *du* hattest plötzlich einen Anfall von Schwachsinn.«

»Was nicht der Fall war. Und hörst du mich über verspieltes Geld lamentieren? Außerdem, falls ich kein erheblich schlechterer Menschenkenner bin, als ich denke, bekommen wir unsere Chance, es zurückzugewinnen.«

»Nicht solange Blondie im Salon auf Posten ist. Da haben wir keine Chance.«

»So weit würde ich nicht gehen. Sie wollte nur den armen alten Thatcher vor dem Bankrott bewahren.«

»Wilberforce«, korrigierte Di.

»Wie auch immer. Unter ihrer Fassade langweilt das Bordleben die gute Kapitänin Bishop um nichts weniger als uns. Solange wir ehrlich bleiben, ist sie für ein Spiel bestimmt zu haben.«

»Ehrlich!« Di lachte bitter. »Das Abheben war getürkt.

Und der Pik-Bube ist einäugig. Meinst du, sie wollte uns damit sagen, dass sie weiß, wer wir sind?«

»Ich meine, sie wollte Wilberforce aus dem Spiel haben, und sie hat bekommen, was sie wollte.«

»Und trotzdem willst du weiter gegen sie spielen? Vielleicht bist du doch nicht so schlau.« Di wurde nachdenklicher. »Sie kann was. Ich hoffe, wir treffen nicht im Feld auf sie.«

»Alles ist möglich«, stellte Farrell fest. »Erst recht in unserem Geschäft. Und es kann nie schaden, sich mit dem Stil eines anderen Spielers vertraut zu machen.«

5

Fort Barrett, Oilfieldsküste, Kearny, Northwind
Präfektur III, Republik der Sphäre

November 3133, Trockenzeit

Fort Barrett war eine wohlhabende Kleinstadt an Kearnys Oilfieldsküste. Der Regimentsposten hatte ursprünglich als Polizeistation für den abgelegenen Distrikt gedient. Im Lauf der Jahre war eine Ortschaft um das Fort herum entstanden, und in den letzten Jahrzehnten hatte die Erschließung der Ölvorkommen vor der Küste der gesamten Region zu Wohlstand verholfen. Heutzutage war Fort Barrett ein angenehmer, wenn auch abgelegener Posten. Hier dienten häufig Einheiten, die sich anderenorts im Kampf ausgezeichnet – und erschöpft – hatten, und jetzt mit anspruchslosem Dienst in ruhiger Umgebung dafür belohnt wurden.

Momentan genoss Will Elliotts Kundschaftereinheit diese Belohnung. Im vergangenen Sommer hatten Will und seine Kameraden mit Oberst – inzwischen Brigadegeneral – Griffin den Eingang des Red-Ledge-Passes gegen die Stahlwölfe gehalten und damit Tara Campbell und Ezekiel Crow Zeit verschafft, die Verteidigung der Hauptstadt zu organisieren. Und sie hatten auch ohne eine Möglichkeit zur Erholung an der letzten Schlacht auf der Ebene teilgenommen. Sie hatten schwere Verluste erlitten, erst recht für eine Einheit frisch ausgehobener Rekruten, aber sie hatten die Stellung gehalten. Und nachdem der Schlamm getrocknet war und die Stahlwölfe Northwind verlassen hatten, hatte man sie nach Fort Barrett geschickt, damit sie sich in der Sonne erholen konnten.

Will war nach der Invasion zum Lance Corporal befördert worden, aber soweit er das feststellen konnte, lasteten die mit diesem Rang verbundenen Pflichten nicht allzu schwer. Das Leben in Fort Barrett war alles in allem angenehm. Das Wetter war gut, die Umgebung malerisch und die tägliche Routine besaß etwas Tröstliches. Er schrieb einmal in der Woche seiner Mutter, bestätigte ihr, dass er gesund und guten Mutes war, und jeden Zahltag ging die Hälfte seines Soldes automatisch auf ihr Konto.

Gelegentlich machte er sich Sorgen um seine Mutter. Jean Elliott lebte inzwischen in Kildare bei Wills Schwester Ruth und hatte noch immer nicht entschieden, was aus ihrem Haus in Liddisdale werden sollte. Das Haus, in dem Will und seine beiden Schwestern aufgewachsen waren und in dem Will gelebt hatte, bis ihn der Verlust seiner Stelle als Bergführer gezwungen hatte, Soldat zu werden, war bei den Kämpfen im Sommer schwer beschädigt worden. Falls es bis zum Frühjahr nicht wiederaufgebaut wurde, würde höchstens noch der Boden, auf dem es stand, irgendeinen nennenswerten Wert haben.

Es war später Nachmittag am Posttag, und Will hatte seiner Mutter gerade den Brief für diese Woche geschickt, einen handgeschriebenen Brief, weil sie die Kommkonsole ihrer Tochter nicht benutzen mochte. Sie machte sich Sorgen, Ruth könnte ihr die Verbindungskosten übel nehmen, obwohl seine Schwester Will mehr als einmal versichert hatte, dass davon keine Rede sein konnte. Außerdem hatte er ein großes, aber weiches Päckchen aus Kildare abgeholt, das vermutlich handgestrickte Wollsocken enthielt. Seine Mutter strickte ihm jeden Winter neue Socken. Hier an der Oilfieldsküste würde er zwar kaum Bedarf für warme Socken haben, aber wenn er über das Leben als Soldat eines gelernt hatte, dann war es dies, dass man nie wusste, wohin man als Nächstes unterwegs war.

Er verließ die Poststelle mit dem Sockenpäckchen unter dem Arm und trat hinaus ins grelle Sonnenlicht des Paradeplatzes. Der Himmel war von so tiefem Blau, dass einem die Augen tränten, und eine steife Brise wehte über den Platz. Die Banner Northwinds, des Regiments und der Republik der Sphäre knallten an den Masten. Es roch nach Salzwasser und tropischen Blumen, mit einem leichten Unterton entfernt liegender Ölraffinerien. Über den sorgsam gepflegten Blumenrabatten unter den Fenstern der Poststelle brummten und wuselten zahllose Insekten.

Er stand in der Mitte des Paradeplatzes und seine Augen hatten sich noch immer nicht völlig an die Helligkeit gewöhnt, als ihm Truppführer Murray über den Weg lief, ein kleiner, muskulöser Mann mit der scheinbar wundersamen Fähigkeit, selbst auf dem schlammigsten Schlachtfeld eine frisch gestärkte Uniform zu tragen.

»Elliott«, hielt Murray ihn an.

Will blieb stehen. »Truppführer.«

»Ich habe Sie gesucht.«

Von einem Truppführer gesucht zu werden, war unter keinen Umständen gut. Hastig durchforstete Will seine Erinnerung nach möglichen Fehlern und Übertretungen, fand aber nichts. Er unterdrückte die trotzdem aufkommende Panik und wiederholte in respektvoll fragendem Tonfall: »Truppführer?«

»Die Kompanie hat ein Problem, Elliott. Jetzt, da Foster runter nach Halidon geht, um mit den Kröten zu trainieren, fehlt uns ein Lance Sergeant. Das heißt, wir müssen jemanden befördern, und der Kapitän ist der Ansicht, dass Sie dieser Jemand sind.«

»Ich, Truppführer?« Will starrte Murray mit leerem

Gesicht an. Die Beförderung zum Lance Corporal hatte ihn nicht sonderlich überrascht. Er hatte gewusst, dass er das Zeug dazu hatte, und außerdem hatten sie am Red-Ledge-Pass genug Leute verloren, um Beförderungen auf jeden Fall notwendig zu machen. Doch er hatte nicht gedacht, die Lage wäre so ernst, dass es nötig sein würde, ihn noch einmal zu befördern.

»Soll ich Kapitän Fletcher ausrichten, er wisse nicht, wovon er redet?«, fragte Murray.

»Nein, aber ...« Will stockte. Ihm drängte sich ein unangenehmer Gedanke auf. »Truppführer, zieht irgendwo Ärger auf, über den niemand reden will?«

Murray musterte ihn mit zufriedener Miene. »Momentan gibt's keinen Ärger, aber Sie können die richtigen Fragen stellen, Elliott. Das ist gut. Erscheinen Sie morgen früh um 10 im Verwaltungsgebäude, um die Papiere zu unterschreiben.«

Sie trennten sich, und Will setzte in leicht benebeltem Zustand den Weg in die schattige Kühle der Kaserne fort. Dort fand er seine Freunde Jock Gordon und Lexa McIntosh, die das Ende des Tagesdienstes ruhig angingen.

Jock, ein muskulöser Hüne von einem Kerl, war ein Bauernsohn aus New Lanark, der Jüngste von zu vielen Brüdern, und Lexa, eine zierliche Frau mit schwarzbrauner Haut, hatte sich mit den Jugendbanden im Hinterland Kearnys herumgetrieben, bis ein Richter – der möglicherweise ein Potential in ihr gesehen hatte, von dem sie selbst nichts wusste – ihr die Wahl zwischen der Verpflichtung bei den Highlanders oder Gefängnis gelassen hatte. Momentan polierte Jock die bereits glänzenden Knöpfe und Schnallen seiner Ausgehuniform, und Lexa lag bäuchlings auf ihrem Bett und las eine sechs Monate alte Ausgabe von *ModeSphäre*.

Sie schaute aus dem Magazin auf, als Will herüberkam. »He, Will. Hier steht, vorne offene Pumps kommen wieder in Mode. Meinst du, ich sollte mir vom nächsten Sold ein Paar zulegen?«

»Aber ganz sicher«, bemerkte Jock, als Will nicht antwortete. »Die kommen bei den langen Märschen bestimmt gut.«

»Ob du's glaubst oder nicht, ab und zu geh ich auch schon mal wohin, ohne vierzig Kilometer am Stück zu marschieren und anschließend jemanden umzubringen.« Lexa musterte Will, der noch keinen Ton gesagt hatte. »Will? Alles in Ordnung?«

Er ließ sich auf sein Bett fallen und klammerte sich an das Päckchen von seiner Mutter. »Äh«, sagte er. »Ja. Alles in Ordnung. Mir geht's gut. Wirklich.«

»Na, aussehen tust du wie jemand, der gerade eins mit einer sandgefüllten Socke über die Nuss gekriegt hat. Nicht, dass ich aus persönlicher Erfahrung wüsste, wie so jemand aussieht.«

Jock legte den Lappen und die Dose mit Politur zur Seite und schenkte Will seine ganze Aufmerksamkeit. »Schlechte Nachrichten von Zuhause?«

»Nein.« Die Antwort kam leiser, als Will beabsichtigt hatte. Er versuchte es noch einmal, und diesmal klang seine Stimme normal. »Es ist ... Truppführer Murray sagt, ich werde befördert. Zum Lance Sergeant.«

Lexa drehte sich zu Jock um. »Ich hab dir gesagt, es passiert noch vor Silvester. Her mit der Kohle.«

Will blickte zwischen den beiden hin und her. »Heißt das etwa, außer mir haben es alle kommen sehen?«

Jock grinste. »Aye.«

»Was mache ich jetzt?«, fragte Will mit kläglicher Stimme.

»Deinen Job, was sonst?«, antwortete Lexa. »Aber in der Zwischenzeit haben wir Zahltag und noch hat dir keiner die Streifen ans Hemd gepinnt. Also gehen wir heute Nacht feiern, solange du noch arm und bescheiden genug bist, dich mit so etwas wie uns abzugeben.«

6

Tara, Northwind
Präfektur III, Republik der Sphäre

November 3133, Winter

Zum ersten Mal seit Jahren war Kapitänin Tara Bishop wieder in der Stadt, deren Namen sie trug – genau wie die Countess of Northwind. Während sie fort gewesen war, hatte sich einiges ereignet und eine Menge verändert. Sie war nichts weiter als eine unerfahrene Subcommanderin gewesen, als sie aufgebrochen war, um bei den Highlander-Einheiten im All zu dienen. Die Republik der Sphäre war eine zufriedene und friedliche Nation gewesen und das problemlos funktionierende HPG-Netz hatte für den regelmäßigen, beinahe direkten Kontakt über interstellare Distanzen gesorgt, der die verschiedenen politischen Einheiten der Republik zu einem Ganzen verwob.

Die Subcommanderin Tara Bishop hatte in jenen Tagen nicht mit Kampfeinsätzen gerechnet, die über gelegentliche Scharmützel mit Raumpiraten oder Extremisten hinausgingen. Und besonders der Kampf gegen Letztere war ihr besonders unfair erschienen, da sie generell an chronischem Geld- und Materialmangel litten. Sie stellten die letzte Hoffnung ewiger Verlierer und hoffnungsloser Romantiker dar.

Aber das war damals, erinnerte sich Bishop, während sie sich den Weg durch die Straßen der Hauptstadt bahnte. *Hier ist jetzt.*

Und ›jetzt‹ bedeutete ein Universum, in dem das

Hyperpuls-Netz zusammengebrochen war, zerstört durch die eine oder andere aus einem Dutzend verschiedener Gruppierungen, die es alle gewesen sein wollten, wenngleich Kapitänin Bishop überzeugt war, dass die wirklichen Täter ganz woanders zu suchen waren und gar nicht daran dachten, sich zu erkennen zu geben. In diesem neuen Universum hoben sämtliche Randgruppen und Splitterparteien in der Inneren Sphäre plötzlich eine eigene Armee aus und versuchten, sich eine Einflusssphäre zu schaffen. Zum Beispiel Des Drachen Zorn auf Addicks. Und während Bishop dort im Kampf gestanden hatte, um einen friedliebenden Planeten ohne stehendes Heer zu seiner Verteidigung vor den gierigen Krallen des Kurita-Drachen zu schützen, hatte jemand ihre eigene Heimatwelt überfallen.

Zu ihrer unausgesprochenen, aber tiefen Erleichterung zeigten Northwinds Hauptstadt und Raumhafen nur geringe Spuren der Kämpfe. Sie wusste aus den Berichten, die sie auf dem Flug von Addicks gelesen hatte, dass die Entscheidungsschlacht abseits bebauter Gebiete stattgefunden hatte, im Agrar- und Weidegebiet des Tieflands nördlich von Tara. Sie hatte Bilder gesehen und wusste, spätestens nach der übernächsten Ernte würden die meisten Narben des Gefechts verschwunden sein.

Die Bauernhöfe und Dörfer an der Straße durch den Red-Ledge-Pass hingegen waren nicht so glimpflich davongekommen. Kapitänin Bishop war in diesem Gebiet wiederholt Ski gefahren und hatte Bergtouren unternommen, und sie erinnerte sich an die Ortsnamen in den Berichten über die Verwüstungsspur, die die Stahlwölfe hinterlassen hatten: Harlaugh, Liddisdale, der Killie Burn, allesamt verwüstet oder vergiftet. Es würde Jahre dauern, diese Schäden zu beheben.

Die Veränderungen in der Hauptstadt, die ihr auffielen, als sie darauf achtete, waren versteckter. Soldaten in Uniform waren ein häufigerer Anblick als in den Tagen vor dem HPG-Kollaps, ein Hinweis darauf, dass die Highlander-Regimenter zum ersten Mal seit Jahrzehnten zusätzliche Truppen aushoben. Die Preise waren höher, als es Bishop in Erinnerung hatte, von Krieg und Ungewissheit in die Höhe getrieben. Sie war froh, dass sie ihren Sold von Addicks behalten und durch bedachtes Pokerspiel aufgestockt hatte, und ebenso froh, dass sie darauf zählen konnte, in der Neuen Kaserne ein Bett und warme Mahlzeiten zu finden.

Doch alles der Reihe nach. Bevor sie sich in ihrem neuen Quartier einrichten konnte, musste sie sich mit ihren neuen Befehlen bei Präfektin Tara Campbell melden. Sie hatte sich vor dem Ausschiffen Zeit zum Duschen genommen, eine frische Uniform anzuziehen, einen Hauch von Make-up aufzulegen – nicht zu viel, gerade genug, um zu zeigen, dass sie den Anlass ernst nahm – und das kurze blonde Haar zu einer Art Frisur zu bürsten.

Wenigstens bin ich naturblond, dachte sie. *Ich weiß sicher, dass die Countess ihr Haar färbt.*

Dieser respektlose Gedanke heiterte sie auf, als sie mit einem kurzen Vorzeigen ihrer Ausweiskarte durch das Eingangstor des Forts trat und sich auf den Weg zur Neuen Kaserne und einer weiteren Ausweisüberprüfung machte, bevor sie Tara Campbells Büro betreten durfte. Die Countess war anwesend. Wie alles auf Northwind hatte sich auch Tara Campbell verändert, seit Kapitänin Bishop sie zuletzt gesehen hatte. Sie wirkte älter als bei ihrer Begegnung mit Bishop auf Addicks, und müder. Als hätte sie schon viel zu lange keine Nacht mehr durchgeschlafen.

Sie wirkte auch härter, auf eine Weise, die Bishop nicht genau beschreiben konnte. Hätte sie es in Worte fassen müssen, so hätte sie bestenfalls sagen können: Die Präfektin sah aus wie jemand, der wichtige Entscheidungen hatte treffen müssen.

Kapitänin Bishop salutierte und überreichte ihre Order. »Kapitänin Tara Bishop meldet sich wie befohlen zum Dienst, Ma'am.«

»Stehen Sie bequem, Kapitänin. Bitte, nehmen Sie Platz.« Die Präfektin wartete mit einem höflichen Lächeln, während Bishop gehorchte. Sie war unter Diplomaten aufgewachsen und hätte vermutlich selbst dann noch höflich gelächelt, wenn ihr jemand die Haare angezündet hätte. Dann fuhr sie fort: »Ich sehe, Sie sind meine neue Adjutantin.«

»Ja, Ma'am«, bestätigte Bishop.

»Ausgezeichnet.« Wieder lächelte die Präfektin, und diesmal wirkte es ehrlich. »Seit der Schlacht im Tiefland habe ich mich mit zeitweilig abgestelltem Personal zufrieden geben müssen, und es hat weniger gut funktioniert, als mir lieb gewesen wäre. Jemanden zu haben, der mit den Verantwortlichkeiten der Position zurechtkommt, könnte mir etwas Ruhe verschaffen.«

»Ich hoffe, meine Sache gut zu machen, Ma'am.«

»Natürlich werden Sie das. Ihr Oberst ist sehr angetan von Ihnen. Er hätte Sie nicht für diesen Posten empfohlen, wenn er Sie nicht auch für geeignet halten würde.«

»Ja, Ma'am.« Bishop erinnerte sich daran, wie sie sich bei ihrem Oberst darüber beschwert hatte, Addicks verlassen zu müssen. Er hatte ihr erklärt, dass ein Posten als Adjutantin der Präfektin ein großer Schritt die Karriereleiter hinauf war, für den die meisten ehrgeizigen jungen Offiziere verdammt dankbar sein würden. Er hatte ihr auch erklärt, dass die Countess of Northwind keine Politikerin in Uniform war. Sie würde sich nicht im Hintergrund halten, falls es zu Kampfhandlungen kam, und ihre Adjutantin würde genug Schlachtfelder sehen, um auch den größten Tatendrang zu befriedigen.

»Zuerst müssen wir eines klarstellen«, bemerkte Tara Campbell. »Wenn Sie mir als Adjutantin eine Hilfe sein wollen, müssen Sie offen reden, so wie auf Addicks. Nichts von diesem ›Ja, Ma'am‹-, ›Nein, Ma'am‹-Zeugs. Sag's, wie's ist und lass den Teufel sich schämen, wie mein Vater es ausdrückte.«

»Ja, Ma'...« Kapitänin Bishop unterbrach sich. »Ich werde mein Bestes tun. Aber draußen im Feld ist das erheblich leichter.«

Die Countess of Northwind lachte. »Glauben Sie mir, Kapitänin Bishop, Sie sind nicht die Erste, der das auffällt.«

7

›Riggers' Rest‹, Fort Barrett, Oilfieldsküste,
Kearny, Northwind
Präfektur III, Republik der Sphäre

November 3133, Trockenzeit

Der letzte Ort, an dem Anastasia Kerensky bei ihrer Rückkehr nach Northwind erwartet hatte, einen Abend zu verbringen – mehr als einen Abend, um genau zu sein –, war inkognito bei einem Bier in einer Kneipe in Fort Barrett, nicht einmal mit ihrem Offiziersvertrauten und gelegentlichen Liebhaber Nicholas Darwin als Begleitung. Täuschungsmanöver und Verkleidungen entsprachen nicht ihrem Naturell. Während sie auf Dieron und Achernar als Tassa Kay für die Republik gekämpft hatte, hatte sie die unübersehbaren Leistungen ihres anderen Ichs genossen und nicht einmal versucht, ihr Aussehen oder ihr Auftreten zu verändern. Tassa Kay war einfach eine von den Zwängen durch Clan und Blutname befreite Version Anastasia Kerenskys gewesen, frei, sich in jeder Hinsicht so zu benehmen, wie es ihr gefiel. Sie hatte es genossen, Tassa Kay zu sein.

Aber diesmal war sie gezwungen gewesen, eine Identität anzunehmen, die ihr so fremd war, dass sie sich an ihr scheuerte wie an einem schlecht sitzenden Schuh. Sie hatte das für sie typische, glänzend schwarze Haar mit rötlichen Glanzlichtern zu einem matten Braun aufgehellt. Es war für diese Rolle notwendig, um nicht aufzufallen, doch sie würde froh sein, wenn es damit vorbei war. Ihre anliegende Lederjacke und die enge Hose hatte sie gegen eine praktische Reisekleidung getauscht: robuste Stiefel mit dicken Sohlen und Wollsocken; eine kurze Wanderhose, ein weites Oberhemd und einen weichen Hut mit breiter Krempe; Rucksack und Wanderstock.

Die gesamte Ausstattung stammte aus den Spinden der besetzten Bohrplattform. Der MedTech, Ian Murchison, hatte ihr die Sachen auf ihren Befehl hin zusammengesucht, ebenso wie die Haartönung, wenn auch mit einer Miene, die ausdrückte, dass ihm diese Arbeit nicht behagte. Alles in allem jedoch akzeptierte der einzige Überlebende der Bohrturmbesatzung seinen Status als Leibeigener so, wie man es von einem Nicht-Clanner erwarten konnte.

Nicholas Darwin war ähnlich ausstaffiert, und aus derselben Quelle. Allerdings fand Anastasia, dass ihm der Wandervogel-Look weit besser stand als ihr. Er war von kompaktem Körperbau, nicht zu groß, aber ziemlich stark, wie es sich für einen Krieger gehörte, der seine Kämpfe in der engen Kabine eines Panzers focht. Die kurze Hose brachte seine dunkle Haut und die muskulösen Beine ausgezeichnet zur Geltung.

Anastasia und Nicholas warteten jetzt seit über einer Woche im ›Riggers' Rest‹, getarnt als Touristen auf einer Wandertour die Oilfieldsküste entlang. Sie hatten sich auch eine Erklärung für ihren fremdartigen Akzent zurechtgelegt, aber Fort Barretts boomende Ölindustrie hatte in den letzten Jahrzehnten so viele Fremdwelter angelockt, dass niemand sie darauf angesprochen hatte.

Sie waren wegen einer mysteriösen kodierten Botschaft hier, die über die Hauptkommanlage auf Balfour-Douglas 47 eingetroffen war. Eine derartige Nachricht hätte Anastasia Kerensky eigentlich nie erreichen dürfen. Kommunikations- und Geheimdienstspezialisten der Stahlwölfe arbeiteten angestrengt daran, jede Unterbrechung im üblichen Strom der Nachrichten und Berichte aus der Station zu verhindern. Soweit es die Außenwelt betraf, ging auf Balfour-Douglas 47 alles seinen gewohnten Gang.

Trotzdem war eine Nachricht eingetroffen, und aus einer Quelle, die niemals hätte wissen dürfen, wo sie war, geschweige denn, wie man sie erreichen konnte: *Fort Barrett. Ein Ort Ihrer Wahl. Ich finde Sie. Reden wir über ein Geschäft.*

Diese Nachricht hatte sie veranlasst, seit zwölf Tagen einheimisches Bier aus schweren Glaskrügen zu trinken und getrocknete und gesalzene Quallenhaut zu essen. Die Quallenhaut war eine populäre lokale Kneipenknabberei, von der Sorte, die Touristen einmal und nie wieder probierten. Inzwischen machte sich Anastasia langsam Sorgen, sie könnte auf den Geschmack kommen.

»Das schmeckt mir nicht«, stellte sie fest.

»Jetzt bin ich überrascht«, erwiderte Nicholas Darwin. »Das ist die zweite Schale, die du heute Abend geleert hast.«

»Nicht das Essen. Das Warten auf eine Person, die ihren Namen nicht nennt.«

»Du hast gesagt, du wüsstest, von wem sie stammt.«

Anastasia nahm einen tiefen Schluck aus dem Bierkrug. Sie wünschte sich, es wäre Wodka, aber das ›Riggers' Rest‹ gehörte nicht zu den Lokalen, in denen man guten Stoff bekam. Außerdem war Wodka der Lieblingsdrink ihres Alter Egos Tassa Kay, und hier war sie nicht Tassa Kay. Sie war nur Anastasia in Verkleidung.

»Wir wissen beide, von wem sie stammen muss«, sagte sie. »Aber er wird nicht selbst hier erscheinen. Also warten wir wie die Narren auf irgendjemanden, den wir nicht erkennen werden, wenn er auftaucht.«

Es kostete sie Mühe, bei dem Gedanken nicht das Gesicht zu einer wütenden Fratze zu verziehen. Aber unscheinbare Wanderer taten so etwas nicht. Sie würde weiter warten, sie würde der Person zuhören, die der Absender der Botschaft, der glaubte, er hätte Geschäftliches mit den Stahlwölfen zu besprechen, schickte. Und eines Tages, wenn ihre Angelegenheiten hier auf Northwind ein für alle Mal geklärt waren, würde Anastasia Kerensky diesem Jemand unmissverständlich zeigen, was es bedeutete, mit dem Wolfsclan ins Geschäft zu kommen.

Aber offenbar nicht heute. Die Bardame hatte Nicholas Darwin gerade einen frischen Krug Bier und einen kleinen, zusammengefalteten Zettel gebracht.

»Von der Dame da drüben«, erklärte sie.

Anastasia schaute, ohne den Kopf zu wenden, hinüber und sah eine junge rothaarige Frau in modischer, aber praktischer Kleidung – sofern ›praktisch‹ gleichzusetzen war mit ›geeignet, Waffen zu verstecken‹. Nicholas Darwin öffnete die Botschaft, las sie und reichte sie wortlos an Anastasia weiter.

Die Lady muss allein mit mir reden. Zimmer 9
im ersten Stock, in zehn Minuten.

»Du solltest nicht allein gehen«, bemerkte Darwin, nachdem sie die Botschaft gelesen hatte. »Es könnte eine Falle sein.«

»Falls ich nicht allein gehe, verschwindet sie, und wir müssen von vorne anfangen. Und ich bin es leid, in Fort Barrett Bier zu trinken.«

»Zugegeben«, gestand er ein. »Selbst Bier wird irgendwann langweilig. Was tue ich inzwischen?«

»Du wartest hier unten und lauschst. Falls du mich deinen Namen rufen hörst, kommst du mit gezückter Waffe hoch.«

Darwin nickte. »Mache ich.«

»Gut.«

Zehn Minuten vergingen. Die andere Frau hatte den

Raum kurz nachdem die Bedienung ihre Nachricht überbracht hatte verlassen. Andere Gäste kamen und gingen, Raffineriearbeiter verließen das ›Riggers' Rest‹, und Soldaten aus dem eigentlichen Fort Barrett kamen, als Anastasia aufstand und ihr Bier leerte.

»Es ist Zeit. Du wartest hier, und denk daran: Spitz die Ohren.«

Sie stieg die schmale Treppe zum ersten Stock der Gastwirtschaft hoch und folgte dem Korridor zu Zimmer 9 am äußersten Ende. Die Tür stand einen Spalt offen.

Anastasia gab ihr einen Stoß. Sie öffnete sich. Anastasia trat ins Zimmer und die Tür schloss sich. Da sie keinen Riegel schnappen hörte, unterdrückte die Stahlwölfin fürs Erste den Impuls, mit Gewalt zu reagieren, und schaute sich nach der anderen Frau um.

Sie fand sie an einem Schreibtisch in der Ecke des Zimmers, die der Tür gegenüberlag.

»Hallo, Galaxiscommander«, eröffnete die Frau das Gespräch. »Ich sehe, Sie haben unsere Nachricht erhalten.«

Anastasia griff sich den zweiten Stuhl im Raum, ohne auf eine entsprechende Einladung zu warten. »Immer der Reihe nach. Wer sind Sie, und wie haben Sie es geschafft, mir die Nachricht zukommen zu lassen?«

»Machen Sie sich über mich keine Gedanken«, antwortete die Frau. »Ich bin nur eine Botin. Was die Frage betrifft, wie mein Auftraggeber eine Nachricht an Sie schicken konnte: Ich fürchte, das ist ein Geschäftsgeheimnis.«

»Wessen Geheimnis? Und wessen Botin?«

»Ich denke, das wissen Sie.«

»Ich weiß, wessen Name erwähnt wurde«, stellte Anastasia fest. »Aber einen Namen kann jeder erwähnen.«

Die Frau schmunzelte. »Mag sein. Aber Jacob Bannson ist kein Name, den es klug wäre zu erwähnen, wenn man nicht die Erlaubnis seines Eigentümers dazu hat. So wie ich sie habe, da es sich in diesem Fall so trifft.«

»Und jetzt erklären Sie mir, warum ich Ihnen glauben soll.«

»Ich dachte mir schon, dass das nötig wird«, bemerkte die Frau. »Deshalb habe ich meinen Boss um das hier gebeten.«

Sie zog eine Diskette aus dem Jackett und schob sie in den schäbigen Trivid-Betrachter des Zimmers. Auf dem Bildschirm war mehrere Sekunden lang weißes Rauschen zu sehen, dann formte sich das Bild Bannsons. Die kräftigen Gesichtszüge und der orangerote Vollbart waren unverwechselbar. Er wirkte wie ein antiker Wikinger in einem Maßanzug. Nicht zum ersten Mal vermutete Anastasia, dass er dieses Image bewusst erweckte.

Bannson sprach. »Die Trägerin dieser Diskette handelt meinen Wünschen entsprechend und ist berechtigt, in meinem Namen in Verhandlungen zu treten. Zum Zweck der Identifikation sehen Sie als Nächstes ihr Bild.«

Das Bild auf dem Trividschirm verwandelte sich in das Gesicht der anderen Frau. Anastasia studierte es und musste gestehen, dass es übereinstimmte.

»Sie sind also tatsächlich, wer Sie zu sein behaupten.« Sie streckte die Hand aus und schaltete das Trivid ab. »Was will Ihr Auftraggeber von mir?«

»*Von* Ihnen?«, fragte die Frau. »Nichts. Tatsächlich möchte mein Auftraggeber Ihnen helfen, Ihre Ziele zu erreichen.«

»Wie?«

»Indem er Ihnen die Hilfe einer oder mehrerer Einheiten zuverlässiger Söldner anbietet, einschließlich Artillerie, Kröten und Mechs.«

Anastasia erstarrte. »Bitte richten Sie Ihrem Auftraggeber meinen Dank aus und teilen Sie ihm mit, dass ich und meine Wölfe derzeit kein Interesse an Söldnerunterstützung haben.«

»Ist das Ihr letztes Wort zu diesem Thema?«

»Es ist mein einziges Wort.«

Die andere Frau zuckte die Achseln. »Wenn Sie es sagen. Aber das Angebot bleibt bestehen.« Sie zog die Diskette aus dem Betrachter und steckte sie wieder ein. Dann schaute sie Anastasia in die Augen. »Und noch ein Ratschlag von mir persönlich, aus der Güte meines Herzens ...«

Anastasia war noch immer beleidigt. »Ja?«

»Bringen Sie Ihr Haus in Ordnung, bevor es jemand anders für Sie tut. Was glauben Sie, woher wir Ihre Geheimfrequenz haben?«

8

›Riggers' Rest‹, Fort Barrett, Oilfieldsküste,
Kearny, Northwind
Präfektur III, Republik der Sphäre

November 3133, Trockenzeit

Will, Jock und Lexa feierten im ›Riggers' Rest‹ Wills bevorstehende Beförderung. Das Lokal war keine Gastwirtschaft, in der drei Infanteristen damit rechnen mussten, hinausgeworfen zu werden, wenn sie sich an die Theke setzten. »Wir haben kein Interesse an Etablissements, in denen unsere Uniform nicht der Kleiderordnung entspricht«, hatte Lexa zu Beginn des Abends entschieden.

Andererseits lag das Lokal nahe genug an den Wohnvierteln, um anständiges Essen und ebensolche Getränke zu servieren, und als nach zwanzig Dienstjahren ausgemusterter Veteran, der die Wirtschaft mit seiner Abfindung gekauft hatte, hatte der Besitzer etwas für die Northwind Highlanders übrig. Kurz gesagt, das ›Riggers' Rest‹ war der ideale Ort, um eine Beförderung zu feiern.

Es war später Nachmittag, oder vielleicht auch schon früher Abend, gerade zu der Zeit des Tages, zu der man das nicht genau sagen konnte, und die Bar des ›Riggers' Rest‹ war so gut wie ausgestorben. Die Stammkundschaft aus örtlichen Arbeitern war gerade auf dem Heimweg, als Will und seine beiden Freunde eintrafen. Die Abendkundschaft des Restaurants ließ noch auf sich warten.

Jock und Lexa hatten ein Besäufnis der Extraklasse vor. Und wenn sie sich schon nicht völlig zuschütteten, dann wollten sie doch gehörig einen über den Durst trinken. Sehr zu Wills Ärger: Es war seine Feier, doch es sah ganz danach aus, dass er heute Abend wieder einmal derjenige sein würde, der nüchtern bleiben musste.

Genauso war es nach der Schlacht im Tiefland bei der Siegesfeier im ›Weißes Ross‹ in Tara gewesen. Es war wohl ein Erbe seiner Zivilzeit, als er noch als Bergführer gearbeitet und Gruppen von Fremdweltlertouristen durch die Rockspire Mountains gelotst hatte. In der Gesellschaft von Leuten, die entschlossen waren, sich zum Narren zu machen, fühlte er sich einfach verantwortlich dafür, dass sie alle nach Hause kamen.

Falls ihm das Soldatenleben diesen Instinkt nicht ausgetrieben hatte, würde er ihn wohl nie loswerden. Für Lance-Sergeant-in-spe Will Elliott würde es keinen Rausch geben. Er fand sich damit ab, dass er sich einen Krug Bier und einen Teller Meeresfrüchte vom Grill schmecken ließe.

»Probier die Quallenhaut«, forderte ihn Lexa während der Hors d'œuvres auf.

Will starrte auf die Schale mit halbtransparenten salzverkrusteten Chips. »Die was?«

Lexa grinste. »Quallenhaut. Frisch bekommst du sie nur hier an der Küste. Kein Vergleich zu blitzbestrahlt.«

»Ich weiß nicht ...«

»Vertrau deiner Tante Lexa. Das ist wahrscheinlich deine letzte Chance.«

Eine unbehagliche Stille senkte sich über den Tisch. Lexa hatte etwas angesprochen, um das sie die ganze Zeit einen Bogen gemacht hatten. Ab morgen würde es zwischen ihnen nie wieder so unbeschwert sein wie früher. Der Rangunterschied war so groß nicht. Aber er würde ständig zwischen ihnen stehen und ihre Beziehung mit Verpflichtungen auf Wills Seite färben, die seine beiden Begleiter nicht hatten.

Er wünschte sich, dass auch sie befördert wurden, um dieses ungewünschte Gefälle zu mindern, aber er konnte gewisse Zweifel nicht leugnen. Jock Gordon war solide wie Granit, jedoch kein sonderlich schneller oder fantasievoller Denker. Lexa McIntosh dagegen war schnell und fantasievoll – und eine erstklassige Schützin mit Schusswaffen aller Art. Doch sie hatte die wilde Ader, die sie überhaupt erst ins Regiment gebracht hatte, noch immer nicht ganz verloren.

Mit einem innerlichen Seufzer gab Will den Gedankengang auf. Er war es nicht gewohnt, auf diese Weise über seine Freunde nachzudenken. Bis jetzt waren andere dafür zuständig gewesen. Er fühlte ein leichtes Schuldgefühl. Um es zu überspielen, griff er sich eine Handvoll Quallenhäute und schob sie sich in den Mund. Sie schmeckten überraschend gut.

»Ich gebe auf«, sagte er. »Du hattest Recht.«

»Natürlich habe ich Recht. Du bist dran, Jock. Probier.«

Jock schüttelte nachdenklich den Kopf. Er hatte sich noch nie durch übermäßigen Enthusiasmus für neue Erfahrungen hervorgetan. »Ich weiß nicht ...«

»Willst du, dass dich alle für einen Touristen halten?«, drängte Lexa.

»Ich bin ein Tourist.«

»Du bist kein Tourist«, erklärte Will. »Du bist ein hier stationierter Soldat, das ist etwas völlig anderes.« Will schaute sich in der Bar um, musterte die wenigen übrigen Gäste und fand, wonach er suchte. »*Das* ist ein Tourist.«

Jock und Lexa folgten seinem Finger. Ein junger Mann saß allein an einem Tisch und trank ein Bier. Er trug Wanderkleidung und neben ihm an der Wand stand ein Rucksack. Er war nicht allein ins ›Riggers' Rest‹ gekommen. Ein zweiter Rucksack und ein Wanderstock standen neben dem ersten.

»Woher weißt du, dass er ein Tourist ist?«, fragte Lexa.

Jock nickte zustimmend. »Eine Menge Leute wandern.«

»Das ist ein Tourist«, stellte Will entschieden fest. »Ich habe mit Touristen gearbeitet, ich weiß, wovon ich rede.« Langsam erwärmte er sich für das Thema. »Der Typ kommt von nirgendwo hier in der Gegend.«

»Wetten wir?«, wollte Lexa wissen.

»Gern.« Will war kein Spieler, aber das war auch kein Glücksspiel, ebenso wenig, wie es ein Glücksspiel gewesen wäre, darauf zu wetten, dass der Knochenbrecherpass irgendwann im Winter unpassierbar wurde. »Fünf Stones, dass er nicht einmal aus Kearny ist.«

Lexa nahm die Wette an.

»Und woher bekommen wir unsere Antwort?«, fragte Jock.

»Von ihm.« Will schaute zu Lexa. »Willst du ihn fragen, oder soll ich es tun?«

»Besser du tust es. Er hatte vorhin noch ein Mädchen dabei, sie muss jeden Augenblick zurückkommen.«

»Bist du sicher?«

»Du weißt, was du weißt, und ich weiß, was ich weiß. Er sieht nicht aus wie jemand, der gerade den Laufpass bekommen hat.«

Will stand auf und ging an den anderen Tisch hinüber. Unterwegs dachte er kurz darüber nach, wie er die Sache angehen sollte, und entschied, dass die direkte Art die beste war. Es ergab keinen Sinn, sich eine großartige Entschuldigung auszudenken, wenn eine einfache Frage genügte.

»Entschuldigen Sie, wenn ich störe«, sprach er den jungen Mann höflich an. »Aber es wäre nett, wenn Sie mir und meinen Freunden helfen könnten, eine Meinungsverschiedenheit zu klären.«

Der Mann schaute zweifelnd, aber zugleich neugierig. »Eine Meinungsverschiedenheit?«

»Na ja«, korrigierte sich Will verlegen. »Genau genommen geht es um eine Wette.«

Der Mann schaute an Will vorbei zu Jock und Lexa. »Eine Wette?!«

»Aye.«

»Und wie könnte ich Ihnen dabei helfen?«

»Sagen Sie uns einfach, woher Sie kommen, und falls ich richtig geraten habe, bekomme ich je fünf Stones von den beiden.«

Der Mann schmunzelte. »Ich habe schon dümmere Wetten gehört – und sogar abgeschlossen. Hier ... Ich schreibe es Ihnen auf die Serviette, damit Ihre Freunde nicht behaupten können, Sie hätten gemogelt.«

Er kritzelte mit einem Stift, den er aus der Hemdtasche zog, etwas auf die Serviette. Will nahm sie, ohne hinzusehen.

»Danke.«

Er kehrte zu seinen Freunden zurück und reichte Lexa die Serviette. »Und? Was steht da?«

»Ich bin beeindruckt ...«

»Er hat geschrieben, er ist beeindruckt?«

»Nein, du aufgeblasener Klettermaxe. Er hat geschrieben, dass er von Thorin stammt.«

»Der Welt?«, fragte Jock nach.

Lexa nickte. »Es sei denn, irgendwo in Präfektur X gäbe es noch eine Stadt, die so heißt. Das hat er nämlich dazugeschrieben. Sieht aus, als müssten wir blechen, Jocko.«

Will hielt die Hand auf und steckte seinen Gewinn ein, doch er runzelte die Stirn dabei. Lexa stellte eine Augenbraue schräg.

»Stimmt was nicht?«

»Thorin ist ziemlich weit entfernt.«

»Du hast selbst gesagt, er sei ein Tourist.«

»Ich weiß.« Will verzog das Gesicht. »Ich habe ein paar Touristen von Thorin getroffen, als ich noch Bergführer war. Er hört sich nicht an wie jemand von Thorin.«

»Vielleicht stammt er ursprünglich von einem anderen Planeten«, gab Jock zu bedenken. »Es kommt vor, dass Leute umziehen.«

Will dachte unwillkürlich an seine Mutter, die immer mehr den Eindruck machte, sich dauerhaft bei seiner Schwester in Kildare einzurichten, während das Haus in Liddisdale langsam verfiel. »Ich weiß. Es ist bloß ...«

»He«, unterbrach Lexa. »Ich habe doch gesagt, sein Mädchen kommt zurück.«

Die Frau, die aus dem oberen Stockwerk die Treppe herabkam und sich zu dem Thorisen setzte, war ebenfalls wie eine Touristin gekleidet. Doch der Ausdruck auf dem Gesicht des Mannes, als sie sich zu ihm setzte, veranlasste Will, sie sich genauer anzusehen. Das praktisch geschnittene, mattbraune Haar umrahmte ein bemerkenswertes Gesicht mit kräftigen Zügen. Die kurze Wanderhose und das weite Hemd verbargen einen nicht minder bemerkenswerten Körper nur ansatzweise.

»Hör auf zu sabbern, Will«, ermahnte ihn Lexa. »Sie ist vergeben.«

»Das ist es nicht.«

»Was ist es dann?«

Will schüttelte den Kopf. »Es ist ... etwas anderes. Ich weiß nicht. Wahrscheinlich gar nichts.«

Er verdrängte die nagenden Zweifel und konzentrierte sich auf sein Essen.

Erst Stunden später, als er schon in seinem Bett im Fort lag, fiel ihm die Frau wieder ein. Und zugleich, als seine Erinnerung das Gesicht der Frau im ›Riggers' Rest‹ neben ein anderes Gesicht stellte, traf ihn die Antwort wie ein Blitzschlag aus heiterem Himmel. Ein Gesicht, das er nach dem Ende der Kampfhandlungen im vergangenen Sommer wieder und wieder in den Trividnachrichten gesehen hatte:

Das Gesicht der Anführerin der Stahlwölfe.

Anastasia Kerensky.

9

Balfour-Douglas Petrochemicals Bohrplattform 47,
Oilfieldsküste, Kearny, Northwind
Präfektur III, Republik der Sphäre

November 3133, Trockenzeit

Der Walfänger der Balfour-Douglas-Bohrplattform 47 schnitt durch die Wellen. Nicholas Darwin saß am Ruder des Motorboots, das ihn und Galaxiscommander Anastasia Kerensky von der Oilfieldsküste zurück zur Bohrinsel brachte. Anastasia hatte keine Ahnung, warum die Inventarliste von B-D 47 das acht Meter lange offene Boot als Walfänger bezeichnete. Soweit sie wusste, gab es auf Northwind keine einheimischen Meeressäuger, und selbst auf Terra hatte schon seit Jahrhunderten niemand mehr Jagd auf Wale gemacht. Sie hatte Ian Murchison gefragt, was es mit dem Namen auf sich hatte – in der Annahme, als ehemaliges Besatzungsmitglied der Station könnte er die Antwort wissen. Doch der Leibeigene hatte nur die Schultern gezuckt und geantwortet: »Das ist irgendein Marinebrauch.«

»Es gibt auf Northwind auch keine Marine«, hatte sie erwidert.

»Fragen Sie mich nicht, Galaxiscommander. Ich bin nur ein MedTech.«

Hoffentlich sind wir bald wieder an Land, dachte Anastasia. Mit Land, Luft und Weltraum kannte sie sich aus. Vor allem an Land, wo die BattleMechs das Sagen hatten. Sie wollte endlich wieder in ihrem Sondermodell-*Ryoken-II* über offenes Gelände stampfen, um Tod und

Vernichtung auszuteilen. Dieses Schaukeln auf bewegter See in einem kleinen, offenen Boot behagte ihr gar nicht, auch wenn es notwendig gewesen war, um sich mit Jacob Bannsons Botin zu treffen.

»Es schmeckt mir nicht.« Sie hatte eine ganze Weile nichts mehr gesagt, jetzt aber begann sie eine Unterhaltung, um sich von den wogenden Bewegungen des Motorboots abzulenken. Es war eine lange Bootsfahrt hinaus zur Bohrplattform, und B-D 47 war noch nicht einmal am Horizont zu sehen.

Nicholas Darwin, der Teufel sollte ihn holen, schien die Bootsfahrt überhaupt nichts auszumachen. Er wusste sogar, wie man dieses Ding steuerte, und Anastasia fragte sich, was er auf Tigress getrieben hatte, bevor er zu den Stahlwölfen gestoßen war. Er war ein freigeborenes Halbblut, der Sohn einer Einheimischen. Er war ein Stahlwolf aus freiem Entschluss. Jetzt warf er Anastasia einen schrägen Blick zu und fragte: »Was schmeckt dir nicht?«

»Bannson. Dass er mir urplötzlich Geschenke anbietet.«

Darwin wirkte amüsiert. »Der Versuch, eine Beziehung anzubahnen? Es heißt, er will ein neues Großes Haus gründen.«

»Was immer er von mir will, das ist es sicher nicht«, winkte sie ab. »Wir sind uns nie begegnet, und bevor ich Kal Radick herausforderte, wird er nicht einmal meinen Namen gekannt haben.«

Er könnte aber von Tassa Kay gehört haben. Anastasia hatte sich keine Mühe gegeben, unbemerkt zu bleiben, während sie als Tassa reiste und für die Republik der Sphäre kämpfte. Und falls Bannson clever oder gut informiert genug war, die beiden Namen ohne über Geheimdienstberichte hinausgehende Hinweise miteinander in Verbindung zu bringen, war er noch gefährlicher, als sie bislang angenommen hatte.

»Jacob Bannson spielt eine Schachpartie um die Macht in der Republik der Sphäre«, stellte sie fest. »Und er möchte mich als eine seiner Figuren einspannen. Aber das wird ihm nicht gelingen.«

»Nicht?«, fragte Darwin.

»Ich lasse mich nicht zum Bauern im Spiel anderer machen. Nicht, solange ich die Dame auf meinem eigenen Brett sein kann.«

»Bannson ist niemand, den man sich zum Feind machen sollte.«

»Er schlägt seine Schlachten mit Geld.«

»Er ist als Mechpilot qualifiziert. Dazu ist mehr nötig als Geld.« Darwin klang nachdenklich. Die weiche Krempe des geliehenen Touristenhuts verdeckte seine Augen und erschwerte es Anastasia, seinen Gesichtsausdruck zu deuten.

Der Walfänger hüpfte jetzt härter. Die Windstärke hatte zugenommen und die Wellen krönte weiße Gischt. Anastasia schluckte und sprach weiter. »Dich scheint er ja beeindruckt zu haben.« Es klang schärfer, als sie beabsichtigt hatte.

»Nein«, widersprach Darwin. »Aber ich möchte nicht, dass du ihn unterschätzt.« Er unterbrach sich und schaute beiseite. Diesmal war es ihr, als würde er den Schatten der Hutkrempe bewusst einsetzen, um sein Gesicht vor ihr zu verbergen. »So wie Kal Radick dich unterschätzt hat.«

Das war eine direkte Warnung. Kal Radick war tot. Anastasia hatte den früheren Galaxiscommander und Anführer der Stahlwölfe in einem Besitztest mit bloßen Händen getötet und sich damit seinen Rang und die Leitung der Stahlwölfe angeeignet. Das war ihr in weitem Maße dadurch gelungen, dass Radick sie erst unmittelbar vor seinem Ende als Gefahr wahrgenommen hatte.

»Na gut. Erzähl mir mehr über Bannson«, forderte sie ihren Begleiter auf.

Jack Bannsons Geschäftsaktivitäten in der Republik der Sphäre hatten keinerlei Auswirkungen auf Arc-Royal gehabt, und Anastasia hatte nur im allerweitesten Sinne überhaupt von ihm gehört. Aber falls der Magnat sich entschlossen hatte, sich in die Angelegenheiten der Stahlwölfe einzumischen, musste sie auf jeden Fall mehr über ihn in Erfahrung bringen. Außerdem versprach dieses Thema, sie von der drohenden Seekrankheit durch die zunehmend unberechenbaren Bewegungen des Motorboots in der aufgewühlten See abzulenken. Ian Murchison hatte ihr vorgeschlagen, vor der Fahrt ein vorbeugendes Medikament einzunehmen. Sie hatte mit dem Argument abgelehnt, dass niemand, der einen Mech steuern konnte, für dergleichen anfällig war. Jetzt wünschte sie sich, auf den Med-Tech gehört zu haben.

»Bannson«, sagte Nicholas Darwin mit nachdenklicher Stimme. Er schaute kurz beiseite, hinaus zum westlichen Horizont, an dem Balfour-Douglas 47 jetzt als ferner grauer Fleck erkennbar war. Seevögel kreisten über der Plattform, winzige schwarze Punkte am blauen Himmel. »Willst du hören, was die Medien über ihn sagen, oder was man sich auf der Straße über ihn erzählt?«

»Beides.«

»In Ordnung. Erst die offizielle Version, in Kurzfassung. Er wurde auf St. Andre geboren. Seine Familie, das waren keine Bettler, aber sie hatten auch kein Bürgerrecht. Sie besaßen ein kleines Geschäft.«

»Welcher Art?«

Er zuckte die Achseln. »Ich glaube, sie haben irgendetwas verkauft. Jacob Bannson beendete seine Schulzeit ohne Abschluss, um für seine Eltern zu arbeiten. Das ist auf manchen Welten der Republik von Bedeutung, weil man ohne Abschlusszeugnis kaum eine Anstellung findet. Das Geschäft war kurz vor der Pleite, doch Bannson führte es innerhalb eines Jahres auf die Straße des Erfolgs zurück, und weil er schon einmal dabei war, kaufte er gleich noch sämtliche Konkurrenten auf. Danach machte er in derselben Weise weiter.«

Bis jetzt, dachte Anastasia, hörte sie nichts weiter als die Biographie eines Kaufmanns, wenn auch im Großformat. An dieser Geschichte war nichts, was einen Mann erklären konnte, der das Image eines antiken Seeräubers kultivierte, oder das Gewicht, das man seinem Namen offensichtlich beimaß. »Was hört man auf der Straße?«

»Dass der Konkurrent, den Bannson übernahm, derselbe war, der das Geschäft seiner Eltern fast in den Bankrott getrieben hatte. Und er gab sich nicht damit zufrieden, die Firma des Mannes zu übernehmen, er hat ihn vielmehr völlig ruiniert. Als Bannson mit ihm fertig war, hatte er ihm im wörtlichsten Sinne das letzte Hemd genommen.«

»Ein Mann, der nichts davon hält, seinen Feinden gegenüber Gnade zu zeigen.« Anastasia Kerensky war geneigt, dies als positiven Zug zu werten. »Weiter.«

»Er hatte sich bei seinem schnellen Aufstieg viele Feinde gemacht«, berichtete Darwin. »Sie erhoben Anschuldigungen gegen ihn: Er hätte die Regeln gebrochen, an die sich die Geschäftsleute der Republik zu halten haben. Ich weiß nichts Genaueres. Man sagt nur, dass innerhalb von drei Jahren all seine Ankläger weit schlimmerer Verbrechen für schuldig befunden wurden – und dass Bannson die entsprechenden Beweise lieferte. Danach hat niemand mehr gewagt, ihn zu verärgern. Nur die Republik der Sphäre selbst konnte eine Ausweitung seines Finanzimperiums in die Präfektur III verhindern.«

»Er hat die verlorene Zeit sehr schnell wettgemacht, nachdem das HPG-Netz zusammenbrach«, stellte Anastasia fest. Der Walfänger näherte sich jetzt der Bohrplattform. Nicholas Darwin steuerte ihn geschickt zwischen den gigantischen Pfeilern der Station hindurch in das ruhigere schattige Wasser unter der Plattform. Anastasia atmete langsam und tief durch. Dann fragte sie: »Meinst du, er könnte das selbst getan haben? Das Netz bewusst zerstört haben, um aus der verursachten Konfusion Profit zu schlagen?«

»Das weiß keiner«, antwortete Darwin. »Und keiner will es wissen.«

10

Castle Northwind, Northwind
Präfektur III, Republik der Sphäre

Dezember 3133, Winter

Kapitänin Tara Bishop musste zugeben, ihr neuer Posten als Adjutantin der Countess of Northwind hatte seine Vorzüge. Einer davon war die Gelegenheit, ein langes Arbeitswochenende als Gast auf dem Familiensitz der Gräfin zu verbringen. Castle Northwind war ein großes, graues Steingebäude von schamlos pseudomittelalterlichem Stil. Die Countess hatte es Bishop vor dem Besuch als eine Kombination aus den besseren Teilen von Edinburgh Castle, Caernarvon und dem Tower of London auf Terra beschrieben, und das mit allem modernen Komfort.

Heute war Tara Campbell persönlich anwesend, und Paladin Ezekiel Crow leistete ihr Gesellschaft. Beider persönliche Banner wehten auf den Zinnen der Burg, neben den Fahnen Northwinds und der Highlander-Regimenter. Und wo immer die Gräfin war, befand sich auch ihre Adjutantin. Zu dritt arbeiteten sie im Kleinen Saal der Burg, einem großen, rechteckigen Raum mit einer hölzernen Kuppeldecke. Bequeme Polstersessel und ein langer Tisch aus poliertem dunklen Holz standen vor dem riesigen Granitkamin, und auf dem massiven Gusseisenrost loderte ein Holzfeuer.

An der Seite stand ein zweiter Tisch, ebenfalls aus dunklem Holz, der eine Zeile silberner Warmhalteplatten mit runden Deckeln trug. Unter den Deckeln befand sich eine Auswahl von Frühstücksdelikatessen aus der Küche der Burg, aufgetragen von den Dienstboten des Hauses, die allesamt ehrlich erfreut über die Gelegenheit wirkten, die Countess, ihre Adjutantin und einen Paladin der Sphäre bewirten zu dürfen. Kapitänin Bishop vermutete, dass das Leben in der Burg während des größten Teils des Jahres ausgesprochen langweilig war, weil die Countess die meiste Zeit in der Neuen Kaserne wohnte oder sogar im All unterwegs war. Der Stab freute sich verständlicherweise über die seltene Gelegenheit, sein Können vorzuführen.

Bishop freute sich ebenfalls. So lange war der Dienst auf Addicks noch nicht her, dass sie einen Posten nicht zu schätzen gewusst hätte, der ihr bei einem einfachen Arbeitsfrühstück die Wahl zwischen geräucherten Silberlingen und Spiegeleiern in Safransoße bot, ganz zu schweigen von der zwischen einer unbegrenzten Menge feinsten importierten capellanischen Schwarztees oder dunkel gerösteten terranischen Kaffees.

Momentan war sie mit ihrem ersten Becher Kaffee beschäftigt. Weder der Paladin noch die Countess teilten ihre Vorliebe, sondern zogen stattdessen den traditionelleren Tee vor. Während sie das Kaffeearoma genoss, hörte Bishop einer Diskussion über die unvermeidlichen Probleme des wirtschaftlichen Wiederaufbaus nach einem Krieg zu. Dieses Wochenende war ganz der Verwaltungsarbeit gewidmet und insbesondere den noch immer nicht abgeschlossenen Aufräumarbeiten nach dem Militärfeldzug des vergangenen Sommers.

Auch nach der Vertreibung der Stahlwölfe hatten die Countess und der Paladin nicht über mangelnde Arbeit zu klagen. Northwind hatte Probleme genug, um zahllose Menschen beschäftigt zu halten. Besonders die Region Bloodstone litt unter einer schweren Wirtschaftsdepression, da die Kämpfe im Red-Ledge-Pass die lokale Infrastruktur schwer geschädigt hatten.

»Zumindest sind die Straßen repariert«, stellte Gräfin Tara Campbell fest. »Das hatte Priorität. Schnellstraße 66 durch Red-Ledge ist die einzige ganzjährig befahrbare Straßenverbindung über die nördlichen Rockspires.«

»Sie kennen die örtliche Lage besser als ich«, antwortete Crow in einem Tonfall, als würde er damit etwas zugestehen.

Kapitänin Bishop hatte den Eindruck, dass es sich nur um die letzte Runde in einer Diskussion zwischen Tara Campbell und Ezekiel Crow handelte, die lange vor ihrer Ankunft begonnen hatte. Die Beziehung zwischen der Countess und dem Paladin war interessant zu beobachten. Die beiden schienen einander *hyperbewusst* zu sein. Beide beobachteten den anderen heimlich, wann immer er sich abwandte, um sich dann hastig zur Seite zu drehen, sobald sich ihre Blicke trafen.

Dieser ständige Beinahe-Blickwechsel und die Art, wie sich Tara Campbell und Ezekiel Crow unbewusst um den Tisch bewegten, nämlich so, dass sie sich immer gerade eben in förmlicher Gesprächsdistanz befanden, aber nie nahe genug für eine tatsächliche Berührung, reichten aus, um Bishop davon zu überzeugen, dass die beiden sich mächtig zueinander hingezogen fühlten. Sie fragte sich, ob sie sich dieser gegenseitigen Anziehung selbst schon bewusst geworden waren. Hätte ein Mann wie Crow *sie* so angesehen, hätte sie den Blick inzwischen ganz sicher erwidert.

Crow redete noch immer. »Aber Sie dürfen die militärische Bereitschaft nicht vernachlässigen.« Er hob eine Mappe mit Ausdrucken vom Tisch und wedelte damit in der Luft. »Das hier sind Empfehlungen von hochrangigen Regimentsoffizieren, die für eine Fortsetzung des Aufbaus plädieren, und ihre Argumente sind äußerst überzeugend.«

Tara Campbell stieß einen hörbaren Seufzer aus.

»Die Präfektin stimmt Ihnen voll und ganz zu, Paladin Crow. Aber die Countess of Northwind hat bei dieser Angelegenheit auch noch ein Wörtchen mitzureden, und sie erinnert die Präfektin, dass in der Region Bloodstone 19 Prozent Arbeitslosigkeit herrschen, unser Hauptraumhafen nur mit drei Vierteln seiner Kapazität arbeitet und die planetare Wirtschaft sich noch nicht voll von den Auswirkungen des HPG-Kollapses erholt hat. Wir müssen mehr berücksichtigen als nur die militärische Lage, wenn wir die unglücklicherweise endlichen Mittel zuteilen.«

»Die negativen Konsequenzen …«, setzte Crow an.

»Sind beträchtlich, ganz gleich, in welche Richtung wir uns verirren. Also werden wir auch weiter von Peter stehlen, um Paul zu bezahlen, und von Paul borgen, um Peter für den Ausfall zu vergüten, und wo immer möglich Einsparungen machen.« Wieder seufzte die Countess of Northwind. »Nicht, dass sich auf Northwind je zwei Leute gefunden hätten, die sich einig wären, wo man Einsparungen machen kann.«

Crow nickte. »Wenn wir das Budget für die sozialen Einrichtungen auf dem derzeitigen Stand halten …«

»Bedeutet das, die Bergsiedlungen aufzugeben«, protestierte Tara Campbell. »Sie verfügen nicht über das nötige Privatvermögen, um den Ausfall auszugleichen.« Sie machte eine Pause und überlegte. »Aber Kearny boomt. Wir könnten Mittel von dort umleiten. Sie werden natürlich jammern und protestieren, aber solange sie nur jammern und protestieren … Sehen wir uns die Tabellen noch einmal an.«

Die Gräfin und der Paladin widmeten sich wieder den Ausdrucken der Tabellenkalkulation. Ihre Köpfe waren näher beieinander als je zuvor, während sie sich leise unterhielten. Kapitänin Bishop ließ sie gewähren und füllte ihren Becher an dem großen silbernen Samowar mit dem Wappen der Northwind Highlanders.

Dann ging sie zurück an ihre Arbeit und kümmerte sich um die für die Präfektin eingehenden Nachrichten.

Ein Teil davon hatte im Eingangskorb der Präfektin überhaupt nichts zu suchen. Es war sogar ein überraschend hoher Prozentsatz, und alle Mitteilungen dieser Art gingen mit einer strengen Notiz zurück, dass der Absender gefälligst dafür sorgen sollte, dass der richtige Empfänger sie erhielt.

Ein zweiter, kleinerer Teil des Nachrichtenverkehrs ließ sich routinemäßig von der Adjutantin abhandeln, ohne die Präfektin mit mehr als einer nachträglichen Zusammenfassung zu belasten. Diese Beschäftigung machte den größten Teil der tagtäglichen Arbeit Tara Bishops aus. Etwas seltener traf sie auf Probleme, für die sie der Präfektin eine Lösung vorschlagen konnte, und zwar in der Erwartung, dass sie diesem Vorschlag in den meisten Fällen folgte.

Schließlich gab es noch sehr seltene Nachrichten, die die augenblickliche Aufmerksamkeit der Präfektin verlangten. Kapitänin Tara Bishop hatte nicht wirklich erwartet, auf ein solches Problem zu stoßen, aber das Leben im Regiment hatte eine Art, Menschen mit Überraschungen zu konfrontieren.

Fünf Minuten, nachdem sie sich an die Beantwortung der morgendlichen Nachrichten gemacht hatte, legte sie einen Nachrichtenausdruck auf den Tisch, neben den Stapel dicht mit Anmerkungen beschriebener Tabellen.

Die Countess of Northwind hob das Blatt auf und las es, dann reichte sie es an Ezekiel Crow weiter.

»Das verändert alles«, stellte sie fest. »Falls Anastasia Kerensky auf Northwind gesichtet wurde und ihre Landungsschiffe nie zurück nach Tigress geflogen sind ...«

»Dann sind sowohl Kerensky als auch ihre Landungsschiffe aller Wahrscheinlichkeit nach noch immer hier.«

»Noch immer irgendwo hier, und wir wissen nicht, wo.« Tara Campbell drehte sich zu Bishop um. »Kapitänin, lassen Sie Brigadegeneral Michael Griffin kommen. Ich habe Arbeit für ihn.«

11

Castle Northwind, Northwind
Präfektur III, Republik der Sphäre

Dezember 3133, Winter

Brigadegeneral Michael Griffin war schon früher in die Rockspire Mountains nach Castle Northwind gerufen worden, und er kannte sich gut genug aus, es gar nicht erst über Land zu versuchen. Es war möglich, das abgelegene Gletschertal über die Straße zu erreichen, aber die Fahrt war ausgesprochen langwierig. Man musste zunächst mehrere Stunden der Hauptschnellstraße folgen, bevor man weitere Stunden damit zubrachte, über eine zweispurige Serpentinenstraße allmählich ins Hochgebirgsherz der Rockspires zu klettern. Danach hieß es, eine umfangreiche Sicherheitskontrolle zu durchqueren, gefolgt von einer letzten halbstündigen Fahrt die private Auffahrt der Gräfin hinauf.

Im Laufe der Jahre hatte sich diese Lage als effektives Mittel bewiesen, die Privatsphäre der Campbells zu sichern, oder zumindest zu garantieren, dass Störungen nur mit berechtigtem Grund erfolgten. Michael Griffin erreichte Castle Northwind wie die meisten Besucher mit dringenden Anliegen durch die Luft.

Endlich brachte der Pilot den Hubschrauber unter die Wolkendecke. Griffin beobachtete durch das Fenster neben seinem Platz den Landeanflug.

Selbst an einem wolkigen Tag wie heute war die Aussicht überwältigend, Castle Northwind lag im dramatischsten Teil der Rockspire Mountains, in dem die zerklüfteten, von ewigem Eis bedeckten Gipfel des Massivs in der letzten Eiszeit des Planeten von den vorrückenden und sich wieder zurückziehenden Gletschern weiter zerschnitten worden waren. Hier hatten die Gletscher ein langes Tal aus dem Granit geschliffen, das eine Reihe von Almen und einen tiefen Bergsee beherbergte. Die Burg erhob sich auf dem erhöhten Grund über dem See, vor dem Hintergrund einer steilen Felsklippe. Der Anblick erklärte, warum der erste Count of Northwind ausgerechnet hier seine Hauptresidenz hatte errichten lassen, obwohl ihm der ganze Planet zur Auswahl stand.

Der Hubschrauberlandeplatz lag von der Burg aus gesehen hinter einer bewaldeten Bergkuppe. Diese schirmte die Residenz gegen den Lärm der Starts und Landungen ab und diente gleichzeitig als weitere Abschreckung gegen unnötige Besuche. Die frühen Grafen Northwinds hatten Wert auf Privatsphäre gelegt, und die derzeitige Gräfin folgte dieser Tradition. Sie zog sich hierher zurück, wenn sie ungestört arbeiten wollte.

Und trotzdem hatte sie ihn rufen lassen, dachte Griffin. Das allein spannte ihn an. Er hatte bereits eine Vermutung, was den Grund für seine Anwesenheit betraf. Er hatte die Meldungen des planetaren Nachrichtendienstes für diesen Morgen gesehen, und als Präfektin musste Tara Campbell denselben Bericht erhalten haben. Unter der Anspannung und Sorge verspürte der Brigadegeneral auch einen Hauch unwürdiger Genugtuung. Paladin Ezekiel Crow war bei der Countess in Castle Northwind, aber sie hatte nicht den Paladin zu sich gerufen, sondern ihn. Sie hatte Befehle für ihn – hoffte er.

Michael Griffin war kein Mann, der dazu neigte, Dinge zu übersehen. Er war sich seiner selbst bewusst und ganz und gar kein Dummkopf. Er war sich sehr bewusst, Tara Campbells spezieller Mischung aus Mut, Charme und Schönheit schon sehr früh erlegen zu sein, und er war sich ebenso sicher, dass die Countess ihn nie auch nur auf annähernd dieselbe Weise wahrgenommen hatte. Doch in diesem Sommer hatte sie ihm, und nicht dem Paladin, die Aufgabe übertragen, den Red-Ledge-Pass zu halten.

Neben dem Hubschrauberlandeplatz wartete bereits ein Elektrowagen. Der Wagen brauchte keinen Fahrer. Er folgte einem vorprogrammierten Kurs zur – und von der – Burg, und Griffin stieg sofort ein. Der Hubschrauberpilot hatte seinen Lande-Checkup noch nicht abgeschlossen. Griffin würde den Wagen von der Burg aus leer zurückschicken, und falls sich herausstellte, dass sie länger als ein paar Stunden blieben, konnte der Pilot später nachkommen.

Castle Northwinds Butler, ein beeindruckender Bursche, der Griffin an einen Regimentstruppführer in Zivil erinnerte, wartete am Haupteingang.

»Die Countess befindet sich im Kleinen Saal, Sir. Die Treppe hinauf und rechts.«

»Danke.« Griffin folgte der Wegbeschreibung in einen Saal von beachtlicher Größe, den man nur im Vergleich zum Großen Saal im Erdgeschoss als ›klein‹ bezeichnen konnte. Dort unten konnte man eine politische Großveranstaltung abhalten, falls irgendein Graf oder eine Gräfin jemals Lust dazu verspürte. Dieser Saal wirkte erheblich gemütlicher, mit einem dicken Teppich, einem knisternden Kaminfeuer und der Aussicht auf schneebedeckte Gipfel durch die bleiverglasten Fenster.

Tara Campbell und Ezekiel Crow arbeiteten gemeinsam an einem langen Tisch voller Aktenmappen, Ausdrucken und Compblöcken. Die Adjutantin der Countess, Kapitänin Bishop – ebenfalls eine Tara, manchmal schien es Griffin, als trüge die halbe weibliche Bevölkerung dieser Altersgruppe auf Northwind den Vornamen Tara – saß an einem eigenen, kleineren Tisch in einer Ecke, mit einem eigenen Datenterminal und Papierstapel.

Die Countess schaute hoch und lächelte, als er den Raum betrat. »General Griffin! Danke, dass Sie so schnell kommen konnten.«

»Ein Befehl der Präfektin hat seine Vorteile«, antwortete er. »Ich habe mich an fünf anderen Reisenden vorbeigedrängt und mir den nächsten Militärhubschrauber gesichert, der von der Neuen Kaserne abflog.«

»Eine kluge Entscheidung«, kommentierte Ezekiel Crow. »Sie haben den Geheimdienstbericht gesehen?«

»Natürlich. Das ist ein weiterer Grund für meine Eile. Neue Aktivitäten Anastasia Kerenskys auf Northwind bedeuten eine beunruhigende Aussicht.«

Die Countess strich sich mit der Hand durch das kurze blonde Haar, das sich senkrecht aufstellte. »Das dürfte die Untertreibung des Jahres sein. Wenn man die Meldung über die Stahlwolf-Landungsschiffe dazunimmt, die nie nach Tigress zurückgekehrt sind, ist es mehr als nur beunruhigend. Es ist regelrecht Angst einjagend.«

Griffin nickte. »Ich weiß, was Sie meinen. Wir müssen davon ausgehen, dass diese Landungsschiffe sich irgendwo in unserem Sonnensystem befinden. Die Frage ist nur: wo?«

»Es wäre schön, wenn wir wenigstens eine vage Vorstellung davon hätten, wann sie in unseren Raum zurückgekehrt sind«, stellte die Countess fest. »Aber da der Beobachtungsposten am Sprungpunkt noch immer nur etwa die Hälfte der Zeit arbeitet, stehen die Chancen, dass wir sie bemerkt haben, nicht besser als 50:50.«

Kapitänin Bishop lehnte sich von ihrem Computer zurück und fragte: »Aber wie versteckt man etwas so Großes wie eine Flottille Landungsschiffe?«

»Unter erheblichen Schwierigkeiten, würde ich vermuten«, erwiderte Ezekiel Crow. »Aber Anastasia Kerensky ist mutig und findig. Sie wird eine Lösung gefunden haben.«

»Sie könnten auf der Rückseite eines der Monde lauern«, meinte Bishop.

Tara Campbell warf ihrer Adjutantin einen beifälligen Blick zu. »Ein guter Gedanke. Sobald wir ein paar Landungsschiffe erübrigen können, schicken wir sie hoch, um da oben nach Lebenszeichen zu suchen. Aber diese neue Meldung platziert Anastasia Kerensky oder jemand, der ihr sehr ähnlich sieht, an der Oilfieldsküste. Und ich glaube nicht, dass der Galaxiscommander sich weit von ihren Schiffen entfernt.«

»Sie vermuten also, sie hat sie irgendwo auf der Planetenoberfläche versteckt?«, stellte Griffin fest.

»Korrekt«, bestätigte die Countess. »Und auf der Oberfläche können wir nicht mit Sonden nach ihr suchen. Es gibt zu viele mögliche Verstecke, und es müssen detailliertere Befehle erfolgen als einfach nur ›Vorbeiflug und Meldung aller bei früheren Vorbeiflügen nicht gemeldeten Objekte‹.«

»Wir werden Truppen aus Fort Barrett losschicken müssen, um eine bewaffnete Erkundung durchzuführen.«

Die Countess drehte sich zu Ezekiel Crow um. »Ich habe Ihnen ja gesagt, er sieht es sofort.« Dann wandte sie sich wieder an Griffin. »Sie haben Recht. Ich wünsche eine bewaffnete Erkundung. Und ich möchte, dass Sie den Befehl übernehmen.«

»Ihr Vertrauen ehrt mich, Mylady.«

Die Countess schenkte ihm ein trockenes Lächeln. »Eigentlich sollten Sie wütend auf mich sein, dafür, dass ich Ihnen eine weitere Gelegenheit biete, sich umbringen zu lassen. Aber als ich Sie das letzte Mal um das Unmögliche gebeten habe, haben Sie es mir geliefert. Jetzt werden Sie für Ihre gute Tat belohnt: Ich tue es noch einmal.«

Sie unterbrach sich kurz. Griffin hörte nur das Feuer im Kamin knacken und zischen, und das leise, aber deutliche Trommeln eines Graupelschauers auf den Fensterscheiben. Dann sprach sie weiter.

»General Griffin, Sie müssen diese Landungsschiffe aufspüren, und zwar schnell. Falls Anastasia Kerensky die Stahlwölfe tatsächlich nach Northwind zurück gebracht hat, wird sie nicht lange in ihrem Versteck bleiben.«

Teil 2

Jagd
Dezember 3133 – Februar 3134

12

Balfour-Douglas Petrochemicals Bohrplattform 47,
Oilfieldsküste, Kearny, Northwind
Präfektur III, Republik der Sphäre

Dezember 3133, Trockenzeit

Sechzehn Kartons mit jeweils einhundertzwanzig Latex-Untersuchungshandschuhen.

Und noch ein Freitag auf der Krankenstation, dachte Ian Murchison, während er die Zahl in den Compblock eintippte und den Vorratsschrank schloss. In mancher Hinsicht hatte sich seine Lage radikal verändert, seit die Stahlwölfe Balfour-Douglas 47 erobert hatten. In anderer Hinsicht allerdings war alles exakt so geblieben wie zuvor. Er arbeitete noch immer als MedTech und flickte all die zusammen, die hier draußen auf der Plattform krank wurden oder sich verletzten. Jetzt aber trug er eine doppelt gewundene Schnur am Handgelenk, und er hatte einen neuen Status: als Leibeigener von Galaxiscommander Anastasia Kerensky.

Er wusste nicht, warum er noch lebte, obwohl die Stahlwölfe das gesamte übrige Personal der Bohrplattform umgebracht hatten. Vielleicht wollte sie ein Haustier und mochte die Vorstellung, dass es keine Angst vor ihr hatte. Er hätte Angst gehabt, dachte er, wenn ihm die Untersuchung der Opfer auf der Station dafür Zeit gelassen hatte, aber nachdem Anastasia Kerensky ihn entdeckt hatte, wäre es sinnlos gewesen, sich winselnd zusammenzukauern. Schließlich hatte es ganz danach ausgesehen, dass sie ihn ohnehin töten würde.

Jetzt hatte er vor allem Langeweile. Die Stahlwölfe hatten sich als abstoßend gesunder Haufen erwiesen, und wäre da nicht ihre Angewohnheit gewesen, regelmäßig gegeneinander zu kämpfen, häufig aus Gründen, die Murchison nicht einmal ansatzweise nachvollziehen konnte, hätte er auch kaum Verwundungen zu versorgen gehabt. Heute waren es ein gebrochenes Handgelenk und eine Schnittwunde gewesen, beide Folgen desselben Kampfes. Murchison hatte einen Bericht über den aggressiven Zwischenfall schreiben wollen, aber alle Beteiligten schienen die Sache für erledigt zu halten. Er hatte das Formular, nachdem sie fort waren, trotzdem ausgefüllt. Gewohnheit und Routine waren etwas Wunderbares.

Jetzt blieb ihm zur Unterhaltung nur die Inventur der medizinischen Vorräte. Er fragte sich, ob ihm seine Position als Leibeigener – in der sein Wert für den Galaxiscommander, wie man ihm erklärt hatte, sich aus seiner medizinischen Erfahrung ergab – erlaubte, Nachschub für verbrauchtes Material anzufordern. Er zuckte innerlich die Achseln. Fragen kosteten nichts. Danach würde es Anastasia Kerenskys Sache sein, wie die Wölfe auf seine Anfrage reagierten.

Er hatte kaum damit begonnen, die Liste aufzustellen, als er auf dem Gang vor dem Büro Schritte hörte und den unverwechselbaren Rhythmus des Galaxiscommanders erkannte. *Wenn man vom Teufel spricht*, dachte Murchison, *steht er in der Tür, ohne lange anzuklopfen. Oder sie zumindest.*

Anastasia Kerensky konnte noch nicht lange von ihrem Ausflug aufs Festland zurück sein, doch sie hatte bereits die geplünderte Wanderkleidung gegen ihre bevorzugte Lederkluft getauscht. Auch ihr Haar war wieder wie gewohnt glänzend schwarz mit dunkelroten Glanzlichtern. Die Geschwindigkeit der Restauration ließ Murchison schmunzeln. Das Leben als unscheinbare Brünette hatte Kerensky ganz offensichtlich nicht zugesagt.

»Leibeigener Ian«, sagte sie, als die Bürotür hinter ihr ins Schloss gefallen war.

Er stand auf. Er war sich nicht sicher, wie die Anstandsregeln für ihren Rangunterschied waren, aber es war nie verkehrt, Vorgesetzten den üblichen Respekt zu erweisen, solange niemand etwas anderes befahl. Außerdem hatte er in Reichweite von Anastasia Kerensky grundsätzlich einen Drang zur Fluchtbereitschaft, und im Stehen fiel es ihm leichter, damit fertig zu werden. »Galaxiscommander«, antwortete er.

»Ich hoffe, die Gesundheit auf der Station war auch in meiner Abwesenheit gesichert?«

»Aye. Keine Krankheiten, nur unbedeutende Zwischenfälle, lediglich ein Kampf.« Er zog den Bericht über aggressives Verhalten zwischen den Papieren auf dem Schreibtisch hervor und reichte ihn ihr. »Krieger Jex und Zane.«

»Der Test war lange überfällig«, stellte sie ohne erkennbare Überraschung fest und überflog den Bericht. »Keine dauerhaften Behinderungen. Gut. Wer hat gewonnen?«

»Das war für mich nicht von Bedeutung, Ma'am. Also habe ich nicht gefragt.«

Er hörte etwas, das nach unterdrücktem Gelächter klang, und kämpfte gegen einen kalten Schauder an, der ihm unwillkürlich über den Rücken glitt. Kerenskys gute Laune war ebenso Angst einjagend wie alles an ihr. Mit funkelnden Augen, von denen Murchison mit aller Kraft hoffte, dass sie ein Zeichen von Belustigung waren, stellte sie fest: »Ein Wolfsclan-MedTech wäre zumindest neugierig gewesen.«

Belustigt oder nicht, er dachte nicht daran, zu Kreuze zu kriechen. »Wir sind alle, wer wir nun einmal sind, Galaxiscommander.«

»Stimmt«, bestätigte sie. »Du zum Beispiel bist diskret und pflichtbewusst. Und du bist mein Leibeigener.« Sie deutete auf die beiden Kordelschlaufen um Murchisons Handgelenk. »Verstehst du, was die Kordel bedeutet?«

»Nicht ganz.«

»Dann erkläre ich es dir. Die beiden Schlaufen sind ein Symbol deines Bewährungsstatus. Sobald ich beide durchtrenne, bist du nicht länger Isorla – Kriegsbeute –, sondern ein adoptiertes Mitglied des Clans. Früher hättest du weniger Glück gehabt. Damals konnten nur Krieger Abtacha werden. Aber die Stahlwölfe gehen mit der Zeit, also ist dein Bewährungsstatus nicht notwendigerweise von Dauer.«

Sie musterte ihn auf eine Weise, die darauf hindeutete, dass sie eine Reaktion erwartete. Sein Verstand biss sich an zwei Worten fest, vermutlich an denen, von denen sie es erwartete. »Nicht notwendigerweise?«

»Erfülle eine Aufgabe, die ich dir stelle, und ich werde eine der Schlaufen durchtrennen.«

Eine ganze Weile sagte Ian Murchison nichts. Er musste sich daran erinnern, dass Anastasia Kerensky selbst ohne die Rückendeckung der Stahlwölfe äußerst gefährlich war. Sie würde ihn ohne mit der Wimper zu zucken töten, falls es notwendig war, oder auch nur, weil es ihr so gefiel. Aber sie respektierte Furchtlosigkeit und wusste Ehrlichkeit zu schätzen, und es waren diese beiden Eigenschaften, die ihm bisher das Leben gerettet hatten. »Machen Sie mir ein Angebot, Galaxiscommander?«

»Versuchst du mit mir zu handeln, Leibeigener?«

Ihr Lächeln hätte jeden anderen eingeschüchtert, aber jetzt konnte er nicht mehr zurückstecken. »Nein, Ma'am. Aber nicht alle Aufgaben sind gleich. Wenn ich wüsste, dass ich eine nicht erfüllen könnte, würde ich sie ablehnen und auf eine andere warten.«

»Selbst wenn es nie eine andere Gelegenheit geben könnte?«

»Ja, Ma'am.«

Sie hob ungläubig eine Augenbraue. »Hast du solche Angst zu scheitern?«

»Nicht zu scheitern, Galaxiscommander.«

Eine weitere lange Pause folgte, während der Anastasia Kerensky ihn mit einer unbewegten, nachdenklichen Miene musterte, und er fragte sich, ob sie doch zu dem Entschluss gekommen war, ihn einfach zu töten. Aber schließlich verwandelte sich ihr Gesichtsausdruck von Nachdenklichkeit in widerwillige Zustimmung. »Du bist ein sturer und hartnäckiger Bastard, Leibeigener Ian. Falls es mir gelingt, einen Wolfsclanner aus dir zu machen, wirst du dich gut einfügen.«

Er vermutete, dass das als Kompliment gemeint war. »Wenn Sie es sagen, Ma'am.«

»Ich sage es.« Er war sich nicht sicher, ob das leise Geräusch, das auf die Worte folgte, ein stilles Kichern oder ein resignierter Seufzer war. »Na schön, Leibeigener Ian. Ich werde dir sagen, welche Aufgabe ich für dich habe, und du wirst mit Ja oder Nein antworten. Aber ...« Sie hob die rechte Hand, und jetzt hielt sie ein Messer. »Falls die Antwort Nein lautet, wirst du dieses Gespräch niemand anderem gegenüber erwähnen, oder du stirbst. Ist das klar?«

»Absolut klar, Ma'am.« Er sah das Messer wieder verschwinden. »Was soll ich für Sie tun?«

»Ich möchte, dass du jemanden für mich suchst.« Sie wanderte ruhelos die wenigen Schritte von einer Seitenwand des kleinen Büros zur anderen und zurück. Offenbar beunruhigte sie die Angelegenheit mehr, als sie bereit war zuzugeben. »Ich weiß nicht, ob es ein Mann oder eine Frau ist. Aber diese ... Person ... falls sie existiert ... steht in Kontakt mit Jacob Bannson.«

»Bannson Universal Unlimited? *Der* Bannson?«

»Ja.«

»Ich dachte, die Republik hätte ihm vor einer Weile die Flügel gestutzt. Ihm gesagt, er soll in Präfektur IV bleiben und sich betragen.«

Anastasia Kerensky verzog den Mund. »Und es ist dir möglicherweise aufgefallen, dass sich nicht mehr alle an die Regeln der Republik halten. Ich bin ein Beispiel dafür. Jacob Bannson ist ein anderes. Aber das macht uns nicht zu natürlichen Verbündeten, ganz gleich, was er glauben mag.«

»Das sehe ich, Galaxiscommander.«

»Wirklich? Ausgezeichnet. Dann siehst du auch, warum ich nicht will, dass er einen meiner Wölfe beschäftigt. Eine geteilte Loyalität ist nichts wert.«

»Nein, Ma'am«, stimmte Murchison trocken zu. Dann fragte er sich, ob er möglicherweise zu weit gegangen war. Anastasia Kerensky war durchaus in der Lage, Ironie zu verstehen.

Zu seiner Erleichterung lachte sie. »Du solltest es wissen, Leibeigener. Also, ich frage dich: Kannst du diese Aufgabe annehmen?«

»Wäre ich ein Soldat«, antwortete er langsam und dachte dabei laut nach, »müsste ich mit Nein antworten. Ich hätte Eide geschworen und Verpflichtungen übernommen, die Vorrang hätten. Aber ich bin kein Soldat. Ich bin ein MedTech, und die einzigen Eide, die ich je geleistet habe, haben damit nichts zu tun. Und Sie verlangen nicht von mir, einen davon zu brechen.«

Anastasia Kerensky sagte nichts und ließ ihm die Zeit, zu einer Entscheidung zu finden.

Er sprach weiter. »Würden Sie von mir verlangen, jemanden aufzuspüren, der für Northwind spioniert, müsste ich ebenfalls ablehnen. Dies ist meine Heimatwelt, und ich habe ihr gegenüber eine Pflicht zu erfüllen, selbst wenn ich kein Soldat bin, sondern ein MedTech. Und dann müssten Sie mich wirklich umbringen, also ist es ganz gut, dass Sie nichts dergleichen von mir verlangen.«

»Ganz gut so«, bestätigte sie. Sie klang eher belustigt als wütend. »Sprich weiter, Leibeigener.«

»Aber Jacob Bannson hat sich meines Wissens nie als Freund Northwinds hervorgetan, und ich habe nie irgendwelche Eide auf Bannson Universal Unlimited geleistet. Ich werde den Spion für Sie jagen, Galaxiscommander.«

13

Balfour-Douglas Petrochemicals Bohrplattform 47,
Oilfieldsküste, Kearny, Northwind
Präfektur III, Republik der Sphäre

Dezember 3133, Trockenzeit

Als die Stahlwölfe die Bohrplattform übernommen hatten, hatte Anastasia Kerensky das Quartier des Stationsmanagers für sich beansprucht. Da er tot war, hatte er keinen Widerstand geleistet. Die Entfernung zu den Landungsschiffen behagte ihr nicht, aber die Wölfe brauchten ein Operationshauptquartier, das näher am Festland lag.

Die neue Unterkunft hatte noch andere Vorzüge. Der Manager hatte eine Neigung zum Luxus gehabt, zumindest soweit das an Bord einer Ölplattform möglich war. Die Kabine verfügte über ein extrabreites Bett statt einer schmalen Koje, und eine Badewanne, die fast so groß war wie das Bett. Hier brauchte sich niemand Sorgen um einen Mangel an Trink- oder Badewasser zu machen. Der Bohrturm stand mitten in einem Ozean, aus dem er alles Wasser aufbereiten konnte, das an Bord gebraucht wurde. Am Ende eines langen Arbeitstages – und auf diesen Tag traf das eindeutig zu – genoss sie die Möglichkeit, die riesige Wanne mit heißem Wasser zu füllen und im Schaum der Badelotion zu spüren, wie sich die Anspannung auflöste.

Anastasia lag in der Wanne und entspannte. Sie dachte an ihre Vereinbarung mit Ian Murchison. Sie hatte nicht gelogen, als sie festgestellt hatte, dass der Med-

Tech einen ausgezeichneten Wolf abgeben würde. Es gefiel ihr, wie er sich gegen die Angst sträubte. Und gute MedTechs waren immer von Wert.

Sie nippte an dem schweren Kristallglas, das auf dem breiten Rand der Wanne stand. Das war ein weiterer Vorteil ihres momentanen Quartiers: Sein vorheriger Eigentümer hatte einen guten Drink zu schätzen gewusst, und die Bar war von ausgezeichneter Qualität. Zwar kein terranischer Wodka, wie sie ihn bevorzugte, wenn sie ihn bekommen konnte, aber lokale Marken. Und inzwischen war sie zu dem Schluss gekommen, dass sich eine Eroberung Northwinds allein wegen der planetaren Destillen lohnte. Der bernsteinfarbene Whisky schmeckte nach Stahl und brennenden Balken, und das Etikett war in einer Sprache beschriftet, die sie nicht erkannte. Aber sie würde sich an den Namen erinnern, wenn sie diese Plattform verlassen und ganz Northwind plündern konnten.

Schritte in der Wohnkabine unterbrachen ihre Gedanken. Neben dem Whisky auf dem Rand der Wanne lag eine geladene Pistole. Sie hatte die Waffe in der Hand und zielte auf die Tür, bevor diese sich öffnete.

Beim Anblick des Mannes, der in der Tür stand, entspannte sie sich ein wenig. Es war Nicholas Darwin, dessen unbestreitbar gut aussehende Präsenz hier ein weiterer Vorteil der eigenen Unterkunft auf dem Verwaltungsdeck der Station war. Sie senkte die Pistole jedoch nicht, sondern lächelte ihn über den Lauf an.

»Wärst du ein Feind, hätte ich dich noch in der Tür erschossen.«

»Wäre ich ein Feind«, erwiderte er ebenfalls lächelnd, »hätte ich auf der anderen Seite der Tür gewartet und dich umgebracht, wenn du aus dem Bad gekommen wärst.«

Sie lachte und senkte die Waffe. »Aber da du kein Feind bist, fiel dir das Warten zu schwer?«

»Der Anblick eines bewaffneten und gefährlichen Galaxiscommanders in der Badewanne ist ein zu seltenes Privileg, um darauf zu verzichten.«

»Man sollte nie auf einen Vorteil verzichten, wenn er sich bietet.« Sie stand mit einer geschmeidigen Bewegung auf, ohne die Pistole beiseite zu legen. Die Bewegung hätte ungelenk wirken können, und Anastasia war eitel genug, sich darüber zu freuen, dass dem nicht so war. Und die Wirkung auf Nicholas Darwin, als er Wasser und Badeschaum von ihrem bloßen Körper rinnen sah, erfüllte ihre schönsten Erwartungen. »Mir gefällt, wie du denkst. Bring den Whisky mit und komm ins Bett.«

Sie ging an ihm vorbei. Er folgte. Als sie sich umdrehte, sah sie, dass er nicht nur die Whiskyflasche und ein leeres Glas mitgebracht hatte, sondern auch ein Badetuch.

Sie hob eine Braue. »Wozu das Handtuch?«

Er stellte die Flasche und das Glas auf ihren Nachttisch, dann faltete er das Badetuch auseinander. »Ein Manöver von beiderseitigem Vorteil«, erklärte er. »Du brauchst dich nicht über Bettwäsche zu ärgern, die von Seifenwasser durchnässt ist ... und ich kann deinen ganzen Körper abtasten.«

»Ein guter Plan.« Sie legte die Pistole neben den Whisky auf den Nachttisch. »Er gefällt mir.«

Es gefiel ihr sogar ganz ungemein, wie sich herausstellte. Es war ein Glück, dass außer dem MedTech Ian Murchison niemand mehr auf diesem Deck wohnte, und sein Quartier lag am anderen Ende der Station. Dadurch war er zu weit entfernt, um das meiste zu hören, und was die Geräusche betraf, die er möglicherweise doch mitbekam ... Nun, es war unwahrscheinlich, dass er jemandem davon erzählte.

Einige Zeit später lag sie glücklich und erschöpft auf dem Bett, den Kopf auf Nicholas Darwins Schulter, und beobachtete das Spiel von Licht und Farben auf der Decke der Kabine. Sie ergab sich einem kurzen, angenehmen Moment frei von Gedanken an Rang, Position oder Machtkämpfe. Solche Augenblicke hielten nie lange an, aber einer der Vorteile eines regelmäßigen Bettgefährten lag darin, dass sie überhaupt möglich wurden.

Es hing ein Bild an der Decke, ein auswechselbares elektronisches Poster, das in der schwachen Beleuchtung sanft glänzte. Sie schloss aus seiner Existenz, dass die Neigung des ehemaligen Managers zum Luxus sich nicht aufs Sexuelle erstreckte, sonst hätte er dort oben stattdessen einen Spiegel angebracht – oder zumindest Bilder von einer gewissen inspirierenden Qualität, statt wechselnder Landschaftsmotive.

Sie wiederholte die Feststellung laut, mit träger, schläfriger Stimme. Darwin kicherte.

»Hatte er vielleicht nich nötig.« Wenn er entspannt war, verlor seine Aussprache die clanübliche Präzision und näherte sich der lockeren Diktion der Nicht-Clanner von Tigress: eine Erinnerung an seine Freigeborenenabkunft. Er war das Produkt zufälliger genetischer Vermischung statt sorgfältiger Zucht anhand der DNS-Vorräte des Clans und eines genau überwachten Wachstums im Brutkasten. »Oder möglicherweise haben Landschaften ihn geil gemacht.«

»Wer weiß.«

Sie lag einfach da und ließ die Bilder über sich vorbeigleiten: Wellen, die auf einen sonnengebadeten Sandstrand schlugen; weite, wogende Getreidefelder kurz vor der Ernte; eine Burg aus grauem Stein tief in einem Gebirgstal.

»Das Bild gefällt mir«, erklärte sie. An Nicholas Darwins Seite gekuschelt, wurde sie immer schläfriger, der stete Rhythmus seines Herzens lullte sie ein. »Die Burg.«

»Ich habe einen Artikel in einem Magazin darüber gelesen, während wir in Fort Barrett Touristen spielen mussten. Es gehört der kleinen Gräfin, der mit dem *Tomahawk*.«

Sie gähnte. »Eines Tages will ich auch so eines.«

»Hol dir Northwind, und du kannst das haben.«

»Und nachsehen, ob die kleine Gräfin einen Spiegel über *ihrem* Bett hat.« Bei dem Gedanken musste sie lächeln, und lächelnd schlief sie ein.

14

Fort Barrett, Oilfieldsküste, Kearny, Northwind
Präfektur III, Republik der Sphäre

Dezember 3133, Trockenzeit

Will Elliott gewöhnte sich schnell an das Leben als Lance Sergeant. Der Arbeitsaufwand war in etwa derselbe wie zuvor, doch diesmal genügte es nicht, dass er selbst keinen Mist baute.

Er musste auch dafür sorgen, dass zehn oder noch mehr andere keinen Mist bauten. Nicht, dass ihm das sonderlich schwer fiel. Seit der Grundausbildung hatte er bei Jock Gordon und Lexa McIntosh nichts anderes getan.

Außerdem: Die Angst, seine Beförderung und die unvermeidliche Distanz, die sich dadurch zwischen ihm und seinen beiden besten Freunden aufbaute, würde zu einer unaufhaltsamen Entfremdung führen, erwies sich als völlig unbegründet. Nicht zuletzt zu ihrer eigenen Überraschung brachten es auch Jock und Lexa kurz nach Wills Beförderung zum Lance Sergeant.

Insbesondere Lexa hatte ihre neuen Rangabzeichen mit unangenehm berührter Miene in Empfang genommen. »Das ist der Beweis«, erklärte sie. »Uns steht eine Menge Ärger bevor.«

»Wie kommst du darauf?«, fragte Jock.

»Sei ehrlich, warum sonst sollte irgendein halbwegs geistig gesunder Mensch jemanden wie uns befördern? Ich bin der Schrecken von Barra Station, und du ... sagen wir's mal so, als deine Mutter die Bestellung aufgegeben hat, hat sie nicht das Kästchen für zusätzliches Hirnschmalz angekreuzt.«

Will sah seine Freunde streng an. »Ihr habt den Red-Ledge-Pass überlebt und ihr habt die Schlacht um Tara überlebt. Soweit es die neuen Rekruten betrifft, seid ihr alt und mutig und sehr, sehr weise. Macht ihnen ihre Illusionen nicht kaputt.«

Aber schon zwei Wochen später wurde die morgendliche Routine in Fort Barrett durch die Ankunft eines kleinen Hubschraubers neben dem HQ-Gebäude gestört, und Will kam der Verdacht, dass Lexa die Wahrheit gesagt hatte. Die Ankunft von Besuchern im Hauptquartier war an sich nicht weiter ominös. Selbst hier draußen kamen und gingen ständig Leute ein und aus. Aber etwa eine Stunde später tauchte ein schwerer Transporthubschrauber auf, unter dem eine in eine Zeltplane gewickelte Fracht hing, und setzte auf dem Hauptlandeplatz des Forts auf. Auch das wäre für sich genommen nicht weiter ungewöhnlich gewesen, nur war es der falsche Zeitpunkt für einen der üblichen Versorgungsflüge von New Lanark. Und ein außerplanmäßiger Frachtflug, besonders in Verbindung mit einem wichtigen Besucher, musste eine Bedeutung haben.

Wie besonders diese Ereignisse waren, fand Will schnell heraus. Nachdem er die täglichen Personalmeldungen zum Hauptquartier gebracht hatte und mit den Tagesbefehlen auf dem Rückweg war, führte ihn der Weg am Hauptlandeplatz vorbei, und er sah, dass die Fracht des Transporthubschraubers jetzt ausgepackt war und auf eigenen Beinen stand: Es war ein *Koshi*-BattleMech, mit gebeugtem Rücken, wuchtigen Armen und nach vorne ragender Kanzel. Der Mech stand auf dem Hubschrauberlandeplatz, während sein Pilot eine Abfolge von Streck- und Drehbewegungen durchführte, vermutlich eine Routineüberprüfung der Aktivatoren nach dem Transport.

Will blieb stehen und schaute zu. Von seinem Standort aus schien es, als würde der Mech langsame Turnübungen durchführen, eine Art mechanisches Tai-Chi, mit denen er seine Metall-Myomer-Gliedmaßen beugte und dehnte, Stabilität und Gleichgewicht der fünfundzwanzig Tonnen Masse prüfte. Der lange Flug von New Lanark musste eine Belastungsprobe sowohl für den Mech als auch für den Hubschrauber gewesen sein, der ihn beförderte. Nur weil der *Koshi* einer der leichtesten Mechs überhaupt war, hatte die Maschine ihn überhaupt vom Boden heben können.

Das letzte Mal, dass Will einen *Koshi* gesehen hatte, war am Red-Ledge-Pass gewesen, als die Highlander-Infanterie die Panzerkolonne der Stahlwölfe für sechsunddreißig Stunden aufgehalten hatte, um der Countess of Northwind und Paladin Ezekiel Crow die Zeit zu verschaffen, die sie brauchten, um die Verteidigung der Hauptstadt zu organisieren. Der Pilot des *Koshi* war Herz und Hirn dieser Hinhalteaktion gewesen, immer zur Stelle, um die bedrängte Infanterie zu entsetzen, wo die Kämpfe am heftigsten tobten, und die Infanterie der Wölfe niederzumähen, wenn sie drohte, die Stellungen der Highlanders zu überrennen.

Die Prüfserie war abgeschlossen. Der *Koshi* kehrte in seine Ruhestellung zurück und schaltete sich ab. Etwa eine Minute später verließ der Pilot das Cockpit und kletterte die Einstiegsleiter herab. Selbst vom äußersten Rand des Landefelds aus erkannte Will das rotbraune Haar des Mannes und seine kerzengerade Haltung. Fort Barretts wichtiger Besuch war Brigadegeneral Michael Griffin – der Pilot des *Koshi* am Red-Ledge-Pass und Kommandeur der Hinhalteaktion.

Jetzt befand sich Griffin in Fort Barrett. Und er war nicht nur zu einem kurzen Besuch gekommen, denn dazu hätte er sicher nicht den Mech mitgebracht.

Beim Mittagessen in der Unteroffiziersmesse wurde

Wills Verdacht bestätigt. Er unterhielt sich beim Tagesmenü aus Fisch und Fritten, mit Biskuitkuchen als Nachtisch, mit Truppführer Murray, der sich trotz seines übermenschlich sauberen Auftretens unter allen denkbaren Umständen als erheblich umgänglicher erwiesen hatte, als Will sich je hätte träumen lassen.

»Ich habe heute Morgen General Griffin den *Koshi* aufwärmen sehen«, stellte Will fest.

»Eine beeindruckende Maschine.« Murray warf Will einen misstrauischen Blick zu. »Sie sind doch keiner von diesen Fußsoldaten, die heimlich davon träumen, einen Mech zu steuern, oder doch?«

Will schüttelte den Kopf. »Wer, ich? Niemals. Zu groß, zu laut, zu eng ... Ich ziehe es vor, im Freien zu kämpfen und zu sterben. In einer Kiste lande ich noch früh genug.«

»Wie wahr.«

»Aber der General hat es drauf ... Ich erinnere mich noch an den Pass.« Will leerte den Teller mit dem Hauptgang und machte sich an den Kuchen. Das panierte Fischfilet war ausgezeichnet gewesen, offensichtlich mit frischem, hier an der Küste gefangenem Fisch zubereitet. Der Biskuitkuchen dagegen schmeckte, als hätte ihn jemand gebacken, der irgendwann einmal eine Beschreibung davon gelesen, jedoch nicht verstanden hatte. Aber genug Schokoladencouvertüre machte alles essbar. Will kaute, schluckte und sprach weiter. »Haben Sie eine Ahnung, was er hier in Fort Barrett will?«

»Das Regimentshauptquartier hat Arbeit für uns. Der General ist zu einer bewaffneten Erkundung hier und wir liefern die Bewaffnung.«

»Da hat jemand Spaß daran, ihn an die vorderste Front zu stellen. Ihn – und uns.«

»Inzwischen sollten Sie eigentlich wissen, wie's läuft, Elliott. Zeigen Sie denen da oben, dass Sie übers Wasser gehen können, und beim nächsten Mal besorgt man Ihnen tieferes Wasser und höhere Wellen.«

»Aye. Und wonach suchen wir?«

Murray grinste. »Das sollten Sie eigentlich wissen. Schließlich haben Sie sie als Erster entdeckt.«

»Was ...?«

Dann erinnerte sich Will an das Festessen im ›Riggers' Rest‹ und die Frau, die ihn Stunden später, als er gerade einschlafen wollte, an Anastasia Kerensky hatte denken lassen. Als er am nächsten Morgen aufgewacht war, hatte er sich selbst davon überzeugt, dass es nur eine zufällige Ähnlichkeit gewesen war. Er hatte trotzdem Meldung gemacht, in der Erwartung, dass die Nachricht irgendwo abgelegt und vergessen wurde, aber nicht ...

»All das, nur wegen meiner Meldung?«

»Ich fürchte, ja.« Murray lachte. »Nicht wirklich. Die schlauen Jungs und Mädchen im Regimentshauptquartier besaßen bestimmt schon eine ganze Kiste voller Puzzlestücke, die sie zu einem großen Gesamtbild zusammengefügt hatten. Sie haben Ihnen nur das letzte Stück geliefert, das noch fehlte.«

15

Terminushalle, Raumhafen Tara, Northwind
Präfektur III, Republik der Sphäre

Dezember 3133, Winter

Das Landungsschiff *Cullen's Hound* würde in vierundzwanzig Stunden vom Raumhafen Tara starten, und Di Jones war auf den Flug gebucht. Sie hatte Ticket und Papiere griffbereit und ihre wenigen Gepäckstücke bereits eingecheckt.

Sie reiste wie immer mit minimalem Gepäck, und das Einzige in ihrem Besitz, das ihr wirklich wichtig war, hatte sie auf diese Mission ohnehin nicht mitnehmen können: ihren *Tomahawk*-BattleMech. Jetzt hatte sie noch etwas Zeit totzuschlagen, bis sie an Bord der *Cullen's Hound* gehen konnte, und dank Jack Farrell – zur Hölle mit seinem einen verbliebenen Auge – hatte sie auch einen Termin dazu.

Sie traf Farrell in der Abflughalle des Raumhafens, einem riesigen Bau mit Kuppeldecke, von dem Verbindungen zum Rest des Hafengeländes und in die planetare Hauptstadt abgingen. Die Halle war leerer, als sie es vor dem Zusammenbruch des HPG-Netzes gewesen wäre. Aber auch so drängten sich die Menschenmassen. Interstellaren Massentourismus gab es nicht mehr. Seine Existenz war weit stärker, als sich die meisten Menschen klar gemacht hatten, von schnellen Kommunikationswegen und allgemeinem Frieden abhängig gewesen.

Aber die Notwendigkeit, Medienaufzeichnungen,

gedruckte Nachrichten und Korrespondenz zwischen den von Menschen bewohnten Systemen auszutauschen, sorgte noch immer dafür, dass Northwind angeflogen wurde.

Jack Farrell saß auf einer Bank in der Nähe des Durchgangs zu den Linien nach Tara und las einen Ausdruck mit den Meldungen des Tages aus den *Northwind-Nachrichten*. Di konnte die Hauptschlagzeile lesen – RAT VERABSCHIEDET WIRTSCHAFTSHILFE –, dann faltete er das Blatt zusammen und steckte es ein.

»Di«, begrüßte er sie und stand auf. »Schön, dich zu sehen.«

»Farrell. Ich wünschte, ich könnte dasselbe sagen.« Diese Antwort stimmte nur zur Hälfte. Sie musste zugeben, dass Jack ein gefährlich gut aussehender Mann war, selbst – oder vielleicht gerade – mit der schwarzen Augenklappe. Sie hätte sich gewünscht, sein Anblick hätte sie auch nach so langer Zeit nicht dermaßen durcheinander gebracht.

Wie immer schienen ihre Beleidigungen an ihm abzuperlen. »Lass uns einen angenehmeren Ort zum Reden finden. Könnte sein, dass der örtliche Nachrichtendienst dieses ganze Gebäude mit Augen und Ohren voll gestopft hat. Könnte auch sein, dass nicht, aber ich bin nicht in der Stimmung, es zu riskieren.«

»Zurück in die Stadt?«

»Ist mir recht«, sagte er und setzte sich mit langen Schritten in Richtung Ausgang in Bewegung, ohne darauf zu achten, ob sie ihm folgte oder nicht.

Eine Stadtbahn- und zwei Schwebebusfahrten später saßen sie sich in der hintersten Nische eines Eckrestaurants in einem Arbeiterviertel Taras gegenüber. Die Atmosphäre des Lokals war vom Duft nach Würstchen, Koteletts und Speck geschwängert, und das Hintergrundraunen der Mittagsklientel wurde vom Knallen und Zischen heißen Fetts begleitet.

Farrell bestellte über die Bildschirmauswahl des Tisches zwei Tagesgerichte – gemischte Grillteller – und eine Kanne Kaffee. Der Kaffee war stark, schwarz und frisch. Dazu gab es einen Keramikkrug mit Milch.

Di runzelte die Stirn über Farrells selbstverständliche Art, für sie mitzubestellen, verzichtete aber darauf, sich tatsächlich zu beschweren. In der Eile, ihr Gepäck rechtzeitig vierundzwanzig Stunden vor dem Start einzuchecken, hatte sie auf das Frühstück verzichtet. Jetzt hatte sie Hunger und würde ihr Essen genießen, egal ob Jack Farrell wusste, was ihr schmeckte und was nicht.

Natürlich war da auch noch das Gespräch. Farrell begann die Unterhaltung, während sie Kaffee tranken und auf die Grillteller warteten. »Wie ist das Gespräch mit deinem Ziel verlaufen?«

Selbst hier, an einem Ort, an dem kaum eine Chance bestand, abgehört zu werden, erwähnte er Anastasia Kerensky nicht mit Namen. Es bestand kein Anlass, Aufmerksamkeit zu erregen, indem er den Namen der Frau aussprach, die die Stahlwölfe bis auf wenige Stunden ans Herz der Stadt geführt hatte.

»Sie hat mich eiskalt abblitzen lassen.«

»Die Möglichkeit bestand immer«, stellte Farrell fest. »Diese Leute denken nicht so wie wir.«

»Ich habe niemand von ›diesen Leuten‹ getroffen. Nur sie.«

»Keine Bange, sie ist eine von ihnen. Genauso durchgeknallt wie alle anderen.«

»Wenn du das sagst.« Di war sich nicht sicher, was sie von ihrem Treffen mit Anastasia Kerensky halten sollte. Die Weigerung der Clannerin hatte sie verärgert, ja, aber sie hatte auch Respekt in ihr geweckt. Es war die letztere Regung, die sie veranlasst hatte, die Bemerkung über den Maulwurf im Stahlwolf-Stab fallen zu lassen. Und das war etwas, das sie ganz sicher nicht plante, Jack Farrell gegenüber zu erwähnen, und Jacob Bannson gegenüber auch nicht. »Das Problem ist ganz einfach, dass sie niemandem etwas schulden will.«

Farrells Reaktion war ein träges Grinsen. »Du musst das ja wissen, Darling. Nicht, dass du durchgeknallt bist oder so was.«

»Das ist die Stelle, an der ich mich daran erinnern muss, dass ich dich nicht auf der Stelle umbringen darf, weil wir für denselben Auftraggeber arbeiten.«

»Ganz recht.« Die Bedienung brachte ihre Tagesgerichte, und die beiden verstummten kurz, bis sie wieder gegangen war. Als die Frau wieder hinter ihrer Theke war, machte sich Farrell über seinen Fleischteller her und erklärte: »Über die Ablehnung würde ich mir keine Gedanken machen. Der Boss hat dich nicht als Vertreterin angeheuert.«

»Ein Glück, denn sie hat nichts gekauft.« Di leerte ihre Tasse Kaffee und schenkte sich eine zweite ein. »Andererseits dürfte ihm mein Reisetagebuch gefallen.«

Farrell zog die Stirn kraus. »Viele bunte Bilder?«

»Und jede Menge Notizen. Was ist mit dir?«

»Ich warte noch auf den richtigen Moment, Kontakt zu meinem Ziel aufzunehmen.« Seine Miene veränderte sich zu einem mürrischen Ausdruck. »Wenigstens ist deines ein ehrlicher Schurke ...«

»Schurkin.«

»Von mir aus, Schurkin – die keine Lügen erzählt und auf niemandes Seite als der eigenen steht. Meinem würde ich nicht weiter trauen, als ich einen BattleMech werfen kann.«

»Ich würde nicht mit dir tauschen wollen, soviel steht fest. Bei deinem Ziel läuft es mir kalt den Rücken runter. Eine falsche Bewegung, und in dir steckt weniger Leben als im Frühstück von gestern.«

»Hast du Angst um mich, Liebes?«

Di schüttelte heftig den Kopf. »Ich würde es sehr bedauern, falls dir jemand ein Messer in den Leib rennt, bevor ich Gelegenheit dazu habe.«

»Nur die Ruhe, Schätzchen.« Farrell lehnte sich zurück und bedachte sie mit seinem lüsternsten und widerlichsten Grinsen. »Ich hebe mich für dich auf.«

16

Balfour-Douglas Petrochemicals Bohrplattform 47,
Oilfieldsküste, Kearny, Northwind
Präfektur III, Republik der Sphäre

Dezember 3133, Trockenzeit

Es war Nacht auf Balfour-Douglas 47 und Ian Murchison ging wieder einmal für ein paar Minuten stiller Abgeschiedenheit auf die Aussichtsplattform. Er stützte sich auf die Metallreling und entspannte sich in der kühlen Nachtluft so gut es ging. Die über das offene Wasser heranwehende Brise kühlte die Haut. Keiner der beiden Monde Northwinds stand am Himmel, aber eine Myriade von Sternen funkelte im Samtschwarz der Nacht. Unter ihm strömte das Wasser um die Pfeiler des Bohrturms. Selbst leuchtende Quallen trieben in den Fluten und funkelten.

Murchison war müde, nicht zuletzt wegen der nicht nachlassenden Belastung durch gedämpfte Wut und Angst, die abzureagieren ihn das Leben gekostet hätte, und die konstante Irritation durch die doppelt geschlungene Kordel um sein Handgelenk.

Und dann war da noch die Sache mit seiner Vereinbarung mit Galaxiscommander Anastasia Kerensky.

Er wollte sich fragen, was in sie gefahren war, aber er wusste es besser. Aus welchem Grund auch immer – möglicherweise war es sein offenes und ehrliches Gesicht – hielt die Kommandeurin der Stahlwölfe ihn für solide und zuverlässig.

Um genau zu sein, sie hielt ihn für solide, zuverlässig und für kein Teil des Stahlwolf-Militärapparats seit dem Tag seiner Abnabelung, für jemanden mit einem unvoreingenommenen Blick, der geeignet war, nach Anzeichen von Hinterlist und Verrat Ausschau zu halten.

Mein Blick ist so verdammt unvoreingenommen, dass er nie etwas finden wird, dachte er bitter. *Ich suche nicht nach einer Nadel im Heuhaufen, ich suche nach einer Nadel in einem Nadelhaufen.*

Der Gedanke deprimierte ihn. Vielleicht würde Anastasia Kerensky ihm glauben, wenn er ihr erklärte, dass er den Verräter nicht finden konnte, weil für ihn sämtliche ihrer Stahlwölfe zu einer weitgehend unidentifizierbaren, aber ausgesprochen unangenehmen Masse verschmolzen. Doch wahrscheinlicher war, dass sie ihn für einen Lügner halten würde.

Das Murmeln von Stimmen ein Stück weiter auf dem Aussichtsdeck entlang, hinter der nächsten Ecke, brach in seine Gedanken und weckte trotz der trüben Stimmung seine Neugier. Er näherte sich, ohne seine Anwesenheit zu verraten, bis er nahe genug war, um die Stimmen von Sterncolonel Nicholas Darwin – dem Favoriten des Galaxiscommanders – und Sterncaptain Greer zu erkennen. Beide Männer spielten eine wichtige Rolle in Anastasia Kerenskys Stab, was sie aus der anonymen Masse der Krieger in Murchisons Erinnerung hervorhob.

Greers Stimme wurde als erste verständlich. »... länger wollen wir hier noch warten? Wir müssen die Landungsschiffe holen und angreifen.«

»Ich bin der falsche Adressat für diese Frage.«

»Wirklich? Du bist Kerenskys Liebhaber.«

Darwins Stimme war ein wenig tiefer als die Greers und neben einem leichten Unterschied im Akzent von Belustigung gefärbt. »Falls du glaubst, das würde mir irgendeinen Einfluss auf die Entscheidungen des Galaxiscommanders verschaffen, kennst du sie nicht so gut, wie du dir einbildest.«

Greers Stimme wurde beleidigend. »Und du kennst sie besser, als du zugibst. Ich bin nicht blind. Ich habe gesehen, wie du mit ihren Papieren hantiert hast. Hätte sie dir nicht die Schlüssel gegeben ...«

Murchison schlich weiter und achtete darauf, im Schatten zu bleiben, bis er die beiden Männer vor der Tür zum Treppenaufgang stehen sah. Über der Tür brannte eine kleine Lampe, deren Licht sie aus der Dunkelheit schälte. Darwin war dunkel und stämmig, Greer groß, fahl und knochig.

Ihre Körpersprache spiegelte die Feindseligkeit wider, die Murchison in den Stimmen der beiden gehört hatte. Greer versuchte, Darwin einzuschüchtern, während der sich auf eine Weise an die Reling lehnte, die offensichtlich einen herablassend entspannten Eindruck vermitteln sollte. Aber die Anspannung der Schulterpartie strafte die Haltung Lügen.

Der MedTech überlegte, ob er sich räuspern oder einen Stift fallen lassen sollte, irgendetwas, um ein Geräusch zu erzeugen und die Spannung zu brechen. Aber dann entschied er sich dagegen. Wenn Anastasia Kerensky ihn schon zum Spion gemacht hatte, dann würde er sich auch wie ein Spion verhalten und nichts weiter tun als zuhören.

Darwin fragte: »Was soll ich ihr denn deiner Meinung nach sagen? Etwa ›Falls ich dich einen Augenblick ablenken darf, Galaxiscommander, Sterncaptain Greer möchte wissen, wann es dir genehm sein wird, die Landungsschiffe zu starten?‹« Er lachte. »Und wenn sie antwortet: ›Sterncaptain Greer wird erfahren, wann die Landungsschiffe starten, wenn Sterncolonel Darwin es hört und ihm mitteilt‹, glaubst du, ich wäre dumm genug, sie weiter zu bedrängen?«

»Ich glaube, du bist ein dreckiges Stück Freigeborenenabschaum, und das Einzige an dir, was dem Galaxiscommander etwas nutzt, ist dein ...«

»Vorsicht.« Jetzt klang Darwins Stimme leise und ganz und gar nicht belustigt. »Du beleidigst Anastasia Kerensky, was ausgesprochen dumm ist. Und du beleidigst mich, was angesichts der Tatsache, dass wir beide allein und ohne irgendwelche Zeugen hier draußen stehen, noch viel dümmer ist.«

Sterncaptain Greer trat einen Schritt vor. »Du drohst mir.«

»Ja, ich drohe dir. Ich wusste, irgendwann wirst du es merken.«

Greer stieß einen unartikulierten Laut des Abscheus aus und schob die rechte Hand unter den linken Unterarm. Als die Hand wieder sichtbar wurde, ragte eine vierundzwanzig Zentimeter lange Dolchklinge aus seiner Faust. Keines der Federmesser, an die Murchison sich hier auf der Plattform längst gewöhnt hatte, sondern eine doppelschneidige, blattförmige Klinge. Ein Messer, das den Namen Waffe verdiente. Das Metall war von mattschwarzer Farbe, die im Licht nicht glänzte oder reflektierte. Nur an den Schneiden, wo die Klinge geschliffen war, glitzerte es.

»Dann werde ich dem Galaxiscommander den Teil von dir schicken, der ihr am besten gefällt«, kündigte Greer an. »In einer winzigen Schachtel.«

»Du darfst es gern versuchen, Sterncaptain.« Darwin stieß sich von der Reling ab und stellte sich breitbeinig hin. Er beugte die Knie und hob die Hände auf Hüfthöhe, die Handflächen offen und leer. Er bewegte die Finger in leichten Winkbewegungen. »Du darfst es nur zu gerne versuchen.«

Greer antwortete nicht. Jedenfalls nicht mit Worten. Er drehte sich so, dass er Darwin die linke Seite zuwandte, dabei die leere Hand erhoben. Die Hand mit dem Messer fuhr hinter seinen Körper, dann fasste er das Messer um, sodass die Spitze nicht mehr abwärts zeigte, sondern aufwärts. Blitzartig sprang er vor. Mit der linken Hand packte er Darwins linken Arm oberhalb des Ellbogens, während er sich drehte und das Messer mit der rechten Hand aufwärts riss und dabei Darwins Arm aufschlitzte.

Unbeeindruckt drehte sich Darwin ebenfalls und fasste Greers linke Hand mit seiner rechten. Gleichzeitig sank er in die Hocke, um sich unter dem ausgestreckten Arm des Gegners hindurch zu ducken. Er richtete sich wieder auf, und Greers über Darwins Schulter liegender linker Arm brach mit einem lauten Krachen. Das Messer fiel scheppernd auf das Metall des Deckbodens, als sich Greers andere Hand unter dem Schock der Verletzung öffnete.

Darwin trat nach hinten, drehte sich nach links und schob. Greer fiel beiseite, sodass er mit dem Rücken an der Reling der Aussichtsplattform lag. Greer war ein großer Bursche. Die Reling reichte ihm nur bis zur Taille.

»Adieu«, sagte Darwin, dann wirbelte er mit hocherhobenem Bein herum und trat Greer die Beine weg. Der Sterncaptain verschwand nach hinten über das Geländer.

Darwin bückte sich und hob das Messer auf. Er betrachtete es kurz, dann ließ er die Waffe über die Reling ins Meer fallen.

Murchison wich in die Dunkelheit zurück und ging über die Treppe auf der gegenüberliegenden Seite zu seinem Quartier. Er verzichtete darauf, sich auszuziehen und zu Bett zu gehen. Es überraschte ihn keineswegs, als sein Signalgeber fiepte, kaum dass er die Tür hinter sich geschlossen hatte. Er ging hinab zur Krankenstation und fand wie erwartet Sterncolonel Nicholas Darwin, der vor der Tür auf ihn wartete.

»Sterncolonel«, begrüßte er den Clansmann. »Gibt es ein Problem?«

»Eine Verletzung, Leibeigener Ian.«
»Wo ist der Patient?«
»Hier.«
»Dann kommen Sie herein und ich kümmere mich darum.«

Murchison öffnete die Tür zur Krankenstation und knipste die Lampe an. Im hellen Licht des Sprechzimmers sah er, dass Sterncolonel Darwin die rechte Hand fest auf seinen linken Oberarm drückte. Seine Finger schienen blutverschmiert, und der Ärmel unter der Hand war dunkel vor Blut.

»Setzen Sie sich, Sir«, forderte Murchison ihn auf. »Um was für eine Art von Verletzung handelt es sich?«

»Eine Schnittwunde.«

Murchison zog ein Paar Behandlungshandschuhe über. »Lassen Sie sehen.«

Der Sterncolonel nahm die Hand weg. Das Blut zwischen seinen Fingern wurde bereits dunkler und begann zu gerinnen. Aus der Wunde spritzte keines. Das war gut. Es war keine Schlagader verletzt.

»Ist das ihr Lieblingshemd?«, fragte Murchison, während er nach einer Schere griff. Einen Moment später, nachdem er die Wunde freigelegt hatte: »Lassen Sie mich das säubern, Sir. Sieht aus, als müsste ich nähen. Wurden Sie in letzter Zeit gegen Tetanus geimpft?«

»Natürlich. Beeil dich.«

»Ja, Sir. Also, wenn ich es nicht besser wüsste, würde ich sagen, dass sieht nach einer Kampfverletzung aus. Der Galaxiscommander möchte, dass alle Waffenverletzungen festgehalten und gemeldet werden.«

»Das ist nicht nötig«, widersprach Darwin. »Es besteht kein Anlass, so 'nen unbedeutenden Unfall zu melden. Ich verlasse die Station morgen früh zu einer Inspektion und der Papierkrieg würde mich nur aufhalten.«

»Ja, Sir«, bestätigte Murchison noch einmal. Er holte eine antiseptische Wundnahtgarnitur aus dem Schrank und öffnete sie auf dem Behandlungstisch. »Das wird jetzt etwas wehtun ...«

Das Sprachmuster des Sterncolonels war gerade verrutscht, dachte Murchison. Darwins Aussprache hatte die irritierende Präzision verloren, auf die Clanner so achteten, und sein Akzent war etwas stärker geworden. Er war sichtlich nervöser, als er zugab. Nervöser, als die Verletzung selbst gerechtfertigt hätte, wenn man berücksichtigte, wie Murchisons übrige Patienten auf ähnliche Verletzungen reagierten. Sterncaptain Greer – der *verstorbene* Sterncaptain Greer – hatte irgendwie einen wunden Punkt bei Nicholas Darwin getroffen. Mehrere wunde Punkte sogar, falls der daraus resultierende Schmerz eine Reise ohne Rückfahrschein über die Reling gerechtfertigt hatte.

Murchison beendete die Behandlung und schickte Sterncolonel Darwin zu Bett. Diesmal vielleicht zur Abwechslung ins eigene. Darwins Schritte entfernten sich in Richtung der Treppe hinab zum nächsten Deck der Bohrplattform, auf der die meisten Offiziere an Bord untergebracht waren, statt den Korridor entlang zum Quartier des Galaxiscommanders. Murchison seinerseits saß noch eine ganze Weile in der Krankenstation und dachte nach.

17

Neue Kaserne, Tara, Northwind
Präfektur III, Republik der Sphäre

Januar 3134, Winter

Die Hauptstadt Northwinds feierte das neue Jahr mit einer großen Militärparade, auf der sich die Verteidiger Northwinds der Zivilbevölkerung präsentierten. Der Planetare Legat Finnegan Cochrane stand als Repräsentant des Volkes auf der Tribüne. Paladin Ezekiel Crow und Countess Tara Campbell waren ausnahmsweise Teilnehmer der Parade, statt sie vorbeiziehen zu lassen: In ihren *Schwert-* und *Tomahawk*-BattleMechs bildeten sie zusammen mit Kapitänin Tara Bishops *Rudeljäger* den Abschluss der Parade, hinter den Infanterieeinheiten und Fahrzeugen, den Panzern, der Artillerie und schließlich den umgerüsteten Agro- und BergbauMechs.

Endlich hatte sich die Parade mühsam durch die Straßen der Stadt gewälzt und war wieder in der Neuen Kaserne angekommen. Tara und Crow nutzten die erste Gelegenheit, die Mechmontur erneut gegen eine Dienstuniform zu tauschen, und hatten die letzten Aufräumarbeiten der Parade Kapitänin Bishop überlassen. Das war einer der Vorteile einer Adjutantin, überlegte Tara. Gelegentlich konnte man die langweiligeren Aufgaben für ein paar Stunden auf jemand anderen abwälzen.

Sie und Crow gingen in entspannter Stille nebeneinander über das offene Gelände zwischen der Waffenkammer und dem Hauptkasernenkomplex. Nach einer Weile bemerkte der Paladin: »Bitte sagen Sie mir, dass ich auf absehbare Zeit keine Dudelsäcke mehr hören muss.«

»Sie spotten über unser erhabenes kulturelles Erbe«, lachte Tara. »Ganz Northwind liebt den Klang der Pipes.«

»Ich nicht. Ich bin nicht einmal sicher, ob man es als Musik bezeichnen kann.«

»Es ist keine Musik ... Jedenfalls nicht nur.« Sie setzte einen übertrieben ernsthaften Gesichtsausdruck auf. »Um meinen alten Lehrer in Kulturanthropologie zu zitieren: ›Der Klang der Pipes ist ein akustischer Reiz, der darauf ausgelegt ist, den Hörer in einen anderen Bewusstseinsstand zu begleiten‹. Damit hat er gemeint, dass er die Kampflust unserer Vorfahren in unseren Adern weckt.«

»*Meine* Vorfahren hingegen finden, dass man davon Kopfschmerzen bekommt.«

Unter diesem freundlichen wechselseitigen Spott waren sie die Treppe hinaufgestiegen und hatten die Haupt-Junggesellenunterkunft der Kaserne betreten. Tara hatte hier in ihrer Eigenschaft als Präfektin der Präfektur III ebenfalls eine Suite. Sie legte die Hand auf das Schloss und die Tür öffnete sich. Crow folgte ihr, und sie deutete auf einen Gästesessel. Dann trat sie hinüber zur Anrichte, auf der eine schwere Kristallkaraffe mit dem Regimentswappen und passende Gläser standen. Der Inhalt der Karaffe hatte die Farbe dunklen Bernsteins.

»Es ist Nachmittag«, stellte sie fest, »und ich habe die letzten sechs Stunden damit zugebracht, einen *Tomahawk* marschieren zu lassen. Allen Ernstes marschieren! Leisten Sie mir Gesellschaft?«

Crow schüttelte den Kopf. »Danke, nein.«

»Richtig, ich hatte es vergessen. Sie trinken nicht.« Sie schenkte sich einen Fingerbreit Whisky ein und steckte den Stöpsel wieder in den Hals der Karaffe. Dann setzte sie sich in den Crow gegenüberstehenden Sessel, streckte die Beine aus und betrachtete ihre Stiefelspitzen. Ihre Stimmung änderte sich: Das Hochgefühl der Parade und der Dudelsackmusik wich plötzlicher Nüchternheit – es war eine harte Landung. »Und Northwind wäre entsetzt, wenn man herausfände, dass ich es tue. Lassen Sie nie zu, dass man Sie zum Volksliebling ausruft, mein lieber Paladin. Es frisst einen auf.«

»Sie machen es sehr gut.«

»Ich hatte Übung, seit ich laufen konnte.« Sie nippte am Whisky. Crow antwortete nicht. Sie setzte hinzu: »Sie verlassen sich auf mich, und ich mache mir die ganze Zeit Sorgen, dass es nicht reichen könnte.«

»Letzten Sommer ...«

»War nur das erste Mal. Sie werden wieder kommen. Wenn es nicht Anastasia Der-Teufel-soll-sie-holen Kerensky ist, wird der Schwertschwur hier auftauchen oder Des Drachen Zorn oder irgendeine andere Gruppe bis an die Zähne bewaffneter Opportunisten.« Sie nahm einen weiteren Schluck Whisky. Der Alkoholdunst stieg ihr in die Nase und kratzte in der Kehle. »Und es spielt überhaupt keine Rolle, wie beeindruckend unsere Paraden sind. Wir haben zu wenig Männer und Frauen unter Waffen, um sie auf Dauer abzuwehren.«

»Falls Sie wegen der Größe der Northwind-Garnison besorgt sind, könnten Sie die Highlander-Einheiten von Planeten wie Small World und Addicks jederzeit abziehen.«

»Und die schutzlos lassen? Nein.«

Er zuckte die Achseln. »War ja nur ein Gedanke. Falls Sie nicht bereit sind, im All stationierte Kräfte zurückzurufen, müssen Sie vor Ort neue Truppen rekrutieren.«

»Das tun wir. Aber es dauert. Und ich weiß nicht, wie viel Zeit wir haben.«

»Haben Sie überlegt, Söldner anzuheuern?«, fragte er.

»Nicht wirklich.«

Der Widerwille musste ihr deutlich in Gesicht und Stimme gestanden haben, denn er schaute sie fragend an. »Warum nicht?«

Sie ließ sich einen Moment Zeit mit der Antwort, um ihre Gedanken zu sortieren. »Die Vorstellung verhandelbarer Loyalität ... behagt mir nicht. Ich kann mir so etwas für meine Person nicht vorstellen, und ich habe wohl Schwierigkeiten, jemandem zu vertrauen, für den es sehr wohl gilt.«

»Nicht gerade eine vernünftige Position, wenn man die Geschichte Ihrer eigenen Regimenter bedenkt.«

»Touché.« Mit einem ironischen Grinsen gestand sie ihm den Treffer zu. Lange vor der Rückkehr auf ihre Heimatwelt hatten die Northwind Highlanders auf Planeten in der ganzen Inneren Sphäre gegen Bezahlung gekämpft und sich den Ruf zäher und kompetenter Söldner erworben. »Ich schätze, es gehört eine Art Ehre dazu, sich gegen alle Widerstände an die Buchstaben eines Kontrakts zu halten. Aber selbst wenn wir meine persönlichen Vorurteile beiseite lassen – und ich wäre augenblicklich dazu bereit, würde ich glauben, es könnte mir beim Schutz Northwinds helfen –, wird mir das kein bisschen helfen, solange ich vor dem Problem stehe, diese hypothetischen Söldner zu bezahlen. Söldner anzuheuern setzt reichlich flüssige Geldmittel voraus, und beim derzeitigen wackligen Zustand unserer planetaren Wirtschaft weiß ich nicht, ob ich den Rat überreden könnte, dieses Wagnis einzugehen.«

Wieder herrschte Schweigen im Zimmer. Dann stellte er fest: »Es gäbe eine Möglichkeit.«

»Lassen Sie hören.«

»Falls Sie dazu bereit sind«, erklärte er langsam, »kann ich Söldner in meiner Autorität und mit meinen Mitteln als Paladin der Sphäre verpflichten. Und Northwind kann ihre Unterstützung annehmen, ohne direkt mit ihnen verhandeln – oder sie bezahlen – zu müssen.«

»Geht das schnell? Falls nicht, hat es keinen Zweck.«

»Falls ich den Aufruf über schnelle Landungsschiffe verbreiten lasse, sollten wir etwa in einem Monat eine Antwort haben, falls überhaupt.«

»Na schön.« Sie stieß einen langen Seufzer aus und kippte den restlichen Whisky. »Tun Sie's.«

18

Fort Barrett, Oilfieldsküste, Kearny, Northwind
Präfektur III, Republik der Sphäre

Januar 3134, Trockenzeit

Trotz Januar war es an der Oilfieldsküste Kearnys warm. Dieses Gebiet lag so nahe am planetaren Äquator, dass ohnehin wenig Unterschied zwischen den Jahreszeiten bestand. Statt Frühling, Sommer, Herbst und Winter wechselte das Klima nur zwischen nass und trocken. Zur Zeit befand sich die Küste mitten in der Trockenzeit und es hatte seit September nicht mehr geregnet.

Die Mittagssonne knallte aus wolkenlosem Himmel auf die Soldaten und Fahrzeuge, die in der Nähe des Tors von Fort Barrett Aufstellung genommen hatten. Allen, denen jetzt schon heiß war, würde es noch heißer werden, wenn sie mit vollem Gepäck marschierten oder im Cockpit eines Mech saßen.

Brigadegeneral Michael Griffin, der Pilot des fraglichen Mechs, betrachtete die angetretenen Truppen mit kritischem Blick. Griffins *Koshi*, nach den Kämpfen am Red-Ledge-Pass, bei denen er schwer beschädigt worden war, komplett repariert und neu bewaffnet, würde den Schluss der Kolonne übernehmen, damit der von seinen schweren Schritten aufgewirbelte Staub den anderen Einheiten nicht die Sicht nahm. Begleiten würde ihn, wie schon am Red-Ledge-Pass, sein Adjutant, Commander Owain Jones, in einem BE701-*Turnier*-Panzer.

Der Rest der Gruppe war bunt gemischt und aus Einheiten zusammengesetzt, die Griffin mit dem Ziel ausgewählt hatte, eine optimale Kombination aus Schlagkraft und Beweglichkeit zu erzielen: Eine verstärkte Kompanie Infanterie, bewaffnet mit Donnerschlag-Gaussgewehren und Lasergewehren; ein Zug *Chevalier*-Kröten; ein weiterer Zug Kundschafter und Scharfschützen in *Shandra*-Scoutwagen und zwei *Balac*-Kampfhubschrauber.

In mancher Hinsicht stand ihnen ein härterer Einsatz bevor als es die Verteidigung des Passes gewesen war. Dort hatte ihm die Situation seine Truppen vorgeschrieben, eine Mischung aus dem, was bereit und verfügbar war – und seine Mission war zwar schwer auszuführen gewesen, aber einfach genug zu verstehen. Es hatte nur eine Straße gegeben, über die der Feind kommen konnte, und nur eine Möglichkeit, ihn daran zu hindern. Es war eine brutale Mission gewesen, letztlich aber keine, die allzu viel Nachdenken erforderte.

Diesmal war es anders. Eine bewaffnete Erkundung erforderte Mobilität, um den Feind aufzuspüren. Aber da die wahrscheinlichste Methode, den Feind zu finden, darin bestand, ihm vor die Flinte zu laufen, musste er auch genügend Feuerkraft mitnehmen, um sich den Weg freikämpfen zu können. War die Mischung zu leicht, riskierte er, zerblasen zu werden, bevor sie das Hauptquartier benachrichtigen konnten. War sie zu schwer, würden der Lärm und die Staubwolke ihres Anmarsches den Feind entweder vertreiben oder sicherstellen, dass er sie mit einer solchen Übermacht angriff, dass sie nicht entkommen konnten.

Griffin konnte nur hoffen, dass er das nötige Fingerspitzengefühl gehabt hatte.

»So sieht es aus«, erklärte er. Er hatte eine Feldkarte der Oilfieldküste auf der Frontplatte des *Turnier* aufgeklappt und eingeschaltet. Der Panzer stand am linken Fuß des *Koshi* geparkt. Die Kompanie- und Zugführer der Einsatzgruppe hatten sich zur Besprechung hier versammelt.

»Wie die meisten von Ihnen vermutlich wissen«, erläuterte Griffin, »wurde Galaxiscommander Anastasia Kerensky in Fort Barrett gesichtet. Der Regiments-Nachrichtendienst hält es für unwahrscheinlich, dass Kerensky sich ohne Rückendeckung der übrigen Stahlwölfe auf Northwind aufhält. Und die Landungsschiffe, die im letzten Sommer in New Lanark aufsetzten, haben Northwind nach der Niederlage vor Tara vielleicht verlassen, doch sie sind nie auf Tigress eingetroffen. Das Hauptquartier will wissen, wo sie sind, also gehen wir sie suchen.«

Er tippte auf den roten Punkt, der die Stelle markierte, an der Kerensky gesehen worden war. »Wir werden Quadrate zunehmender Seitenlänge absuchen, mit diesem Punkt als Zentrum.«

Commander Jones betrachtete die Karte. »Das ist eine ganze Menge Grund, um nach einer einzelnen Person zu suchen«, bemerkte er.

»Wir suchen nicht mehr nach Kerensky«, belehrte Griffin ihn. »Wir suchen die Landungsschiffe. Und die sind um einiges größer und schwerer zu verstecken.«

Der Major, der die verstärkte Kompanie befehligte, fragte: »Was ist mit dem Teil des Suchgebiets, der im Meer liegt?«

»Wir werden das Meer mit den beiden Kampfhubschraubern abfliegen, aber wahrscheinlicher ist das Küstentiefland südlich von hier.« Er hob das fragliche Gebiet auf der Karte hervor. »Es scheint mehr oder weniger verlassen. Der Boden ist unfruchtbar, und die Felsen enthalten keine Mineralien, die abzubauen sich lohnen würde.«

»Was tun wir, wenn wir die Landungsschiffe finden?«

»Wenn alles nach Wunsch verläuft, schicken wir dem

Hauptquartier eine Meldung mit ihren Koordinaten. Danach gehen wir irgendwo außerhalb der Gefahrenzone in Deckung und überlassen Leuten mit mehr Feuerkraft, als wir sie haben, den Rest.« Griffin schaltete die Karte aus und klappte sie ein. »Aber da ich nicht von diesem Idealfall ausgehe, werden wir uns den Weg vermutlich irgendwann freischießen müssen.«

Er reichte die Karte an Commander Jones weiter, dann ging er zur Cockpitleiter des *Koshi*. »In Ordnung, Leute. Es wird Zeit. Aufsitzen und ausrücken.«

19

Balfour-Douglas Petrochemicals Bohrplattform 47,
Oilfieldsküste, Kearny, Northwind
Präfektur III, Republik der Sphäre

Januar 3134, Trockenzeit

Ian Murchison verbrachte den Rest einer schlaflosen Nacht damit, angestrengt über die Aufgabe nachzudenken, die ihm Anastasia Kerensky gestellt hatte, und auch darüber, was er auf dem Aussichtsdeck gesehen und gehört hatte. Beides stand nicht notwendigerweise in einem Zusammenhang – es gab viele mögliche Erklärungen für das Verhalten eines Menschen –, aber jemand, der nach einer einzelnen verbogenen Nadel in einer Tonne voller gerader Nadeln suchte, machte sicher keinen Fehler, wenn er sich zunächst einmal das erste Exemplar genauer ansah, das einen Drall aufzuweisen schien.

Als Sterncaptain Greer weder zum Frühstück noch zum Morgenappell erschien, verursachte seine Abwesenheit eine gewisse Unruhe. Ian Murchison wurde von einem anderen Stahlwolfoffizier verhört, einem gewissen Sterncaptain Jonath. Der MedTech konnte sich nicht erinnern, dem Clanner schon früher begegnet zu sein.

Das Verhör schien eine Formalität zu sein. Jonath kam in Murchisons Büro, um ihm Fragen zu stellen, statt ihn in die Arrestzelle der Bohrplattform zu schleifen. Als Leibeigener Anastasia Kerenskys konnte sich Murchison auf der Plattform ohnehin mehr oder weniger frei bewegen. Es gab Orte wie die Kommstation oder die Zugänge zum Walfänger und den Rettungsbooten, an denen Wachen postiert waren, die ihn regelmäßig abwiesen. Aber sonst ... Wohin hätte er so weit vom Festland auch schon fliehen sollen?

Sterncaptain Jonaths Fragen passten zu dieser generellen Haltung. Es waren Routinefragen, wie sie jemand stellte, dem es darum ging, eine bereits gefasste Meinung zu bestätigen.

»Wo warst du zwischen ...« Jonath blickte auf seinen Compblock. »18.30 Uhr und 6 Uhr letzte Nacht?«

»Hier. Ich habe die Formulare für die Ereignisse des Tages ausgefüllt.« Offenbar war Sterncaptain Greer beim Abendessen zum letzten Mal gesehen worden. Murchison war ebenfalls dort gewesen, was ihm eine gewisse Tarnung für die Lügen schenkte, die er Jonath jetzt auftischte. Offenbar betrachteten es die Wölfe als einfacher, einen Leibeigenen mit dem Rest der Truppe in der Messe essen zu lassen, als ihn wie einen Gefangenen zu behandeln und separat abzufüttern. Ein Glück, dachte er jetzt, dass keiner der Clanner von seiner Angewohnheit wusste, vor dem Schlafengehen noch einmal das Aussichtsdeck zu besuchen, um zur Ruhe zu kommen. »Dann habe ich die Krankenstation abgeschlossen und bin zum Schlafen in mein Quartier gegangen.«

»Hast du Sterncaptain Greer in dieser Zeit gesehen?«

»Nein.«

Er wartete auf die Frage danach, dass er zur Krankenstation zurückgerufen worden war, um Sterncolonel Darwin zu behandeln, aber sie kam nicht. Offenbar hatte der Sterncolonel seinen Zweikampf mit Greer niemandem gegenüber erwähnt, was Murchison mehr als nur ein wenig seltsam erschien. Seiner zugegebenermaßen begrenzten Erfahrung mit Stahlwolf-Kriegern nach zu urteilen hätte Darwin unter normalen Umständen jedem, der bereit war zuzuhören, alle Einzelheiten des Kampfes schildern müssen.

Vorausgesetzt, es hätte sich bei dieser Auseinandersetzung um einen legitimen Kampf gehandelt, nach welchen Regeln auch immer die Clans diese Feststellung trafen. Der Zweikampf war ohne Zweifel fair gewesen: Greer war körperlich größer gewesen als Darwin und im Gegensatz zu diesem bewaffnet, und er hatte angegriffen. Trotzdem hegte Murchison den starken Verdacht, dass jemand, der einen Mitoffizier in der Nacht tötete und diesen Umstand danach verschwieg, auch nach den Standards der Wölfe als Mörder zu gelten hatte.

»Es könnte Tod durch eigenes Versagen gewesen sein«, schlug er vor. Warum sollte er die Gelegenheit nicht nutzen, für etwas Verwirrung zu sorgen?

»Wie meinst du das?«, fragte Jonath.

»Unfälle passieren immer mal – und die Plattform ist eine gefährliche Umgebung. Leute stolpern am falschen Ort oder rutschen im falschen Moment aus. Sie fallen über die Reling ins Wasser und tauchen nicht wieder auf.«

Jonath wirkte leicht entgeistert. »Aber Leichen treiben auf dem Wasser.«

»Nicht lange«, widersprach Murchison. »Die großen Mäuler holen sie sich.«

»Die großen ... Ich verstehe.«

»Wenn Sie sich die Logbücher der Bohrplattform ansehen, werden Sie feststellen, dass ein Arbeiter namens Ted Petrie im Februar '02 auf dieselbe Weise verschwunden ist.« Murchison verzichtete darauf zu erwähnen, dass in derselben Nacht die fünfzehn Meter schwere Kette verschwunden war, oder dass Petrie eine Liste von Verwarnungen und Strafen für sexuelle Belästigung und Diebstahl aufzuweisen hatte und bei seinen Kollegen ganz und gar nicht beliebt gewesen war. Schließlich hatte niemand je etwas bewiesen.

»Ich werde das nachprüfen.«

Jonath klappte den Compblock zu und ging. Murchison blieb an seinem Schreibtisch und wartete, bis der Sterncaptain das Verwaltungsdeck verlassen hatte. Dann zog er einen eigenen Compblock aus einer Schreibtischschublade und schrieb längere Zeit. Als er fertig war, verließ er das Büro, schloss hinter sich ab und machte sich auf die Suche nach Anastasia Kerensky.

Wie erwartet fand er sie im Hauptkontrollraum des Bohrturms. Eine Reihe anderer Stahlwolfoffiziere war ebenfalls anwesend, Darwin allerdings nicht. Das erschien Murchison bemerkenswert. Falls er seine Verletzung geheim halten wollte, musste er sich eine Entschuldigung ausgedacht haben, um die Gesellschaft des Galaxiscommanders meiden zu können.

Die Stahlwölfe hatten den Kontrollraum der Förderstation in eine militärische Befehlszentrale verwandelt. Viel Mühe hatte das nicht gekostet. In der Hauptsache hatten sie eine Reihe tragbarer Kommunikations- und Datenkonsolen installiert und den Hauptarbeitstisch mit einer großen 3D-Feldkarte des Kontinents Kearny abgedeckt. Murchison warf im Vorübergehen einen kurzen Blick auf die Karte und erkannte die Oilfieldsküste und eine rote Markierung, die Balfour-Douglas 47 zu repräsentieren schien. Die Anwesenheit mehrerer anderer roter Punkte nicht weit entfernt verwirrte ihn kurz, da Balfour-Douglas keine Ölplattformen im betreffenden Gebiet besaß, an die er sich erinnern konnte. Aber er verdrängte die Frage. Momentan hatte er andere, drängendere Sorgen.

Anastasia Kerensky schaute von der Karte auf, als er die Zentrale betrat. »Leibeigener Ian. Solltest du nicht auf der Krankenstation sein?«

»Ich habe die Unfall- und Verlustmeldungen, die Sie verlangt haben, Galaxiscommander«, antwortete er und reichte ihr den Compblock.

Sie hob eine Augenbraue. »Das war schnelle Arbeit.«

»Es ist nichts Endgültiges. Mir fehlen die Möglichkeiten, eine Menge der Dinge näher zu beleuchten, die ich aufgeführt habe. Aber ein Teil der Daten könnte es wert sein, genauer überprüft zu werden.«

»Ich weiß deine Arbeit zu schätzen, Leibeigener Ian.« Sie nahm den Compblock an. »Ich werde mir das persönlich ansehen. Durch Sorglosigkeit verursachte Unfälle könnten unsere operative Effizienz schmälern. Die Verantwortlichen werden eine entsprechende Strafe erhalten.«

Diese Bemerkung, sagte sich Murchison, war sein Zeichen zu verschwinden. Er nickte mit einer Geste, von der er hoffte, dass sie angemessen respektvoll, aber nicht unterwürfig wirkte, und verließ den Kontrollraum schnell und lautlos. Er wollte möglichst weit aus der Schusslinie sein, wenn Anastasia Kerensky den Bericht las. Nur für den Fall, dass der Galaxiscommander zu der Sorte Mensch zählte, die Überbringer unangenehmer Nachrichten zu erschießen pflegte.

20

Neue Kaserne, Tara, Northwind
Präfektur III, Republik der Sphäre

Januar 3134, Winter

Paladin Ezekiel Crow wohnte in der Neuen Kaserne, in einem Gebäude, das für langfristig bleibende Besucher von Rang reserviert war. Dort hatte er eine Suite, die weitgehend der ähnelte, die für Aufenthalte der Präfektin auf Northwind freigehalten wurde, und die Tara Campbell derzeit benutzte: ein Schlafzimmer im hinteren Teil und ein Wohn- und Arbeitszimmer im vorderen, mit Toilette und Bad im Anschluss an den Schlafraum sowie einer Küche mit Esstisch neben dem Wohnraum. Alles in neutral-langweiligem Dekor eingerichtet.

Crow kannte diesen Stil zur Genüge. Er hatte den überwiegenden Teil seiner diplomatischen und militärischen Laufbahn in seinen verschiedenen Ausprägungen verbracht. Manchmal war das unaufdringliche Standardmobiliar aus poliertem Hartholz, manchmal aus mattschwarzem Kunststoff, manchmal auch aus Chrom. Auf manchen Welten kam der lokale Geschmack in einer Neigung zu dunklem Rot, hellem Grün und Königsblau zum Ausdruck, auf anderen als Beige, Grau und Elfenbein. Guter Geschmack verlangte auf Northwind echtes Holz sowie Farben und Stoffe in gedämpften, aber nicht eintönigen Farben am kühlen Ende des Spektrums. Das offizielle Quartier der Präfektin war eine Variation desselben Themas.

Der einzige Unterschied bestand darin, dass Tara

Campbell ihre Unterkunft mit einer Reihe persönlicher Gegenstände gestaltet hatte: einem Bild ihrer Eltern im Silberrahmen, einer verzierten Messinglaterne von Sadalbari, mehreren Sesseln und anderen Möbelstücken, die nicht im generellen Stil des Quartiers gehalten waren, sondern der Einrichtung auf Castle Northwind ähnelten. Crow hatte seinem Quartier keine individuelle Note verliehen. Seit dem Brand von Chang-An hatte er auf dergleichen verzichtet. Irgendwie erschien es ihm illoyal, einer ihm zugeteilten Unterkunft einen Hauch von Zuhause zu verleihen, als hätte er damit ausdrücken wollen, irgendetwas könnte den Platz dessen einnehmen, was er verloren hatte. Das würde er nicht zulassen. Wenn er sein altes Zuhause schon nicht zurückbekommen konnte, konnte er doch zumindest dafür sorgen, dass er es nicht vergaß.

Man hatte Crow auch ein Büro zugeteilt, nicht in der zweihundert Jahre alten Neuen Kaserne, sondern im gewaltigen, weit älteren Fort. Er hatte mit dem Gedanken gespielt, den Besucher dort zu empfangen, aber schließlich hatte er entschieden, dass das Fort ein zu offizieller Ort für das Gespräch gewesen wäre, da er nicht als Vertreter Northwinds auftrat.

Sein Quartier war in dieser Hinsicht nicht viel besser, doch er wollte die Verhandlungen auch nicht in einer Bar führen. Derartige Treffpunkte wählten Personen, die zwar über Geld verfügten, nicht aber über eine Autorität – oder die etwas zu verbergen suchten. Er war ein legitimer Gast auf Northwind und ein Paladin der Sphäre. Er hatte nichts zu verbergen.

Die Kommkonsole fiepte zweimal. Das war das Rufsignal des Postens am Gebäudeeingang. Er nahm den Hörer ab. »Crow.«

»Hier ist der Eingang, Sir. Jemand namens Jack Farrell ist hier am Informationsschalter und sagt, Sie erwarten ihn.«

»Er ist geschäftlich hier«, teilte Crow dem Soldaten am anderen Ende der Leitung mit. »Schicken Sie ihn hoch.«

»Ja, Sir.«

Ein paar Minuten später – lange genug für den Weg zum Aufzug, die Liftfahrt und den Weg den Flur herauf – summte es an der Tür. Crow öffnete und sah, dass tatsächlich Einauge Jack Farrell, wie er in Söldnerkreisen genannt wurde, auf dem Flur stand.

»Kommen Sie rein«, forderte Crow den Mann auf.

Farrell trat ein. Er war geschniegelt und gestriegelt, aber mit geübten Blick erkannte Crow, dass er nicht annähernd so respektabel war, wie er den Anschein erweckte. Die schwarze Augenklappe war ein deutliches Zeichen. Selbst wenn die Verletzung zu schwer für eine Prothese war, hätte Farrell ein Glasauge tragen können. Dass er die Klappe vorzog, ließ Crow zu dem Schluss kommen, dass er den schwarzen Stofflappen als eine Kombination aus Werbung und Markenzeichen betrachtete.

Crow war Farrell noch nie zuvor persönlich begegnet, doch Name und Ruf des Söldners waren in der ganzen Inneren Sphäre bekannt. Einauge Farrell galt als zäher und skrupelloser Kämpfer, andererseits aber hatten er und seine Leute noch jeden legitimen Kontrakt eingehalten. Zudem neigten sie nicht zu Plünderungen und Vergewaltigungen. Nach Crows letzten Informationen hatten Farrell und seine Leute für Jacob Bannson gearbeitet. Das war jedoch vor dem Zusammenbruch des HPG-Netzes gewesen, als Bannson noch versucht hatte, sein Geschäftsimperium in alle Winkel der Republik der Sphäre auszudehnen.

Crow ging ins Wohn- und Arbeitszimmer vor. Der Sessel, die Couch und der flache Tisch waren Standardmobiliar und konnten in punkto Aussehen und Bequemlichkeit nicht mit den weichen ledergepolsterten

Gästesesseln und dem großzügig proportionierten Sofa im Quartier der Präfektin mithalten. Crow setzte sich auf den Sessel und überließ Farrell die Couch.

»Glückwunsch zu Ihrer Sicherheit«, bemerkte Farrell. »Bevor ich auch nur bis zum Eingang unten kam, hatte man meinen Namen schon am Haupteingang des Forts und am Eingang zur Neuen Kaserne mit der Gästeliste verglichen.«

»Die Highlanders sind gut. Und vorsichtig.«

»Aber sie stehen vor einem Problem, mit dem sie nicht fertig werden, sonst wäre ich nicht hier. Ich habe gehört, dass Sie auf der Suche nach Personal für eine Arbeit hier sind, und wie es der Zufall will, sind meine gestrauchelten Kinder und ich derzeit zwischen zwei Aufträgen und nahe genug, um verfügbar zu sein.«

»Wie nahe genau?«

»Die gesamte Einheit kann innerhalb von zwölf Tagen hier sein.«

»Das ist … schnell.« Crows Zweifel mussten sich auf seinem Gesicht widergespiegelt haben, denn Farrell schob hastig eine Erklärung nach. Ein Auftrag auf Northwind schien ihm ebenso wichtig zu sein, wie es Crow war, jemanden zu finden, der ihn annahm.

»Sie versteckt sich momentan am Sprungpunkt. Ich bin nach Northwind gekommen, um zu hören, was es an Neuigkeiten aus der Republik gibt, und herauszufinden, wo wir unsere nächste Arbeit finden können. Und das Erste, was ich lese, ist, dass Sie selbst auf der Suche sind.«

»Richtig.« Crow achtete darauf, nicht zu interessiert zu erscheinen. Nichts war besser geeignet, ein sich anbahnendes Geschäft aus der Bahn zu werfen, als Übereifer. »Wir denken darüber nach.«

»Verstehe.« Farrell lehnte sich auf der Couch zurück. »Was gibt es denn hier, mit dem die Einheimischen nicht fertig werden?«

»Sie haben zu viele Fronten«, antwortete Crow. »Nicht aus eigener Schuld. Sie sind gezwungen, neben Northwind noch andere Welten der Präfektur III zu verteidigen.«

Farrell schnalzte missbilligend mit der Zunge. »Da war jemand ehrgeizig.«

»Der Senat und der Exarch haben nicht vorhergesehen, dass diese Welt selbst zum Ziel werden könnte, als sie der Präfektin diese Befehle erteilten. Sie hat während des Feldzugs im vergangenen Sommer einen Großteil ihrer hier stationierten Truppen verloren, und die Rekrutierung und Ausbildung von Ersatztruppen wird noch mehrere Monate in Anspruch nehmen. Falls sie keine anderen Welten unter dem Schutz der Highlanders entblößen will, muss sie Sie – oder jemand anderen – anheuern, um die entstandene Lücke zu füllen.«

»Wir reden also von Garnisonsdienst.«

»Mehr oder weniger. Wenn Sie Glück haben: gutes Geld für wenig Arbeit.«

»Auch eine Art, sich auszuruhen«, meinte Farrell. »Hat Northwind das nötige Geld?«

»Die Republik der Sphäre, repräsentiert durch meine Person, garantiert Ihre Bezahlung. Ist das gut genug für Sie?«

Einauge Jack Farrell grinste. »Paladin, Sie haben gerade eine Ladung Söldner angeworben.«

21

Raumhafen, Tara, Northwind
Präfektur III, Republik der Sphäre

Januar 3134, Winter

Zwölf Tage nach seiner Unterhaltung mit Einauge Jack Farrell schaute Ezekiel Crow Farrells Söldnern beim Ausschiffen auf dem Raumhafen Tara zu. Er hatte eine erstklassige Aussicht. Das war nicht weiter verwunderlich, denn er stand neben Tara Campbell im VIP-Panoramasalon der Terminushalle, einem luxuriösen Privatraum mit tiefem Teppichboden und einer verglasten Front hoch unter der Kuppeldecke. In früheren Zeiten, als der Hafen mehrere An- und Abflüge am Tag gesehen hatte, war der Salon ein Ort gewesen, an dem sich Fluggäste versammelten, die sich für zu reich oder wichtig für die allgemein zugänglichen Wartebereiche hielten. Heute hatte er bis zum Eintreffen der Countess und des Paladin – wie an den meisten Tagen seit dem Zusammenbruch der interstellaren Kommunikationsverbindungen – leer gestanden.

Draußen vor den Fenstern strahlte der Himmel über dem Landefeld in einem tiefen Winterblau. Im strahlenden Glanz der Mittagssonne klaffte die Hauptladeluke des aufgesetzten Landungsschiffes in undurchdringlicher Schwärze.

Die Söldnerinfanterie verließ das Schiff zuerst und marschierte in Formation die Laderampe herab. Das entsprach dem üblichen Verfahren. Es war die schnellste Methode, eine größere Anzahl von Truppen auszuschiffen. Hätten die Söldner das Schiff einzeln über die Passagierrampe verlassen dürfen, hätte es Stunden gedauert, und anschließend wären weitere Stunden nötig gewesen, sie alle in Reih und Glied zu bekommen. Trotzdem bedrückte ihn der Anblick der anonymen Gestalten in schwarzer Gefechtsmontur, die dort unten auf das Landefeld strömten.

Natürlich wusste er, woran das lag: Auf Liao hatte es ganz genauso angefangen, mit dem Eintreffen eines kleinen Truppenkontingents, das gekommen war, die Ordnung aufrechtzuerhalten – oder es zumindest behauptete. Und es hatte mit Terror in den Straßen und Chang-An in Flammen geendet. Jetzt fragte er sich, ob es all diese Jahre zuvor einen Moment gegeben hatte, an dem ein einzelner Mensch mit genügend Vorausblick hätte die Hand heben, »Halt!« rufen und alles verhindern können.

»Sie wirken besorgt«, stellte Tara Campbell fest. Die Countess of Northwind trug eine wollene Winteruniform gegen den eisigen Wind, der draußen über das Gelände fegte, und ihr kurzer Bürstenhaarschnitt glänzte golden im Licht, das durch die Fenster fiel. Sie hatte die Angewohnheit, mit einer Haarsträhne zu spielen, wenn sie sich unsicher fühlte. Jetzt fiel Crow auf, dass er sie schon lange nicht mehr dabei ertappt hatte. Sie wuchs in ihre Position als Präfektin hinein. Das war gut so. Exarch und Senat waren besorgt gewesen, ihre unverhoffte Beförderung auf einen plötzlich frei gewordenen Posten könnte sie überfordern. »Ich sollte diejenige sein, die Zweifel hat, nicht Sie.«

»Erinnerungen«, erklärte Crow.

Sie wusste genug über seine Vergangenheit, um zu verstehen, was er meinte, dachte Crow. Er hatte ihr im letzten Jahr davon erzählt, wie er in dem Blutbad, das als der Verrat Liaos in die Geschichte eingegangen war, seine Eltern ermordet und alles verloren vorgefunden hatte. Es kam selten vor, dass er die Vergangenheit auch nur andeutete, aber Tara Campbell kehrte irgendwie sein Inneres nach außen.

Unten auf dem Raumhafenfeld hatte die Infanterie das Landungsschiff inzwischen verlassen und sich in Reihen aufgestellt, um an Bord der Truppentransporter zu steigen, die sie in ihre Unterkünfte brachten. Über die Frachtrampe verließen jetzt die Fahrzeuge das Schiff: Schweberäder, Geländewagen, Schützenpanzer, Panzer und Artillerie. Die Muskeln und Sehnen der modernen Kriegsführung. Die Fahrzeuge, Panzer und Artilleriegeschütze stellten sich in exakter Formation auf dem Asphalt vor dem Raumschiff auf. Farrells Söldner, stellte Crow in Gedanken fest, waren eine beängstigend gut ausgerüstete Truppe.

»Es wird nicht dazu kommen«, brach Tara Campbell in seine Überlegungen ein. »Woran Sie jetzt denken. All das hier«, sie deutete auf das Raumfeld, »dreht sich darum, es im Keim zu ersticken.«

»Ich weiß«, erwiderte er. »Und ich weiß auch, dass es mein Vorschlag war, überhaupt Söldner anzuheuern, und dass ich Sie erst dazu überredet habe. Aber trotzdem.« Er schaute hinaus und betrachtete die immer größer werdende Militärmaschinerie mit einem wachsenden Gefühl des Unbehagens. »Ich mache mir Sorgen.«

Jetzt verließen die BattleMechs der Söldner das Schiff. Die kleineren Maschinen schifften zuerst aus. Allerdings war ›kleiner‹ ein relativer Begriff, denn selbst der leichteste der Mechs ragte noch hoch über die größten Artillerielafetten auf. Crow erkannte eine *Spinne*, dann einen *Brandstifter* und schließlich einen *Katamaran III*. Hier gab sich niemand mit umgebauten Industrie- oder AgroMechs ab. Alle Mechs der Söldnertruppe waren von Grund auf für den Kampfeinsatz entwickelt. Dann tauchte der letzte BattleMech aus dem dunklen Inneren des Landungsschiffes auf: ein *Jupiter*, einhundert Tonnen gepanzerte Mordmaschine. Einauge Jack Farrells persönlicher Liebling.

»Das ist tatsächlich ein gut ausgerüsteter Haufen«, bemerkte Tara Campbell. Ein bedauernder Ausdruck huschte über ihre Züge. »Ich wünschte, der Rat wäre seinen eigenen Regimentern gegenüber großzügig genug, uns das Geld für derartige Ausrüstung zu bewilligen. Zum Teufel, ich wünschte, es wäre genug Geld da, dass ich es über mich bringen könnte, darum zu bitten.« Sie trat mit einem Seufzer vom Fenster zurück. »Ich schätze, es wird Zeit, Mister Farrell die Hand zu schütteln und ihn auf Northwind willkommen zu heißen. Ich hoffe, er hat keine Empfangszeremonie erwartet.«

»Das tun Söldner selten«, erwiderte Crow.

22

Balfour-Douglas Petrochemicals Bohrplattform 47,
Oilfieldsküste, Kearny, Northwind
Präfektur III, Republik der Sphäre

Januar 3134, Trockenzeit

Beweise. Vernichtende Beweise. Ausgebreitet auf dem Bildschirm der Computerkonsole in Anastasia Kerenskys Quartier.

Der MedTech Ian Murchison hatte ihr nicht mehr als einen Namen geliefert, den Bericht über einen beunruhigenden – und nicht gemeldeten – Zwischenfall. Und eine Vermutung. Ein geschickter Zug Murchisons, dachte Anastasia, sie daran zu erinnern, dass sein Status als Leibeigener ihm weder die Möglichkeiten noch die Autorität gab, tiefer zu graben und ihr die detektivische Herausforderung dann zurückzuspielen.

Und es war auch ein kluger Schachzug gewesen. Murchison hatte sich aus der Verantwortung gestohlen, indem er den Favoriten des Galaxiscommanders anklagte – und damit Anastasia gezwungen, den Rest der Untersuchung selbst zu übernehmen.

Sie war die einzige Person auf B-D 47 mit einer ausreichend hohen Sicherheitseinstufung, um Nachrichten zurückzuverfolgen, die in ihrem Namen oder mit ihrem Zugangscode abgeschickt worden waren, und auch die einzige Person, die mit Sicherheit schwören konnte, dass sie eine bestimmte Nachricht nicht abgeschickt hatte.

Sobald sie die erste Nachricht gefunden hatte, für die das galt, war der Rest einfach. Sie konnte die Verwendung des Zugangscodes zur Einrichtung versteckter Ein- und Ausgangskörbe verfolgen, und dort hatte sie leichtsinnigerweise nicht gelöschte Unterlagen entdeckt. Die wenigsten hätten Anastasia Kerensky zugetraut, eine solche Suche durchführen zu können. Sie war eine Stahlwolfkriegerin, und Krieger gaben sich mit derlei Dingen eigentlich nicht ab.

Tassa Kay jedoch hatte ein unwölfisches Interesse daran, sich alle Arten von Fertigkeiten anzueignen, die für Krieger unpassend waren. Die Grundzüge dieser Fähigkeit hatte sie von einem vorübergehenden Liebhaber einige Systeme zuvor erlernt. Anastasia hatte für etwas fast zwei Wochen gebraucht, das ihr damaliger Bettkumpan innerhalb von Minuten hätte ans Licht bringen können, aber das spielte keine Rolle. Sie hatte sich die Zeit genommen, und jetzt hatte sie die Beweise.

Nun hieß es warten. Nicholas Darwin war die ganze Zeit fort gewesen, um die Landungsschiffe zu inspizieren. Das war ein weiterer Punkt, der Murchisons Theorie stützte. Darwin konnte eine verheilende Messerverletzung als die Folge eines Unfalls auf der Inspektionstour ausgeben. Aber heute kam er zurück, und früher oder später würde er in ihr Quartier kommen. Früher, wenn er sie nicht in den öffentlichen Bereichen der Bohrplattform fand.

Sie war bereit für ihn. Sie konnte warten.

Für diese Gelegenheit hatte sie Tassa Kays Lederzeug und Stiefel angelegt. Es war eine passende Kleiderwahl, dachte sie. Sie war gerade als Tassa Kay unterwegs gewesen, als sie Nicholas Darwin kennen gelernt hatte, und sie hatte ihn als Tassa Kay mit nach Hause in ihr Bett genommen. So war es nur angebracht, dass sie auch jetzt ein letztes Mal Tassa Kay spielte.

Noch ein letztes Mal, dachte sie, *und dann nie wieder?*

Der Gedanke hatte seinen Reiz, aber im Innersten wusste es Anastasia besser. Es schien gut möglich, dass sie Tassa Kay eines Tages wieder brauchte, und es war nicht ihre Art, ein gutes Messer wegzuwerfen, nur weil sie so dumm gewesen war, sich daran zu schneiden.

Sie schenkte sich ein Glas des starken Whiskys aus dem Vorrat des verstorbenen Plattformmanagers ein, dann setzte sie sich auf die Bettkante, ohne davon zu trinken. Nach einer Weile ertönten Schritte auf dem Flur. Sie erstarrte, dann entspannte sie sich. Nicholas Darwin trat ein.

Anastasia sah ihn wie zum ersten Mal: der kompakte, muskulöse Körper; die dunkle Haut, deren Glätte sie jedes Mal wieder angenehm überrascht hatte; die strahlend schwarzen Augen und der lachende Mund. Er war in so vieler Hinsicht der Beste ihrer Liebhaber gewesen und ihr in Temperament und Ausdauer ebenbürtig, bis auf einen einzigen Fehler ...

Sie setzte das Whiskyglas ab, stand auf und begrüßte ihn mit einem Kuss.

»Wie sieht es auf den Landungsschiffen aus?«, fragte sie, und löste sich, bevor sich der Kuss in mehr verwandeln konnte. Mehr hätte Darwin abgelenkt, was gut gewesen wäre. Doch es hätte auch sie abgelenkt, und das wäre schlecht gewesen.

»Sie halten sich gut. Alle Modifikationen sind stabil, und die Kapitäne melden, dass sie jederzeit abheben können.«

»Gut.« Sie nahm ihn bei der Hand und führte ihn zum Bett. Dort drückte sie ihn mit der Schulter abwärts, damit er sich setzte. »Das reicht als Zusammenfassung. Die Einzelheiten können wir später besprechen.«

Anastasia kniete sich neben Nicholas aufs Bett, die Arme um seinen Leib geschlungen, den Mund dicht an seinem Hals. Sie spielte mit dem Kragenknopf seines Hemds. Es war ein Clan-Uniformhemd für warme Klimabedingungen, aus leichtem, atmungsaktivem, aber reißfestem Stoff.

»Was tust du da?«, fragte er. Er klang amüsiert. Seine Stimme war warm und erwartungsvoll.

»Ich packe dich aus«, antwortete sie.

Sie hatte den Kragenknopf geöffnet und machte sich mit spielerischen, kitzelnden Fingerbewegungen an den nächsten Knopf. Gleichzeitig knabberte sie ihm am Ohrläppchen. Sie flüsterte: »Ich kann nicht spielen, solange noch alles eingepackt ist.«

Sie löste den dritten Knopf, dann den vierten, und fuhr mit den Fingernägeln der linken Hand über die bloße Haut unter dem Stoff. Mit der Zunge kitzelte sie die obere Krümmung seines Ohrs, was ihn überrascht und begeistert aufkeuchen ließ. Er hatte hübsche Ohren, dicht anliegend und nicht zu groß, und seine Haut schmeckte angenehm salzig.

Er lachte. »Du scheinst mich vermisst zu haben, während ich fort war.«

»Ja«, hauchte sie und hob die linke Hand an den Kragen des halb aufgeknöpften Hemds.

Mit einer blitzschnellen Bewegung riss sie es abwärts und fesselte seine Arme. Die rechte Hand hob ihren Dolch an seine Kehle, die Schneide auf die Halsschlagader gedrückt.

»Beweg dich nicht«, warnte sie ihn. »Denk nicht einmal daran, dich zu bewegen.«

»Was …« Er stockte, atmete unsicher ein. »Warum?«

»Wie lange arbeitest du schon für Jacob Bannson, Nicholas?«

Schweigen. Und es versetzte ihr einen Stich tief in die Eingeweide, dass er nicht einmal versuchte, es abzustreiten. Also musste er wissen, dass es Beweise gab, und dass sie vernichtend waren, falls sie irgendjemand jemals zu Gesicht bekam. Wie sie es getan hatte.

Sie verstärkte den Druck des Dolches minimal. »Wie lange?«

»Vier Jahre.«

Vier Jahre ... Schon lange, bevor sie nach Tigress gekommen war und Kal Radick herausgefordert hatte. Vermutlich hätte sie es als Trost betrachten können, dass Darwins Verrat nicht gegen sie persönlich gerichtet gewesen war. Aber in diesem Augenblick fühlte sie sich deshalb nicht sonderlich wohler.

»Warum?«

»Für das Geld. Bannson bezahlt seine Informanten gut.«

»Du hast die Stahlwölfe für Geld an Jacob Bannson verraten?« Ihr Dolch bewegte sich nicht. Sie legte ihre ganze Ungläubigkeit in die Stimme. »Was will ein Stahlwolfkrieger mit *Geld*?«

»Nichts.«

»Warum dann?«

»Weil man sich mit genug Geld aussuchen kann, was man sein will«, erklärte Darwin. »Wer man sein will. Ein Leben als Krieger bei Kal Radicks Stahlwölfen war besser als das als arbeitsloser Stadtstreicher in den Vier Städten. Aber eine echte Wahl war es nicht.«

»Wie meinst du das: Es war keine ›echte Wahl‹?«

Er seufzte leise. »Das verstehst du nicht.«

»*Da* hast du Recht«, sagte sie.

Sie zog den Dolch über seine Kehle und zerfetzte ihm mit einem Schnitt die Halsschlagader und die Luftröhre.

»Ich verstehe es nicht.«

23

Neue Kaserne, Tara, Northwind
Präfektur III, Republik der Sphäre

Januar 3134, Winter

Nach der Begrüßung Einauge Jack Farrells am Raumhafen kehrten Ezekiel Crow und Tara Campbell in die Neue Kaserne zurück, bis zum Eingangstor in einem Dienstwagen, dann ließen sie Wagen und Fahrer stehen und gingen den Rest des Wegs zu Fuß. Inzwischen neigte sich der Wintertag dem Abend zu. Die Sonne hing tief über den Gipfeln der fernen Rockspires und die Schatten streckten sich weit über den Boden.

Während sie so über das Gelände wanderten, ging Ezekiel Crow durch den Kopf, dass Einauge Jack Farrell der Countess offensichtlich nicht gefiel. Sie war ihm gegenüber natürlich von unangreifbarer Höflichkeit gewesen, wie es nur jemand sein konnte, der von Geburt an zum Diplomaten erzogen worden war – Farrell hatte wahrscheinlich nicht das Geringste gemerkt –, doch Crow hatte Tara Campbell gesehen, falls ihre Freundlichkeit echt war. Und er bemerkte den Unterschied.

Er ertappte sich dabei, dass er sie schon minutenlang wortlos anschaute, den Kontrast der dunkel goldfarbenen Augenbrauen und Wimpern zur porzellanweißen Haut bewunderte und die Art, wie sich das kurz geschorene platinweiße Haar in ihrem Nacken kräuselte. Hastig blickte er weg. Er wollte dabei nicht von ihr erwischt werden, wie er sie wie ein besessener Stalker anstarrte – oder schlimmer noch: wie ein verliebter Jüngling.

Möglicherweise war es schon zu spät. Tara Campbell warf ihm einen schnellen Blick von der Seite zu und fragte, beinahe zögernd: »Essen Sie heute Abend in der Offiziersmesse?«

»Ich habe mich noch nicht entschieden.«

In Wahrheit wusste er, dass er sich wie üblich eine der Fertigmahlzeiten aufwärmen würde, die er im Laden der Kaserne gekauft und in seiner Kochecke verstaut hatte. Aber das sagte er nicht. Stattdessen wartete er, wie sie reagieren würde. Denn es bestand kein Zweifel mehr für ihn, dass etwas geschehen würde.

»Wir könnten in meinem Quartier essen, falls Sie möchten.« Tara Campbells Wangen schienen vage gerötet. »Ich koche uns etwas.«

»Es wäre mir eine Ehre«, erwiderte er.

Sie war noch immer rot. Das überraschte ihn, denn er hätte es nicht für möglich gehalten, dass sie irgendetwas in Verlegenheit brachte. »Erwarten Sie aber nichts Besonderes«, warnte sie. »Ich kann genau drei Gerichte zubereiten, und die Köche daheim würden über alle drei lachen.«

Er begleitete sie in ihr Quartier, wo sie sofort Fleisch und Gemüse aus dem winzigen Kühlschrank der Küche holte; Reis, Öl und Gewürze aus dem Hängeschrank und Töpfe aus dem Schrank unter der Spüle. Mit einer gewissen Erheiterung erkannte er, dass sie ihre spontane Einladung gründlich vorbereitet hatte, wie einen Militärfeldzug.

Die Kochnische war zu klein, um ihr seine Hilfe anzubieten oder ihr irgendwie zur Hand zu gehen, ohne im Weg zu sein. Also gab er sich damit zufrieden, in der Tür zu stehen und ihr zuzusehen. Sie hatte ein Arbeitsbrett und ein schweres Messer, mit dem sie das Fleisch schnitt. Er war sich nicht sicher, welche Art Fleisch es war, aber es schien nicht von einer der gebräuchlichen terranischen Schlachtviehsorten zu stammen. Hätte er eine Vermutung abgeben müssen, hätte er auf etwas Einheimisches und vermutlich Echsenartiges gesetzt. Er hatte nicht vor nachzufragen. Im Verlauf seiner diplomatischen und militärischen Laufbahn hatte er schon seltsamere Mahlzeiten als *Eidechse* zu sich genommen.

Nachdem sie die mysteriösen Fleischwürfel in einer Schale beiseite gestellt hatte, machte sich die Gräfin an das Gemüse: Zwiebeln, Knoblauch, Kürbis und Pfeffer erkannte Crow, und dann war da noch etwas Violettes, Knollenartiges, das ihm fremd war. Sobald alles klein gehackt war, erhitzte sie Öl in einer großen Sautépfanne und setzte in einem separaten Topf den Reis auf.

»Es wird ein gemischtes Sadalbari-Curry«, antwortete sie auf seine Frage, nach einem lustlosen Gespräch über militärische Angelegenheiten, an dessen Ende er nach einem anderen Thema suchte. »Während ich dort stationiert war, habe ich es so oft gegessen, dass ich dachte, ich könnte es nicht mehr sehen. Als ich dann aber wieder hier war, habe ich es vermisst. Also habe ich mir ein paar Rezepte besorgt und daran gearbeitet, bis ich es beinahe richtig hinbekam.«

Sie unterbrach sich kurz, um die Fleischwürfel in das inzwischen heiße Öl zu schütten, woraufhin lautes Zischen durch die Küche hallte. »Oder wenigstens so sehr *fast richtig*, wie ich es überhaupt jemals hinbekommen werde. In der Hinsicht hat es viel mit Politik gemein.«

Ein interessanter Vergleich, dachte er, und ein Einblick in ihr Wesen. Laut fragte er: »Wie das?«

»Man braucht nie alles restlos richtig zu machen. Es genügt, wenn man so nahe an das Richtige herankommt, wie es mit den verfügbaren Zutaten möglich ist.« Sie schwenkte mit einem Holzlöffel das Fleisch in der Sautépfanne und runzelte dabei leicht die Stirn. »Das ist ein Grund, warum ich in erster Linie Soldatin bin und erst lange danach Politikerin.«

»Mancher«, kommentierte er, »würde sagen, dass es keinen großen Unterschied zwischen Politik und Kriegsführung gibt.«

»Das liegt dann aber daran, dass sie keinen Beruf haben, in dem sie beides tun müssen.« Sie würzte das Fleisch: mit Salz, grobem Pfeffer und einer großzügigen Prise eines rosigbraunen Pulvers, das wie eine Mischung aus Sternanis und Sandelholz roch. Plötzlich hing ein schweres Aroma in der Küche. »Ich schon, und ich sage Ihnen, Paladin, wenn ich die Wahl habe, schlage ich in jedem Fall lieber eine schwere Feldschlacht, als dass ich versuche, im Rat ein Friedensbudget durchzubringen.«

Jetzt gab sie das gehackte Gemüse in die Pfanne. Wieder zischte es laut, und eine Dampfwolke stieg zur Decke. Sie setzte den Deckel auf die Pfanne und stellte den Herd kleiner. »Nun überlassen wir es eine Weile sich selbst.«

Die Countess of Northwind gab die benutzten Kochutensilien in den Geschirrspüler und ging ins Wohnzimmer. Crow folgte ihr. Sie nahm an einem Ende der breiten Ledercouch Platz und winkte ihm, sich neben sie zu setzen. Er gehorchte gern.

»Das Allerletzte, was ich mir wünschen würde«, setzte Tara das Gespräch fort, »wäre Ihr Beruf. Die ganze Zeit nichts als Politik, selbst, wenn Sie kämpfen.«

»Eine Präfektin, der die Politik verhasst ist«, stellte er mit milder, beinahe mitfühlender Belustigung fest. »Das Leben kann so hart sein.«

Sie schaute ihn ärgerlich an. »Ich mache diese Arbeit, weil es meine Pflicht ist und niemand sonst zur Verfügung steht. Was ist Ihre Entschuldigung?«

»Ich *kann* es. Und ich kann es gut.« Mit falscher Bescheidenheit erreichte er hier nichts, nicht nachdem seine Feststellung so offensichtlich der Wahrheit entsprach. Also versuchte er es gar nicht erst. »Und es muss getan werden – wieder und immer wieder –, wenn die Republik der Sphäre nicht im Chaos versinken soll.«

»Ich verstehe.«

In Taras Stimme verwob sich eine Vielzahl von unausgesprochenen Fragen und Antworten. Er wusste, sie dachte an das brennende Chang-An und an alles, was er in dessen Untergang verloren haben musste. Ihre blauen Augen, in denen Tränen des Mitgefühls aufwallten, sprachen von Sympathie – und möglicherweise von noch mehr. Aus einem plötzlichen Impuls heraus – es war lange her, dass ihm jemand einen Moment des Mitgefühls angeboten hatte – rutschte er auf der Couch näher, dann beugte er sich zu ihr hinüber und küsste sie.

Sie erwiderte den Kuss.

Jetzt zögerte sie nicht, sondern war so sicher und entschieden wie ein General, der einen Kampfvorteil nutzte. In einem vagen Augenblick der Reflexion fragte er sich, ob die letzte Gelegenheit eines solchen gegenseitigen Trostes für sie ebenso weit zurück lag wie für ihn. Dann ließ er jeden analytischen Gedanken fahren. Seine Hände knöpften ihre Uniformbluse praktisch von selbst auf. Ihre Hände waren ebenso damit beschäftigt, ihn auszuziehen.

Das Curry verkochte, und sie aßen Stunden später schnell erhitzte Fertiggerichte aus dem Kasernenladen, aber das war ihnen egal.

24

Benderville, Oilfieldsküste, Kearny, Northwind
Präfektur III, Republik der Sphäre

Februar 3134, Trockenzeit

Die schmale Straße zog sich südwärts von Fort Barrett an der Küste entlang. Zunächst kam die Einsatzgruppe durch Ortschaften, die um billige Ruhestandssiedlungen für Kearnys Senioren und Strandhäuser für Touristen aus dem Inneren des Kontinents gewachsen waren. Aber als die Stadt weiter als ein paar Tage zurückfiel, waren sie allmählich dünner gesät. Stattdessen verlief die Straße zwischen Fischfabriken und Fischerdörfern, an deren langen Kais rostige Kutter den Tagesfang ausluden. Dann wurde auch die Distanz zwischen diesen immer größer, bis sogar das Straßenpflaster verschwand und nur noch ein einspuriger Feldweg blieb, der, soweit Will Elliott das abschätzen konnte, ein- oder zweimal im Jahr planiert wurde.

Mit abnehmender Straßenqualität sank auch die Geschwindigkeit, mit der die Einsatzgruppe vorankam. Will und seine Mitkundschafter verbrachten den größten Teil der Zeit damit, Ladenbesitzern, örtlichen Polizisten und (auf einen Vorschlag Wills, der selbst in einem Dorf aufgewachsen war) vor dem Haus sitzenden alten Leuten und spielenden Kindern ein Bild von Anastasia Kerensky zu zeigen. Bis jetzt hatten ihre Fragen keine nützlichen Ergebnisse zu Tage gefördert, auch wenn die Kinder und vor allem die alten Leute alles über das Treiben ihrer Nachbarn wussten.

»Das liegt daran, dass sie sich nicht den ganzen Tag Gedanken über die Arbeit machen müssen«, erklärte er Jock Gordon und Lexa McIntosh in der Mittagspause über den Feldrationen. Heute dinierten sie Gersten-und-Lammfleischsuppe aus selbsttätig erhitzenden Dosen, genau das Richtige für die Hitze der Trockenzeit. »Deshalb sehen sie Dinge, die den meisten Leuten entgehen.«

»Falls man sie dazu bringen kann zu reden«, warf Lexa ein. Ein abwesender Ausdruck huschte über ihr Gesicht. »Über die Hälfte von dem, was in Barra Station passiert ist, als ich ein Kind war, hat *keiner* von uns je mit den Erwachsenen geredet.«

»Deswegen warst du auch eine Gefahr für die Gesellschaft«, stellte Jock fest.

»Bin ich immer noch«, gab sie zurück. »Bloß hat das Regiment mir jetzt ein hübsches neues Lasergewehr gegeben, mit dem ich gefährlich sein kann.«

»Dann bist du wohl die Expertin«, bemerkte Will. »Und wie bringen wir die Kids dazu, über das zu reden, was sie den Erwachsenen nicht sagen?«

»Hast du schon mal an Bestechung gedacht?«

»Für den Fall, dass es dir nicht aufgefallen sein sollte: Wir sind nicht gerade Millionäre«, wehrte Jock ab.

Lexa schnaufte verächtlich. »Geld ist nicht alles.« Nach einer nachdenklichen Pause setzte sie hinzu: »Andererseits funktioniert Geld natürlich fast immer.«

Wie sich herausstellte, war es jedoch nicht nötig, zu Bestechung zu greifen. Am Abend erreichten sie den bisher kleinsten Ort auf ihrem Weg. Benderville bestand nur aus ein paar verfallenen Häusern um einen Laden mit Tankstelle. Ein halbes Dutzend Kinder fuhr jeden Tag mit dem Distrikts-Schwebebus zur Schule fünf Dörfer weiter die Straße hinauf. Die Einsatzgruppe machte hier zum Abendessen Halt, als der Schulbus gerade seine Fahrgäste ablud und zur Heimfahrt wieder nach Norden drehte.

Das Abendessen bestand erneut aus selbst erhitzender Suppe, diesmal Hühnersuppe mit Reis. Wie schon am Mittag hockten sich Will, Jock und Lexa gemeinsam in den Windschatten des *Turnier*-Panzers. Nach ein paar Minuten bemerkte Will einen schlaksigen blonden Jungen, der seine Schulbücher zusammengebunden über der Schulter trug. Er stand ein paar Schritte entfernt und verlagerte das Gewicht von einem Fuß auf den anderen, während er den Soldaten beim Essen zusah.

Als Will ihn anschaute, wurde der Junge rot und nahm sichtlich allen Mut zusammen, um ihn anzusprechen. »Seid ihr aus Fort Barrett?«

»Aye«, antwortete Will.

»Was macht'n ihr hier drauß'n?«

Will schaute sich zu Jock und Lexa um. Lexa nickte. Nur zu, sagte ihr Gesichtsausdruck. Das ist einer, der redet. »Wir suchen jemanden.«

»Ha'm die sich verirrt?«

Will schüttelte den Kopf. »Sie wissen genau, wo sie sind. Aber wir wissen nicht, wo wir sie suchen müssen.«

Die Augen des blonden Jungen wurden groß. »Sin' die böse?«

»Böser geht's nicht«, antwortete Lexa mit einem Grinsen, dem man ansah, dass sie sich auf diesem Gebiet bestens auskannte.

»Oh«, stieß der Knabe leiser aus.

»Keine Bange«, sagte sie. »Letztes Mal haben wir ihnen gehörig in den Arsch getreten. Habe ich Recht, Lance Sergeant Elliott?«

»Absolut, Lance Sergeant McIntosh«, bestätigte Will. Zu dem Jungen gewandt, fügte er hinzu: »Wir müssen wissen, ob sie zurück sind, damit wir ihnen noch mal einen Tritt versetzen können.« Er zog das Blatt mit der Fotomanipulation hervor, die Anastasia Kerenskys momentanes Aussehen zeigte, faltete es auf und hielt es dem Jungen hin. »Einer von den Leuten, die wir jagen, sieht so aus. Eine Frau. Hast du sie irgendwo gesehen?«

Der Junge schüttelte den Kopf.

»Vielleicht hast du auch nur ihr Fahrzeug gesehen.«

Wieder schüttelte der Junge den Kopf. »Hier ist niemand vorbeigekommen – außer euch.« Er stockte und auf seiner Stirn erschienen Falten. Will konnte ihn fast nachdenken hören. »Zählt ein Flugzeug auch? Ich hab nämlich ein paar Mal eins gesehen.«

Will stellte seine Suppendose beiseite und stand auf. »Ich denke, der General möchte sich mit dir unterhalten.«

»Ich weiß nich' ... Vielleicht geh ich jetzt besser nach ...«

Lexas Arm zuckte vor und sie packte den Knaben, bevor er davonlaufen konnte. »O nein, du bleibst hier.«

»He!«

»Keine Angst«, beruhigte Jock den Jungen. »Sie tut dir nicht weh.«

»Er hat Recht«, bestätigte Will. »Lass ihn los, Lexa.«

Will ging wieder in die Hocke. »Niemand hier ist wütend auf dich, und General Griffin ist ein netter Kerl.« Einer plötzlichen Inspiration wegen setzte er hinzu: »Er steuert den *Koshi*.«

Die Blicke des Jungen glitten hinüber zu dem Battle-Mech, der neun Meter hoch im Zentrum des kleinen Militärlagers aufragte. »Kann ich ihn mir anseh'n, wenn ich mitkomme und mit dem General rede?«

»Du wirst ihn kaum übersehen können. Komm.«

Der Knabe folgte Will ins Lager, wo Brigadegeneral Griffin, sein Adjutant Jones und die Kompanieführer neben dem Fuß des *Koshi* saßen und ihre Hühnersuppe löffelten. Will salutierte und meldete: »General Griffin, Sir. Dieser junge Mann sagt, er hat Flugzeuge gesehen.«

Ein Funkeln trat in Griffins Augen, das in deutlichem Kontrast zu seiner makellosen Uniform stand. »Wie viele?«

Der Junge schluckte nervös. »Nur eins, beide Male.«

»Jones, Ihren Compblock.« Griffin nahm den Block entgegen, dann tippte und schrieb er mit dem dazugehörigen Stift, bis er die Bilder verschiedener Flugmaschinen aufgerufen hatte. Will erkannte alle als bekannte Stahlwolf-Konfigurationen. »Sah es wie eines von diesen aus?«, fragte Will den Jungen.

»Is' schwer zu sagen. Es war weit weg.« Er deutete mit dem Finger. »Aber ich glaube, es war das da.«

Griffin murmelte halb zu sich und halb zu dem Knaben: »Ausgezeichnet. Jetzt wissen wir, dass wir auf der richtigen Spur sind. Falls du irgendeinen Wunsch hast …«

Die Augen des Jungen strahlten. »Kann ich mir Ihren BattleMech mal von innen angucken?«

Der Brigadegeneral unterdrückte ein Grinsen. »Ich schätze, das lässt sich einrichten.«

25

Benderville, Oilfieldsküste, Kearny, Northwind
Präfektur III, Republik der Sphäre

Februar 3134, Trockenzeit

Die Erkundungstruppe verließ Benderville am nächsten Morgen. Das Lager wachte mehrere Stunden vor der üblichen Zeit auf, als der Himmel noch dunkel war und nur am Inlandhorizont ein Perlenschimmer auf den kommenden Morgen hindeutete. Als Lance Sergeants gehörten Will, Jock und Lexa zu denen, die als Erste aus den Federn mussten. Sie standen an einem Nachschublaster und stärkten sich mit eilig erhitztem Tee – stark und süß, mit Zucker und Kondensmilch –, bevor sie den Rest der Infanterie weckten.

»Verantwortung«, gähnte Lexa herzhaft. »Was 'n Scheißjob. Als Letzte ins Bett und als Erste raus und die ganze Zeit ein gutes Beispiel geben ... Warum hab ich mich bloß von dir überreden lassen, diese Beförderung anzunehmen?«

»Weil du darauf vertraust, dass mir nur dein Bestes am Herzen liegt?«

»Lass mich nachdenken.« Sie machte eine kurze Pause, dann schüttelte sie den Kopf. »Nein. Ganz bestimmt nicht.«

Jock schlug vor: »Es war die Uniform. Du konntest ihm nicht widerstehen. Ich hab gesehen, wie dir bei seinem Anblick das Wasser im Mund zusammengelaufen ist.«

»Ja, klar doch. Als ob ich riskieren würde, auf die Art

einen Kumpel zu verlieren.« Sie trank den letzten Schluck Tee aus ihrem Becher. »Nein, ich muss es aus der Güte meines Herzens getan haben. Irgendjemand muss den Neuen ja beibringen, aus welchem Ende des Lasergewehrs das hübsche rote Licht kommt.«

»Das wärst dann ja wohl du«, bestätigte Will. Er schaute auf die Uhr. »Zeit, die Kinderlein zum Frühstück zu holen.«

Er und die anderen Lance Sergeants und Truppführer gingen zwischen den in ihren Schlafsäcken liegenden Soldaten umher. »Auf die Beine«, rief er, während er von einem benommenen Bündel zum nächsten wanderte. »Genug gepennt.«

Er kannte die Prozedur aus der eigenen Grundausbildung zur Genüge, auch wenn er nie erwartet hätte, sich selbst auf der anderen Seite zu finden. Etwas entfernt lieferte Jocks Stimme ein polterndes Echo, untermalt von Lexas fröhlich obszönen Anfeuerungen von der anderen Seite des Lagers: »... und zieht euch was über! Spart es euch für Fort Barrett, Jungs, wir haben Arbeit.«

Nach einem hastigen Frühstück aus heißem Tee und kalten Rationen setzte sich die Truppe in Bewegung. Als Erstes hoben die *Balac*-Kampfhubschrauber in einer Staubwolke ab und machten sich auf die Suche, ein Helikopter landeinwärts, der andere übers Meer. Als sie vor dem rosigen Morgenhimmel höher stiegen und immer kleiner wurden, blitzten sie im Licht der aufgehenden Sonne wie zwei schnell vorbeiziehende Morgensterne.

Die Maschinen würden der Kolonne vorausfliegen, in die Richtung, die sich aus den Informationen des Knaben am vorigen Abend ergab. Will konnte nur hoffen, dass der junge Bursche einigermaßen die Wahrheit gesagt hatte. Er hatte sich nicht wie ein Lügner benommen, aber selbst das ehrlichste Kind neigte dazu, Geschichten auszumalen, manchmal, ohne sich dessen auch nur bewusst zu sein.

Der Lärm der abfliegenden Hubschrauber verklang und wurde vom Wummern erwachender Fahrzeugmotoren ersetzt: die Truppentransporter, die Scoutwagen, der *Turnier*-Panzer, der *Koshi* des Brigadegenerals. Will wartete, bis die letzten Männer seines Trupps an Bord ihrer *Shandra*-Scoutfahrzeuge waren, dann stieg er ebenfalls ein.

Der planierte Feldweg von Benderville nach Süden verwandelte sich schnell in eine von tiefen Furchen durchzogene Piste, deren sandiger Boden zu beiden Seiten mühsam von spärlichem braunem Gras befestigt wurde. Ein heißer Wind trug Sand heran, der auf der bloßen Haut brannte und sich ebenso in die Nähte und Falten von Haut und Kleidung grub, wie er in die Öffnungen von Instrumenten und Maschinen drang. Im Laufe des Tages würden die Fahrzeuge der Einsatzgruppe und die schweren Schritte des Mechs die Behinderung durch Sand und Staub noch verschlimmern. Will sehnte sich nach den heißen Duschen in Fort Barrett. Er wusste, am Abend würde er schon für die Gelegenheit dankbar sein, sich mit einem Eimer lauwarmem Wasser waschen zu können.

»Und noch ein herrlicher Tag am Meer«, bemerkte er gegen das Donnern der Motoren zu seinem Lance Corporal. »Und nie vergessen, in der großen Stadt gibt es eine Menge Dummköpfe, die für eine solche Erfahrung gutes Geld locker machen würden.«

26

Neue Kaserne, Tara, Northwind
Präfektur III, Republik der Sphäre

Februar 3134, Winter

Ezekiel Crow wachte verängstigt auf.

Nach dem Zwischenspiel mit Tara Campbell am vergangenen Abend war er in einem beinahe euphorischen Glücksgefühl, das zu verbergen ihm sehr schwer gefallen war, zurück in sein Quartier gegangen. Aber es hätte sich nicht gehört, wenn ein Paladin der Sphäre laut lachend durch die Flure der Besucherquartiere gegangen wäre. Dieselbe Hochstimmung hatte ihm ausgesprochen angenehme Träume beschert.

Der nächste Morgen jedoch traf mit einer Stimmung ein, die so nahe an blankem Entsetzen war, dass er fast zitterte. Er war sich überhaupt nicht bewusst gewesen, wie vollständig seine selbst verordnete Isolation gewesen war, bis sie bröckelte. Es war, als hätte er hinter dicken Glaswänden gelebt, die alles dämpften, was sich außerhalb abspielte. Jetzt hatte sich ein Fenster geöffnet und ließ eine Welt von Gerüchen, Klängen und Farben herein, die intensiver waren, als er es jemals für möglich gehalten hätte.

Abgelenkt und nachdenklich bereitete er sich in der Kochnische einen Tee zu. Er stand barfuß im schwarzen Schlafanzug an der Arbeitsplatte und maß die Teeblätter sorgfältig ab. Als der Kessel pfiff, schüttete er das kochende Wasser in die Kanne und wartete brütend, während der Tee zog.

Er war sich nicht sicher, ob er damit fertig wurde. Er besaß Ideale, Ziele, ein teuer erkauftes Wissen um all das, was nötig war. Dinge, die jene Personen, die zur Zeit die Aufgabe hatten, sie zu tun, nicht sonderlich gut erledigten, wenn überhaupt. Keiner der sorgfältig ausgearbeiteten Pläne, die er in den Jahren seit dem Ende seines ersten Lebens in den qualmenden Trümmern Chang-Ans ausgearbeitet hatte, hatte irgendetwas derartiges vorhergesehen.

Er wusste nicht, ob es von Dauer sein würde. Er wusste auch nicht, ob er sich das wünschen sollte. Ob er es auch nur gestatten sollte. In seinem Leben gab es keinen Platz für Beziehungen. Er hatte all die Jahre hart daran gearbeitet, keine Bindung aufzubauen: weder zu Menschen noch zu Orten oder Dingen. Alles, um sich die völlige Handlungsfreiheit zu erhalten, die nur gegeben war, wenn man nichts zu verlieren hatte.

Selbst jetzt wäre alles noch gut gewesen, wäre er sich nur nicht all dessen bewusst geworden, worauf er verzichtete.

Er holte eine saubere Tasse aus dem Schrank. Genau wie die Teekanne wirkte sie billig und stammte aus der hiesigen Herstellung, so einfach, dass es an Hässlichkeit grenzte. Er hatte Kanne und Tassen gekauft, als er eintraf, und würde sie zurücklassen, wenn er abreiste. Keine Bindungen, keine Verletzlichkeiten.

Er schüttete sich eine Tasse aromatischen Tees ein und trank langsam, während er nachdachte. Als er fertig war, stellte er die Tasse ab und ging hinüber zur Kommkonsole. Dort schrieb er eine Nachricht an Tara Campbell:

Mylady –

Bitte verstehen Sie es nicht falsch, dass ich heute nicht erreichbar bin. Ich muss das Mechumbauprogramm von Tyson & Varney inspizieren. Es wäre bedauerlich, wenn eine bis dato ausgezeichnete und zuverlässige Firma durch Mangel an Überwachung nachlässig würde. Glauben Sie mir, ich freue mich darauf, mich heute Abend wieder mit Ihnen zu unterhalten, wenn die Arbeit des Tages getan ist.

> Respektvoll,
> Ezekiel Crow

Er schickte die Nachricht ab, dann wusch er sich und zog sich an. Er trug die übliche einfache Zivilkleidung. Sie half ihm, unbemerkt zu bleiben und Schwierigkeiten zu vermeiden.

Anschließend machte er sich auf den Weg zu Tyson & Varney, deren Fabrikleiter über den unangekündigten Besuch des Paladins der Sphäre sichtlich erstaunt war. Trotzdem führte er Ezekiel Crow gerne durch die Halle, in der die nächste Generation für den Kampfeinsatz umgebauter ArbeitsMechs gefertigt wurde. Wie Crow – trotz der bewusst anderweitigen Andeutungen in seiner Nachricht an Tara Campbell – erwartet hatte, verlief alles in bester Ordnung.

Nach der Inspektion leistete er dem Manager in der Vorstandskantine der Fabrik bei Tee und belegten Brötchen Gesellschaft und lobte ihn für Tyson & Varneys gute Arbeit. Er versprach dem Mann auch, bei der Präfektin ein gutes Wort bezüglich irgendwelcher Sorgen der Firma einzulegen. Der Manager strahlte im Glauben, gerade noch einmal davongekommen zu sein, vor Erleichterung und neigte zu losgelöster Gesprächigkeit.

»Ein Glück, dass der Exarch Sie nach Northwind geschickt hat«, bemerkte er, »und nicht jemand anderen.«

Crow fragte sich, ob der Direktor das auch dann glauben würde, wenn er wüsste, dass der Paladin, der ihm gegenüber saß, nur hier war, weil er Tara Campbell aus dem Weg gehen musste, bis er zu einer Entscheidung darüber gekommen war, ob er die Beziehung vertiefen oder davor weglaufen wollte. »Wirklich?«

»O ja«, bekräftigte der Fabrikleiter. »Ich bin nicht naiv. Ich weiß, dass auch Paladine nur Menschen sind. Wir hätten jemanden vorgesetzt bekommen können, dem es mehr darum geht, uns Einheimischen zu zeigen, wer das Sagen hat, als mit uns zusammenzuarbeiten, und das wäre eine Katastrophe gewesen, vor allem im letzten Sommer. Aber Sie und die Präfektin arbeiten zusammen, als wären Sie seit dem Kindergarten ein Team.«

Zu Crows Überraschung trug diese beiläufige Bemerkung viel dazu bei, seine Gefühlslage zu klären. Er hatte Tara Campbell als mögliche Belastung betrachtet, aber wie der Direktor gerade – ohne es zu wissen – festgestellt hatte, war diese Einschätzung völlig falsch. Sie war ein eigenständiger Machtfaktor, eine Militärführerin, deren Stärken und Fähigkeiten seine eigenen ergänzten. Eine größere Nähe zu ihr würde seine Last nicht erschweren, sondern erleichtern. Gemeinsam würden sie wahrhaft eine Macht sein, mit der man rechnen musste.

Er dankte dem Fabrikleiter für seine freundlichen Worte, dann verabschiedete er sich und machte sich in erheblich besserer Laune auf den Weg zurück zur Hauptstadt und zur Neuen Kaserne. Er war kein Mensch mit der Neigung zu öffentlichen Gefühlsausbrüchen, aber zumindest innerlich lächelte er, als er die Treppe zu seinem Quartier hinaufstieg. Er würde den Staub der Reise abwaschen und frische Sachen anziehen, dachte er. Und danach würde er mit Tara Campbell reden.

Als er die Unterkunft betrat, lag ein dicker Briefumschlag auf dem Tisch. Er stutzte. Als er das Quartier verlassen hatte, hatte der Umschlag noch nicht dort gelegen. Jemand hatte mit schwarzem Filzstift seinen Rang und Namen darauf geschrieben, und eine Notiz mit blauer Tinte zeigte, dass ein Soldat unten am Eingang die Sendung in seiner Abwesenheit angenommen hatte. Offenbar hatte der Empfang den Umschlag dem Reinigungspersonal mitgegeben, das jeden Morgen den Boden wischte, die Betten machte und das Geschirr spülte.

Er öffnete das Kuvert und fand einen zweiten Brief im Innern. Dieser trug eine andere Anschrift:

LIEUTENANT JUNIOR GRADE DANIEL PETERSON
CHANG-AN
LIAO

»Nein«, stieß er aus. »Nein.«

Der kleinere Umschlag fiel ihm ungeöffnet aus den plötzlich kraftlosen Fingern. Er sank auf den Sessel und vergrub das Gesicht in den Händen.

27

Weinlokal ›Jasminblüte‹, Chang-An, Liao
Präfektur V, Republik der Sphäre

Oktober 3111, Sommer

Er saß an einem Tisch in der hinteren Ecke, den Kopf in die Hände gestützt. Nah an seinem Ellbogen stand eine Weinflasche, nicht die erste dieses Abends, und daneben ein Glas. Er tat sein Bestes, sich ins Vergessen zu trinken, aber das Vergessen spielte nicht mit.

Das Weinlokal ›Jasminblüte‹ lag am Rande Chang-Ans, weitab von den momentanen Kämpfen und noch weiter entfernt von den ausgebrannten Ruinen des Stadtzentrums. Was es in der Stadt noch an Widerstand gab, wurde von verzweifelten Zivilisten geleistet. Die einheimischen Militäreinheiten waren schon in den ersten Tagen der Kämpfe zermalmt worden, ausradiert für das Verbrechen, sich der Konföderation Capella zu widersetzen, als sie mit einem Landungsschiff eingetroffen war und Soldaten ausgeschifft hatte.

Die Capellaner hatten das Landungsschiff doppelt, wenn nicht sogar dreifach belegt. Sie hatten Soldaten an Bord gestopft, das Zwei- bis Dreifache dessen, für das es ausgelegt war, hatten die Laderäume mit Panzerfahrzeugen, schweren Waffen und BattleMechs überladen. Ein einzelnes Landungsschiff dieser Klasse war nicht für den Transport solcher Massen an Menschen und Material vorgesehen. Es hätte nicht mehr ausschiffen dürfen, als die örtlichen Verteidiger Chang-Ans leicht hätten besiegen können.

Er hatte die Zahlen sorgfältig durchgearbeitet – er besaß Talent für Übungen dieser Art –, bevor er auch nur in Betracht gezogen hatte, die Capellaner könnten lügen oder ein Landungsschiff einem solchen Risiko aussetzen.

Das war der erste Verrat gewesen.

Nein, dachte er. *Sei wenigstens dir selbst gegenüber ehrlich. Es war der zweite.*

Er schenkte sich noch ein Glas Wein ein. Seine Hände zitterten so, dass er die Flasche auf den Rand des Glases stützen musste. Es gelang ihm, das Zittern so weit zu unterdrücken, dass er das Weinglas heben und leeren konnte, ohne etwas zu verschütten. Es war ein schwerer Rotwein von der trockenen, gemäßigten Küste, herb und bitter. Das Aroma umnebelte seinen Kopf. Aber es konnte den Brandgeruch weder aus seiner Nase vertreiben noch aus seiner Erinnerung.

Chang-Ans Gesundheitsbehörde hatte Massengräber für die unzähligen Toten ausheben lassen. Die Fahrer von Baumaschinen und ArbeitsMechs hatten ihr Leben riskiert, um abseits der Kämpfe den Boden aufzureißen und die Leichen reihenweise unter die Erde zu legen, wie Saatgut für eine obszöne zukünftige Ernte. Er selbst hatte die Leichen seiner Eltern dorthin gebracht und beigesetzt. Es gab keine anderen lebenden Freunde oder Familienmitglieder mehr, die es ihm hätten abnehmen können. Und dann hatten die Bulldozer die Gräber wieder zugeschüttet.

Das war die erste Nacht gewesen, in der er versucht hatte sich zu betrinken. Doch er hatte es nicht geschafft.

Heute waren noch drei Landungsschiffe auf dem Raumhafen eingetroffen. Neue Soldaten waren aus den Schiffen in die Stadt und die Umgebung geströmt. Er hatte sie gesehen, war zurückgegangen und hatte aus den Schatten zugesehen. Er hatte auch Transportflugzeuge und schwere Ausrüstung gesehen. *Saxon-* und

Maxim-Mk2-Truppentransporter, sogar ein Taktisches Mobiles HQ. Das war Ausrüstung für längere Feldeinsätze, nicht für den Straßenkampf.

Und es war auch keine Ausrüstung für einen schnellen Überfall. Das war Invasionsausrüstung. Er kannte die Theorie, er hatte sie studiert. Er hatte als Bester der Klasse abgeschlossen. Doch er hatte die Theorie bis zu diesem Tag nie umgesetzt gesehen.

Ein weiterer Verrat.

Ein Schiff, und nur ein Schiff. Das war die Absprache gewesen. Er kannte die Entfernungen und die Zeit, die ein Flug von und zu den Sprungpunkten benötigte. Zusätzliche Schiffe hätten unmöglich so schnell eintreffen können, nicht einmal als Antwort auf eine HPG-Nachricht höchster Priorität. Die neuen Schiffe mussten sich auf den Weg gemacht haben, noch bevor das erste Schiff aufgesetzt hatte.

Wieder vergrub er das Gesicht in den Händen. Die Capellaner hatten ihn von Anfang an belogen und er hatte ihnen ihre Lügen abgenommen. Aller Wein in Chang-An konnte das nicht ändern. Möglicherweise reichte nicht einmal der gesamte Wein auf Liao dazu.

Der Tisch bewegte sich unter seinen Ellbogen, und die Bank auf der gegenüberliegenden Seite knirschte, als sich jemand unaufgefordert setzte. Unwillig hob er den Kopf und sah einen schlanken lächelnden Mann mit nicht weiter bemerkenswerten Zügen, der eine capellanische Uniform trug. Als er ihn das letzte Mal gesehen hatte, war der Mann wie ein Zivilist gekleidet gewesen.

»Sie sind zu einem sehr schwer aufzuspürenden jungen Mann geworden, Lieutenant Peterson.«

»Verschwinden Sie.«

»Aber, aber. Ist das eine Art, mit Ihrem Wohltäter zu reden?«

»Ich habe einen Wohltäter? Ich sehe hier niemanden,

auf den diese Beschreibung passt.« Er lachte hart und erstickt. »Nur einen Verräter und einen verlogenen Hurensohn. Respektive.«

Der Capellaner schüttelte immer noch lächelnd den Kopf. »Für Reue ist es etwas spät, fürchte ich. Es ist vorbei.«

Er sagte nichts, wünschte sich, dass der Mann wieder ging. Es half nichts. Der lächelnde Mann winkte lediglich dem Kellner, ein zweites Glas zu bringen. Als es eintraf, füllte er es unaufgefordert und trank. Dann schüttelte er sich.

»Das ist entsetzliches Zeug. Wir könnten Ihnen etwas Besseres anbieten.«

»Das bezweifle ich.«

»Wir haben unseren eigenen Wein mitgebracht. Um nach der ersten Landung besser auf Sie anstoßen zu können.«

Die plötzlich aufflammende Wut schnitt wie ein Messer durch die dumpfe Verzweiflung. »Sie haben mir versprochen, dass mein Name nie erwähnt wird.«

Lächelnd, immer noch lächelnd, antwortete der Capellaner: »Und er wurde auch nicht erwähnt. Wir haben auf den Verräter Liaos getrunken.«

»Verschwinden Sie.«

»Alles zu seiner Zeit. Ich bin aus einem bestimmten Grund hier.«

»Wenn ich Ihnen erlaube, mir davon zu erzählen, hauen Sie dann ab?« Ein angewidertes Grunzen stieg aus seiner Kehle. »Also bitte.«

Der Mann griff in die Tasche seiner Uniformjacke und zog eine Karte heraus, auf deren Vorderseite ein Name, ein Rang und eine Adresse gedruckt waren. Auf der Rückseite stand in sauberer Handschrift eine Zahlenreihe.

»Das ist die Nummer Ihres Kontos auf Terra. Die vereinbarten Gelder warten dort auf Sie.« Er legte die Karte neben das Weinglas und stand auf. »Ebenso wie ein Bonus von einem Stone für jeden bei den Kämpfen getöteten Bürger der Republik. Sie sehen, wir sind nicht undankbar.«

Dann war der lächelnde Mann fort.

Er wartete, bebend vor Wut, doch der lächelnde Mann kehrte nicht zurück. Die Wut staute sich auf, wurde immer stärker. Schließlich stand er ebenfalls auf, langsam und bedächtig. Er hielt so viel Wut zurück, dass er Angst bekam, es könnte ihn zerreißen, wenn er sich zu schnell bewegte. Er schloss die Finger vorsichtig um den Hals der leeren Weinflasche.

»Auf meinen Namen getrunken.« Er sprach mit sich selbst, in einem langsam lauter werdenden Flüsterton. »Meinen Namen. *Meinen Namen!*«

Er hob die Flasche vom Tisch und warf sie so hart gegen die Rückwand des Weinlokals, dass sie zerplatzte. Sekunden später folgte das Weinglas.

»Nie wieder.«

Der Kellner starrte ihn an und er wusste, es war Zeit zu gehen. Das Lokal zu verlassen, die Stadt, den Planeten. Daniel Peterson war am ersten Tag der Kämpfe auf Liao gestorben. Sobald er herausfand, wer er jetzt war, würde er sich einen neuen Namen zulegen.

Fast hätte er die Visitenkarte des lächelnden Mannes auf dem Tisch liegen gelassen. Aber schließlich hob er sie doch auf und steckte sie ein. Es war gleichgültig, wer er werden würde.

Das Geld brauchte er in jedem Fall.

28

Südlich von Benderville, Oilfieldsküste, Kearny, Northwind
Präfektur III, Republik der Sphäre

Februar 3134, Trockenzeit

Gegen Mittag war es im Cockpit von Brigadegeneral Michael Griffins *Koshi* heißer als in einer Sauna. Trotz der besten Bemühungen von Generationen von Konstrukteuren gab es bis heute keinen Mech, dessen Pilot nicht schwitzte wie ein Eber. Griffin hatte seit dem frühen Morgen Wasser getrunken – sowie zusätzliche Rationen der speziell entwickelten Getränke für einfache Soldaten im Wüsteneinsatz und MechKrieger auf Missionen, die einen langen Aufenthalt in der Pilotenkanzel erforderlich machten.

Und trotzdem war Griffin froh, dass er in der nächsten Zeit keinen Ringkampf plante. Er wusste aus Erfahrung, wenn er die Einsatzgruppe den ganzen Tag über mit dem *Koshi* begleitete, fühlte er sich am Abend, wenn er das Cockpit verließ, wie seine Großmutter es ausdrücken würde: *als hätte er eine Abreibung mit dem Besenstiel bekommen.*

Wenigstens beschützten die elektronisch abgeregelten Sichtschirme und das polarisierte Panzerglas des Kanzeldachs seine Augen vor dem schlimmsten Licht, das blendend grell von den Kilometern Meerwasser reflektierte, die hier an der Oilfieldsküste als Aussicht durchgingen. Die Infanterie brauchte Schutzbrillen, die ein Teil der Soldaten nicht tragen würde, weil sie unbequem waren und das Sichtfeld einengten, und starkes

Sonnenöl, das einige mit Sicherheit vergessen würden. Am Abend würden sie über überanstrengte Augen und Sonnenbrand klagen und in der Nacht keine Ruhe finden. Und am nächsten Morgen würde alles von vorne losgehen ... und von Anastasia Kerensky hatten sie immer noch keine Spur gefunden.

Eine fruchtlose Suche unter erschwerten Bedingungen, dachte Griffin. *Das kann der Moral nicht gut tun.* Aber Befehl war Befehl, und ihnen blieb keine andere Wahl als weiterzumachen.

Das Funkgerät des Mechs knisterte. Einen Moment später erklang eine Stimme über einen der abhörsicheren Kanäle.

»*Balac* Zwo an Leiter.«

»Ich höre, *Balac* Zwo«, antwortete Griffin.

»Ich habe Sichtkontakt mit einem Flugzeug.«

Griffin spürte die Erregung in sich aufsteigen. Würden sich die langen Stunden der Einsatzgruppe in Hitze und Entbehrung endlich auszahlen? Man konnte es zumindest hoffen. »Haben Sie eine Identifikation der Maschine?«

»Es handelt sich um einen *Donar*-Kampfhubschrauber.«

Der *Donar* war als Stahlwolfeinheit bekannt. Besser noch, die Identifikation stimmte mit der überein, die der Junge in Benderville ihnen am Abend zuvor gegeben hatte. *Danke, mein Junge*, dachte Griffin. *Sieht aus, als hätten wir einen Treffer gelandet.*

Laut sagte er: »Gute Arbeit, *Balac* Zwo. Hat man Sie bemerkt?«

»Ich glaube nicht. Er scheint sich auf einem routinemäßigen Patrouillenflug zu befinden.«

»Sehen Sie irgendetwas, das nach einem Landungsschiff aussieht?«

»Negativ. Keine Landungsschiffe.«

»Der Wolf muss irgendwoher kommen. Bleiben Sie

an ihm dran, *Balac* Zwo. Versuchen Sie, ihm nach Hause zu folgen.«

»Verstanden. *Balac* Zwo aus.«

Brigadegeneral Michael Griffin freute sich. Auf dem Sichtschirm sah er rechts von sich nur tiefblaues Meer bis zum Horizont, links von bräunlichem Gras bedeckte Sandhügel, ebenfalls bis zum Horizont, und voraus den endlosen zerfurchten Feldweg, der sich großtrabend Kearny-Küstenschnellstraße schimpfte. Aber irgendwo dahinter lag endlich das Ziel ihrer mühseligen tagelangen Suche: das Versteck der Landungsschiffe Anastasia Kerenskys.

Er nahm über die Befehlsfrequenz Verbindung zu seinem Adjutanten, Commander Jones, auf. »*Balac* Zwo hat unseren Wolf gesichtet.«

»Wurde auch Zeit«, gab Jones zurück. »Soll ich die Truppen in Bereitschaft versetzen?«

»Wir setzen die Erkundung am Boden fort, aber die Leute sollen sich bereithalten. Wir haben keine Garantie, dass der Wolf *Balac* Zwo nicht jagt und den Rest des Rudels mitbringt.«

Die Zeit verging. Griffin schwitzte jetzt mindestens so sehr vor Anspannung wie wegen der Hitze im Cockpit. Das Einzige, was sich voraus bewegte, hatte vier Beine und die Schuppenhaut einer Echse, und es schleuderte neben der Straße eine Sandwolke auf. Griffin, der von der Küste Kearnys stammte, erkannte die Anzeichen. Ein Scaley-Bogle war auf der Jagd nach einer langsameren Beute.

Gut für ihn, dachte er. *Heute kriegt er was zu futtern.*

Wieder knackte es im Funkgerät. »*Balac* Eins an Leiter.«

Balac Eins war der Hubschrauber über dem Meer. *Balac* Zwo hatte heute die Suche landeinwärts übernommen. »Ich höre, *Balac* Eins.«

»Ich sehe Balfour-Douglas Petrochemicals Bohrplattform 47 am Horizont.«

»Irgendwelche Spuren der Landungsschiffe, *Balac* Eins?«

»Negativ, Sir. Keine Landungsschiffe in Sicht.«

»Fliegen Sie Balfour-Douglas kurz an und versuchen Sie Funkkontakt herzustellen. Möglicherweise hat die Besatzung etwas gesehen, das uns entgangen ist.«

»Verstanden, Sir. Nehme Kurs auf Balfour-Douglas ... Einen Moment, Sir. Ich habe Sichtkontakt zu *Balac* Zwo und dem Wolf. Sie haben Kurs hierher.«

Hastig öffnete Griffin eine zweite Leitung. »*Balac* Zwo von Leiter. Hat er Sie bemerkt?«

»Negativ. Unser Freund scheint es eilig zu haben, nach Hause zu kommen.«

Griffin runzelte die Stirn. Der Wolf flog hinaus aufs Meer, auf *Balac* Eins zu, fort vom über Land suchenden *Balac* Zwo. Das entsprach absolut nicht seiner Erwartung für einen Hubschrauber, der zum Stützpunkt zurückkehrte. Es sei denn ...

»Verdammt«, flüsterte er und öffnete erneut die beiden abhörsicheren Kanäle. »*Balac* Eins, *Balac* Zwo: Er hält Kurs auf den Hubschrauberlandeplatz der Balfour-Douglas-Plattform. Beschatten Sie ihn. Lassen Sie sich nicht entdecken. Schauen Sie nach, was da draußen los ist. Und erstatten Sie Bericht.«

Anastasia Kerenskys planetares Hauptquartier, nahe genug für einen Blitzangriff von Fort Barrett aus. Brigadegeneral Griffin jonglierte in Gedanken bereits Truppenstärken und Gefechtsszenarien, als er den Kanal wechselte, um seinen Adjutanten zu informieren.

Die Landungsschiffe haben wir nicht gefunden, dachte er begeistert, *aber möglicherweise etwas ebenso Wertvolles.*

29

Balfour-Douglas Petrochemicals Bohrplattform 47,
Oilfieldsküste, Kearny, Northwind
Präfektur III, Republik der Sphäre

Februar 3134, Trockenzeit

Ian Murchison schaute hinaus übers Meer zur Küste Kearnys. Es war nicht seine normale Zeit für einen Aufenthalt auf B-D 47s Aussichtsdeck: heller Sonnenschein, der auf dem blauen Wasser glitzerte. Und über ihm tanzten am Himmel kreischende Seevögel. Aber heute war selbst unter den derzeitigen Umständen alles andere als ein normaler Tag.

Es hatte schon damit angefangen, dass Galaxiscommander Anastasia Kerensky ihn zu sich bestellt hatte. Er war hastig aus dem Krankenrevier in ihr Quartier gerannt, wo die Leiche Sterncolonel Nichols Darwins in einem Meer von Blut auf dem Bett lag. Anastasia Kerensky hatte neben dem Bett gestanden, eine schweigende Präsenz in schwarzem Leder.

Murchison hatte Darwin auf Atmung und Puls überprüft und keines von beiden gefunden. Die Kehle des Clanoffiziers war brutal und gekonnt aufgeschlitzt, und seine Kleidung fesselte die Arme an den Körper, sodass er sich nicht hatte wehren können. »Er ist tot. Ich kann nichts mehr für ihn tun.«

Anastasia sagte: »Das war auch so beabsichtigt.«

»Was ist passiert?«

»Du hattest Recht.«

Er unterdrückte den Impuls, ihr sein Bedauern auszudrücken. Zunächst machte der Galaxiscommander den Eindruck, als würde sie den Ersten, der das wagte, umbringen. Stattdessen aber fragte er: »Wozu brauchen Sie mich dann noch?«

»Hilf mir, ihn nach draußen und hinauf zum Aussichtsdeck zu schaffen. Ich will auch den kleinsten Zweifel daran auslöschen, was jeden erwartet, der glaubt, die Stahlwölfe verraten zu können.«

Warum ausgerechnet ich?, wollte Murchison fragen, doch er war klug genug, es nicht zu tun.

Er hatte bereits erkannt, dass seine Beziehung zu Anastasia Kerensky als ihr persönlicher Leibeigener über Schattierungen verfügte, die er niemals wirklich verstehen würde, einfach, weil er nicht in der Clankultur aufgewachsen war. Dies schien einer dieser Fälle zu sein. Aber davon abgesehen war er es gewesen, der Anastasias Verdacht auf Nicholas Darwin gelenkt hatte, und er konnte das Gefühl nicht abschütteln, dass ihn das auf gewisse Weise für den Tod des Sterncolonels mitverantwortlich machte. Daher war es nur gerecht, dass er auch an den unappetitlichen Folgen beteiligt war.

Er betrachtete die technischen Aspekte des Problems. Zumindest versuchte niemand, die Leiche zu verstecken ... »Die einfachste Methode wäre vermutlich, die Laken einzurollen und ihn zwischen uns zu tragen. Die Bettwäsche ist wohl ohnehin nicht zu retten. Ebenso wenig wie die Matratze.«

»Es gibt noch andere Betten«, stellte sie knapp fest. »Wickle ihn ein.«

Gemeinsam hievten sie Leichnam und Laken vom Bett und rollten sie zu einer hässlichen, blutfleckigen Wurst aus Fleisch und blutbesudeltem Stoff zusammen. Murchison hatte aus Gewohnheit ein Paar Latexhandschuhe angezogen, bevor er Darwins Leiche untersuchte – er trug sie ständig in einer Gürteltasche bei sich, zusammen mit einer Verbandsschere und einem Schraubenzieher, etwa so, wie Kerensky und ihre Wölfe ständig ein Messer bei sich hatten. Anastasia aber arbeitete mit bloßen Händen. Warum auch nicht, dachte er. Sie hatte schon Blut an den Händen.

Er fasste ein Ende des fertigen Bündels und Anastasia das andere. Tot war Darwin eine schwere, sperrige Last. Der Weg zum Aussichtsdeck war nicht weit – den Flur hinunter, einen Quergang entlang, in den Aufzug, hoch und hinaus –, aber zu weit, um unbemerkt zu bleiben. Unterwegs begegneten sie nur einem Menschen, einem Einzelnen aus der großen, anonymen Masse von Stahlwolfkriegern, der sie nur stumm beobachtete. Als sie jedoch mit ihrer Last auf dem Aussichtsdeck eintrafen, erwartete sie bereits eine kleine Menge.

Anastasia Kerensky beachtete sie überhaupt nicht. Was Murchison betraf, so war er dankbar, dass niemand eine Erklärung von einem Leibeigenen erwartete. Der Galaxiscommander ließ ihr Ende des Darwin-Bündels mit einem dumpfen Knall auf den Metallboden des Decks fallen, der MedTech legte seines vorsichtiger ab.

»Ein Seil«, befahl sie. »Oder eine Kette. Das spielt keine Rolle.«

Murchison stellte keine Fragen. Er machte sich auf die Suche nach einem Seil und ließ Anastasia über Nicholas Darwins eingewickelter Leiche stehen, während ihr rötlich-schwarzes Haar im kräftigen Wind wie eine blutige schwarze Fahne wehte. Inzwischen hatten sich noch mehr Krieger auf dem Aussichtsdeck versammelt. Unter den Stahlwölfen verbreiteten sich Gerüchte ebenso schnell wie überall sonst, und inzwischen wusste vermutlich auch der Letzte an Bord der Station, was geschehen war.

Niemand sprach Murchison an. Er war schließlich der Leibeigene des Galaxiscommanders, und was immer er tat, es war ihre Sache, nicht die der Besatzung.

Er fand das Seil, eine neben einem der Rettungsringe an einem Haken hängende Nylonseilrolle, und brachte es Anastasia. Als sie ihn kommen sah, bückte sie sich, packte den Rand des Lakens mit beiden Händen und riss. Darwins Leiche rollte aufs Deck.

»Bind es um seine Füße«, ordnete sie an.

Ihre Stimme war nicht sonderlich laut, aber trotzdem hallte sie wie eine Glocke durch die Stille. Die Stahlwölfe auf dem Aussichtsdeck sahen und hörten nichts außer ihr, und sie schenkte ihnen nicht die geringste Beachtung. Murchison hockte sich neben den Leichnam und wand die Nylonleine zu einer festen Schlinge um Darwins Knöchel. Dann stand er wieder auf und wartete, das Ende des Seils in der Hand.

Anastasia sagte: »Befestige das andere Ende an der Reling.«

Ihre Stimme blieb unverändert, ihre Miene war eine reglose Maske, und auf ihren Händen trocknete rot und klebrig das Blut. Murchison war hin und her gerissen zwischen einer bis ins Mark dringenden Angst vor ihrer bloßen Gegenwart und der widerwilligen Bewunderung. Gott allein mochte wissen, was die Wölfe bei ihrem Anblick empfanden.

Er band das freie Ende des Seils an die obere Stange des Schutzgeländers, das sich rund um die offene Plattform zog, und trat zurück.

»Gut«, erklärte sie. Dann bückte sie sich mit gebeugten Knien und fasste Darwins Leiche unter den Achseln. »Nimm die Füße.«

Murchison gehorchte. Mehr brauchte sie nicht zu sagen. Beide standen auf, hoben Darwin vom Boden, und ihr Blick zur Reling genügte. Sie hielten Darwin zwischen sich, hoben ihn auf Schulterhöhe, um ihn über das Geländer zu bekommen, dann warfen sie ihn hinüber. Die Leine entrollte sich zischend und spannte sich mit einem knallenden Ruck.

»Niemand verkauft die Wölfe und lebt lange genug, um das Geld auszugeben, dass er dafür bekommt«, verkündete Anastasia Kerensky. »*Niemand.*«

Sie stand an der Reling, hatte ihren versammelten Kriegern den Rücken zugekehrt. Sie starrte hinaus aufs Meer und hielt das Metall mit blutverschmierten Händen umklammert. Lange herrschte Schweigen. Die Krieger warteten auf den Befehl, an ihre Posten zurückzukehren, und sie sagte nichts.

Dann sah Murchison, wie ihre Augen groß wurden. Jetzt sah sie etwas, blickte nicht mehr nur mit leeren Augen zum Horizont. Er folgte ihrem Blick.

Ein Punkt. Nein, zwei Punkte, die sich schnell über den Himmel bewegten und allmählich größer wurden. Einer von ihnen folgte dem anderen. Flugzeuge.

Anastasia Kerensky sprach. Jetzt hatte ihre Stimme einen anderen Ton, die Schärfe des Handelns statt der Getragenheit eines Urteils. »Wie viele unserer Vögel sind auf Streife? Weiß es jemand?«

»Einer, Galaxiscommander«, antwortete eine Stimme aus der Menge.

»Dann hat man uns entdeckt. Nachricht an den Hubschrauberpiloten: Feuer frei. Verfolger eliminieren, falls möglich.« Sie wirbelte zu den versammelten Wölfen herum. »Noch haben wir das Überraschungsmoment auf unserer Seite. Start der Landungsschiffe und Angriff vorbereiten!«

30

Südlich von Benderville, Oilfieldsküste, Kearny, Northwind
Präfektur III, Republik der Sphäre

Februar 3134, Trockenzeit

Brigadegeneral Michael Griffins Einsatzgruppe bewegte sich weiter südwärts auf die Position zu, in der *Balac* Zwo den Stahlwolf-Hubschrauber entdeckt hatte. Es war gespenstisch still. Außer dem Meer, den sandigen Hügeln und der Staubwolke, die ihre Kolonne aufwirbelte, gab es nichts zu sehen. Trotzdem waren Griffins Muskeln steinhart verkrampft vor Sorge und Tatendrang. Er wollte endlich gegen irgendjemanden kämpfen, die Anspannung lösen, indem er seinen *Koshi* Tod und Vernichtung austeilen ließ, statt weiter nur gleichmäßig geradeaus zu marschieren, während er den Meldungen von *Balac* Eins und Zwo lauschte.

»*Balac* Eins an Leiter. Unser Wolf hält eindeutig Kurs auf die Ölplattform. *Balac* Zwo folgt ihm.«

Griffin schaltete sich ein. »Leiter an *Balac* Eins. Weiß der Wolf, dass *Balac* Zwo ihn verfolgt?«

»Offenbar negativ ... Nein. Verdammt. Er beschleunigt.«

»*Balac* Zwo an Leiter. Er hat mich entdeckt.«

»Dranbleiben, *Balac* Zwo«, befahl Griffin. Seine Gedanken überschlugen sich. Es bestand eine geringe Chance, dass der unidentifizierte Hubschrauber Balfour-Douglas gehörte und zum Beispiel auf dem Rückflug von einem Nachschubflug war oder auf einen medizinischen Notfall reagierte. In diesem Fall waren sie einem blinden Alarm aufgesessen. »Rufen Sie ihn und fordern Sie ihn auf, sich zu identifizieren.«

Noch während er die Anordnung gab, gestand er sich ein, dass er selbst nicht daran glaubte. Doch die Bestätigung, dass Anastasia Kerensky eine Bohrplattform vor der Küste Kearnys besetzt hielt, lieferte ihm noch keine Antwort auf die Hauptfrage, vor der sie standen: Wo zum Teufel hielten die Stahlwölfe ihre Landungsschiffe versteckt?

Er rief über die Befehlsfrequenz seinen Adjutanten, Commander Jones. »Owain.«

»Sir?«

»Schicken Sie eine Nachricht an den Kommandeur von Fort Barrett. ›Mögliche Feindbasis entdeckt. Empfehle Alarmstufe Rot für alle örtlichen Einheiten.‹ Mit meinem Namen und Code. Sie kennen das Verfahren.«

»Ja, Sir.«

So. Das war erledigt. Griffin verlegte sich wieder aufs Abwarten und Zuhören. Der Schweiß, der ihm über Schultern und Rücken lief, erklärte sich nur zum Teil aus der Mittagshitze im Cockpit.

Das Funkgerät knisterte. »*Balac* Zwo an Leiter. Der Wolf antwortet nicht.«

»Dranbleiben, *Balac* Zwo. *Balac* Eins, haben Sie beide Einheiten weiter in Sicht?«

»Bestätigt«, erklang die ferne, blecherne Stimme des zweiten Hubschrauberpiloten. »Der Wolf hält weiter Kurs auf die Bohrplattform. Nein, Moment. Er dreht um.«

»*Balac* Zwo an Leiter. Der Wolf kommt auf mich zu. Habe ich Feuererlaubnis?«

»Feuererlaubnis erteilt, *Balac* Zwo.« *Balacs* waren mit einem schweren Maschinengewehr und zwei jeweils dreirohrigen Taktischen Raketensystemen bewaffnet. Die Bestückung war nicht für einen längeren Schlagabtausch vorgesehen. *Balacs* stellten das moderne Gegenstück zur Kavallerie dar, keine Artillerie. Sie sollten hart zuzuschlagen können und dann wieder abdrehen. Aber dieses Gefecht versprach, länger zu dauern. »*Balac* Eins, können Sie sehen, was da los ist?«

»Bestätigt, Sir. *Balac* Zwo feuert ... Voll daneben. Der Wolf hält Kurs und Geschwindigkeit, ohne das Feuer zu erwidern. *Balac* Zwo hat wieder gefeuert. Der Wolf ist getroffen! Aber er kommt stetig näher. Jetzt hat er alle Raketen auf einmal abgefeuert. *Balac* Zwo ist getroffen ... *Balac* Zwo stürzt ab ... Erlaubnis, aufzuschließen und anzugreifen. Sir.«

Balac Eins klang versessen auf Vergeltung. Wahrscheinlich war er mit dem Piloten von Zwo befreundet gewesen. Griffin verstand, wie er sich fühlte. Doch dieses Verständnis war ihm keine Hilfe.

»Erlaubnis verweigert, *Balac* Eins. Inzwischen wissen sie mit Sicherheit, dass wir sie entdeckt haben. Drehen Sie ab und kommen Sie so schnell wie möglich zurück.«

»Verstanden. *Balac* Eins kehrt zu...« Der Funkspruch endet in einem ohrenbetäubenden Lärm.

»*Balac* Eins?« Griffin vergewisserte sich, dass er den korrekten Kanal eingeschaltet hatte. »*Balac* Eins?«

Er hörte nichts außer dem Kreischen ge- oder zerstörter Kommschaltkreise. Entmutigt, weil er bereits wusste, was dabei herauskommen würde, schaltete er auf Befehlsfrequenz um. »Owain? Commander Jones?« Dann auf allgemeine Frequenz. Ohne Erfolg. »Verdammt!«

Wenigstens können mich alle sehen, dachte er und hob den riesigen rechten Arm des *Koshi*, um die Kolonne anzuhalten. Dann löste er mit steifen, schwerfälligen Bewegungen die Gurte. Es lag ein langer, angespannter Morgen hinter ihm, und der Tag war noch nicht vorbei. Er verstaute den Neurohelm und machte sich auf den Weg die Cockpitleiter hinab auf den Sandboden.

Die steife Brise bescherte ihm eine Gänsehaut und

gleichzeitig eine feine Schicht Sand auf der schweißnassen Haut. Commander Jones wartete bereits mit Wasser: mehr als vier Liter in einem Plastikfaltkanister. Griffin schüttete sich die Hälfte des lauwarmen Wassers über den Kopf, dann trank er mit großen, durstigen Schlucken den Rest.

Jones stellte fest: »Die Hurensöhne stören unseren Funk, Sir.«

»Ich weiß«, erwiderte Griffin zwischen zwei Schlucken. »Zumindest besteht jetzt kein Zweifel mehr, dass wir es mit den Wölfen zu tun haben.«

»Ihre Befehle?«

»Die Truppen bleiben in Bereitschaft, und wir bereiten uns darauf vor, auf meine Anweisung nach Fort Barrett zurückzukehren. Wir schaffen es nicht, Anastasia Kerensky aus ihrem Versteck vor der Küste zu locken, aber im Fort können sie es. Und versuchen Sie weiter, über Funk durchzukommen. Welchen Trick die Wölfe auch anwenden, er wird nicht ewig funktionieren.«

Danach gab es eine Weile nichts weiter zu tun, als mehr Wasser zu trinken und auf *Balac* Eins zu warten. Griffin war klar, dass er die Kolonne nicht dauernd anhalten konnte. Irgendwann – dafür bezahlte ihm das Regiment seinen Sold – würde er eine Entscheidung treffen und annehmen müssen, dass *Balac* Eins *Balac* Zwo in den Fluten vor der Oilfieldsküste Gesellschaft leistete. Dann würden sie zurück nach Norden marschieren und die Überreste der beiden Kampfhubschrauber und ihrer Piloten zurücklassen.

Als er später – nicht viel später – darüber nachdachte, stellte Griffin fest, dass *Balac* Eins mit Höchstgeschwindigkeit zurückgekommen sein musste. Er hatte kaum damit begonnen, sich die schlimmsten Möglichkeiten auszumalen, als der Hubschrauber laut heulend in einer Staubwolke auf dem Feldweg vor der Marschkolonne aufsetzte.

Das Kanzeldach des *Balac* öffnete sich und der Pilot stieg aus. Brigadegeneral Griffin und Commander Jones liefen hinüber.

»Sir!« Der Pilot keuchte. Ebenso vor Anspannung wie vor Erschöpfung, entschied Griffin. »Irgendeine Art Störsender. Ich kam nicht mehr durch.«

»Wissen wir, mein Junge«, erwiderte Griffin. »Unsere Komms sind auch ausgefallen. Hat man Sie verfolgt?«

»Nein, Sir. Ich glaube nicht, dass der Wolf mich gesehen hat.«

»Oder er hatte andere Sorgen.« Griffin runzelte die Stirn. *Wäre ich Anastasia Kerensky*, überlegte er, *und ich hätte gerade erfahren, dass mein geheimer Stützpunkt nicht mehr geheim ist, was würde ich tun?* So gefragt, war die Antwort klar. »Sie wird den Angriff vorziehen.«

Commander Jones nickte. »Ergibt Sinn. Aber auf wann?«

Griffin setzte zu einer Antwort an, doch stoppte ihn ein Aufschrei unter den Soldaten. Er wandte den Kopf und sah einen der Lance Sergeants brüllen und aufs Meer deuten – Gordon, genau, so hieß er, ein Hüne von einem Kerl, zwei Köpfe größer als der Rest.

Sehr leise hörte er Commander Jones neben sich. »Scheiße.«

Draußen am Meereshorizont kochte das Wasser. Weiße Gischt türmte sich so hoch auf der Wasseroberfläche auf, dass man es vom Ufer aus sehen konnte, und riesige Dampfwolken stiegen zum Himmel. Dann erhob sich langsam, wie Leviathan aus den Tiefen, eine gigantische silberfarbene Form nach oben, drückte das Wasser beiseite, befreite sich aus dem Griff des Ozeans und stieg in den Himmel empor. Ein Landungsschiff.

Und ein zweites, ein drittes, ein viertes stieg wie eine überdimensionale Luftblase aus dem Meer und glitt unter Donnergetöse in den Himmel.

Und Griffin wusste, wohin Anastasia Kerensky unterwegs war, denn hätte er die Stahlwölfe und ihre Landungsschiffe befehligt und nur noch ein paar Stunden auf das Überraschungsmoment zählen können, dann hätte er es ebenso gemacht. »Owain.«

»Sir.« Sein Adjutant war geschockt. Sie alle waren es. Vermutlich war Griffins eigener Gesichtsausdruck in diesem Augenblick auch nicht gerade ermutigend. Es ließ sich nicht ändern. Sie mussten sofort handeln. Später blieb immer noch Zeit, mit dem Zittern aufzuhören.

»Kommen Sie. Wir werden den *Koshi* hier lassen müssen, bis es ein Tech mit den Startcodes aus Fort Barrett hierher schafft. Ich fliege mit dem *Balac* voraus.«

»Sir?«

»Wir werden Fort Barrett ausweiden müssen, Commander, um so schnell wie möglich eine Entsatztruppe auf die Beine zu stellen. Anastasia Kerensky wird nicht noch einmal in der Salzwüste herumspielen. Diesmal hält sie geradewegs Kurs auf den Raumhafen. Und ohne Kommverbindung ahnt niemand in Tara, dass sie kommt.«

31

Neue Kaserne, Tara, Northwind
Präfektur III, Republik der Sphäre

Februar 3134, Winter

Ezekiel Crow saß noch immer am Esstisch seines Quartiers. Der dicke Briefumschlag mit der tödlichen, verräterischen Adresse lag ungeöffnet vor ihm.

LIEUTENANT JUNIOR GRADE DANIEL PETERSON
CHANG-AN
LIAO

Er hätte nicht sagen können, wie lange er so dagesessen hatte, ohne sich zu bewegen, ohne auch nur zu denken – es sei denn, man zählte das Gefängnis ungebetener Erinnerungen als Denken. Als er jedoch langsam zurück in die Gegenwart fand, sah er, dass es draußen dunkel geworden war. Als er angekommen und den Briefumschlag gefunden hatte, war es noch hell gewesen.

Er hatte ihn bisher nicht geöffnet. Er hatte Angst davor, dabei war Angst um sein Leben eines von den Dingen, von denen er geglaubt hatte, er hätte sie in den Ruinen zurückgelassen. Doch ein Briefumschlag, der ihn mit diesem Namen und dieser Adresse erreichte, konnte auf keinen Fall etwas Gutes bedeuten. Er hatte alle Verbindungen zu seinem früheren Leben gekappt, als er seinen Namen geändert und Chang-An verlassen hatte. Er hatte nie zurückgeblickt. Es dürfte nirgends in der Republik noch irgendetwas existieren, das Ezekiel Crow,

Paladin der Sphäre, in Verbindung mit dem berüchtigten und nie identifizierten Verräter Liaos brachte.

Dürfte nicht existieren, bemerkte sein Verstand, *ist nicht dasselbe wie existiert nicht. Du kannst genauso gut nachsehen. Es noch länger vor dir herzuschieben hilft auch nichts.*

Zögernd öffnete er den Umschlag und zog den Inhalt heraus. Das Erste, was seine tastenden Finger fanden, war ein versiegelter Brief. Er legte ihn beiseite. Er würde noch reichlich Zeit haben, die Forderung des Erpressers zu lesen. Neben dem Brief enthielt der Umschlag Beweise: Bilder, medizinische Unterlagen, Kopien alter Dateien und Nachrichtenberichte, und ein dünnes Taschenbuch.

Das letzte Objekt verwirrte ihn, bis er es näher betrachtete. Es war ein Sachbuch, eine Autobiographie aus einem Verlag in der Konföderation Capella. Dem Umschlagtext nach zu urteilen war der Autor, jetzt ein beliebter Romanschriftsteller von gewissem Bekanntheitsgrad in den capellanischen Systemen, während der Konflikte zwischen der Konföderation und der Republik in den vergangenen Jahrzehnten, einschließlich der Zeit des Liao-Massakers, ein niederer Geheimdienstoffizier gewesen. Wie viele alte Soldaten hatte er die Gelegenheit, die sich durch die Lockerung der Geheimhaltungsstufen für die Kriege seiner Jugend böt, ergriffen, um über das damalige Geschehen zu schreiben.

Es fiel ihm nicht schwer, den für ihn relevanten Teil der Memoiren zu finden. Schließlich war Crow bestens mit dem Ablauf der Ereignisse vertraut. Ja, da stand es: »... für eine angemessene Vergütung die Kooperation eines unzufriedenen niederen Offiziers der planetaren Miliz sichern, eines gewissen Daniel Peterson, der dem ersten Landungsschiff gestattete, auf Liao aufzusetzen.«

Kurz wusch eine Woge der Verärgerung über Crow hinweg und verdrängte seine Angst. Ich *war* nicht verärgert. Ich hatte einen Plan.

Einen Plan, der nicht funktionierte.

Er *hätte* funktionieren müssen. Die Republik hatte die Aktivitäten capellanischer Terroristen auf Liao seit Jahren ignoriert. »Zu unbedeutend, um eine Destabilisierung der örtlichen Lage zu riskieren«, hatte man argumentiert. Ein militärischer Überfall wäre ein Zwischenfall von einer Größenordnung gewesen, den man nicht unter den Teppich kehren und ignorieren konnte. Hätten die Capellaner das erste Landungsschiff nicht dreifach überladen, hätten Liaos planetare Streitkräfte die Angreifer auf dem Raumhafen einkesseln können.

Du hast ihr Geld angenommen, meldete sich sein Verstand wieder, *und nicht erwartet, dass sie betrügen? Du hast verdient, dass dir dein Plan gleich am ersten Tag um die Ohren flog.*

Crow befahl den Stimmen in seinem Kopf, Ruhe zu geben. Seine damalige Dummheit – und er gestand sich ein, er war in jungen Jahren wirklich erstaunlich dumm gewesen – spielte jetzt keine Rolle mehr. Nun war klar, wie es zu seiner Entlarvung gekommen war. Der Feind, wer immer es war, hatte zufällig dieses Buch gelesen und war auf die beiläufige Erwähnung Daniel Petersons gestoßen. Und dann hatte er an diesem Fädchen gezogen, bis er das komplette Gewebe aufgelöst hatte.

Er verspürte einen gewaltigen Drang, den Inhalt des Umschlags zu vernichten, aber er wusste genau, dass damit nichts erreicht worden wäre. Natürlich war alles, was man ihm geschickt hatte, Kopie oder Duplikat. Die Originale befanden sich irgendwo anders sicher unter Verschluss.

Stattdessen zwang er sich, das Problem so nüchtern wie möglich zu betrachten. Anschuldigungen – es war immer besser, von Anschuldigungen zu sprechen statt von Tatsachen – konnte man bestreiten. Drohungen konnte man neutralisieren. Aber nicht von hier auf Northwind aus. Dazu benötigte er Zugang zum Senat und zum Exarchen und zu den einflussreichen Medien. Kurz gesagt, er musste nach Terra.

Ich werde sofort abreisen, dachte er. Wenn ich erst an Ort und Stelle bin, sollte sich das in ein paar Monaten aus dem Weg räumen lassen. Und sobald es erledigt ist, kann ich wiederkommen.

Aber tatsächlich nach Terra zu kommen war gar nicht so einfach. Er brauchte ein Landungsschiff, und wenn möglich ein ziviles. Hielt sich auf dem Raumhafen eines auf? Er versuchte sich an den Flugplan der Linie zu erinnern, die nach dem HPG-Kollaps den heiß umkämpften Zuschlag für die Postroute erhalten hatte, und stellte fest, dass er ihn vergessen hatte. Er wusste nicht einmal mehr den Namen der Gesellschaft. *Dummkopf*, schalt er sich. *Du lässt nach und hast es nicht einmal bemerkt.*

Er hatte auch das Unvermeidliche schon zu lange hinausgezögert. Er zwang seine Hände zur Ruhe und öffnete den versiegelten Brief.

Der Text war gedruckt. Das war keine große Überraschung. Er hätte die Handschrift eines bekannten Feindes oder angeblichen Freundes erkennen können. Anonyme schwarze Buchstaben auf weißem Papier konnten von jedem stammen. Das Papier selbst war von ausgezeichneter Qualität, aber das besagte gar nichts. Wer auch immer über die Mittel verfügte, Daniel Peterson aufzuspüren, einen Mann, der im gröbsten körperlichen Sinn vor dreiundzwanzig Jahren in Chang-An gestorben war, dessen Identität mit all den anderen in einem Massengrab verschwunden und planiert worden war, der konnte es sich auch leisten, seine Erpresserbriefe auf gutem Papier aufzusetzen.

Der Brief war nur drei Sätze lang:

Farrells Söldner stehen zu Ihrer Verfügung.
Anastasia Kerensky will Northwind. Sorgen Sie dafür, dass sie bekommt, was sie will.

32

Neue Kaserne, Tara, Northwind
Präfektur III, Republik der Sphäre

Februar 3134, Winter

Kapitänin Tara Bishop arbeitete heute länger in ihrem Büro in der Neuen Kaserne. Draußen war es schon dunkel, sie hatte jedoch noch immer Daten und Papiere durchzusehen, um wirtschaftliche und nachrichtendienstliche Zusammenfassungen für die Präfektin schreiben zu können, die ihr Büro ganz im Gegensatz zu ihrer üblichen Gewohnheit diesmal exakt zum Büroschluss verlassen hatte und zurück in ihr Quartier gegangen war. Normalerweise musste man Tara Campbell sozusagen mit der Brechstange aus ihrem Büro hebeln, sehr zu Kapitänin Bishops regelmäßigem Missfallen. Denn im Gegensatz zur Präfektin besaß die Kapitänin so etwas wie ein Privatleben.

Natürlich, dachte Bishop, bestand immer die Möglichkeit, dass sich auch Tara Campbell endlich ein Privatleben zugelegt hatte, das sich nicht um diplomatische und Militärempfänge drehte. Die Präfektin hatte nichts dergleichen verlauten lassen – sie war ein sehr zurückgezogener Mensch, vermutlich als Reaktion auf ihre Kindheit im politischen Rampenlicht. Doch an diesem Morgen hatte sie diesen Eindruck gemacht. Sie hatte weniger angespannt gewirkt als sonst, fröhlicher und ein wenig selbstzufrieden. Kapitänin Bishop erkannte die Zeichen: Es kam nur ein möglicher Verursacher in Betracht.

Ich frage mich, überlegte sie, *ob Paladin Crow auch selbstzufrieden und fröhlich wäre, wenn ich ihn fände?*

Mit einem stillen Lächeln öffnete Bishop die nächste Datei. Sie missgönnte keinem der beiden diese Gelegenheit. Die Präfektin genau wie der Paladin waren viel zu korrekt, um ihre Aufgaben von einer Beziehung beeinflussen zu lassen. Was sich bei weniger pflichtbesessenen Personen als hormonell bedingte Nachlässigkeit geäußert hätte, würde bei diesen beiden wohl bestenfalls zu einem Nachlassen der Intensität führen, mit der sie sich überarbeiteten.

Und selbst das würde kaum lange anhalten, vermutete sie. Wenn sie sich erst an den Gedanken gewöhnt hatten, würden sie beide wieder achtzehn Stunden am Tag arbeiten. Nur dann zusammen statt jeder für sich.

Kapitänin Bishop wandte sich einem Wirtschaftsbericht über die Wiederaufforstung der Holz produzierenden Regionen Northwinds zu. Sie war kaum eine Seite weit gekommen und kaute gerade an einem besonders undurchdringlichen Absatz über die Entwicklung von Zweitwuchswäldern in den unteren Rockspire Mountains, als auf der Kommkonsole ihres Schreibtisches plötzlich Dutzende roter Lämpchen blinkten und ein Alarm schrillte. Und das geschah nicht nur auf ihrem Schreibtisch: Die Festbeleuchtung mitsamt akustischer Begleitung drang auch aus dem leeren Büro der Präfektin, und sie hörte ein ähnliches Schrillen von besetzten und unbesetzten Schreibtischen überall in diesem Teil des Gebäudes.

Möglicherweise gellte der Alarm in der ganzen Neuen Kaserne, aber die Nachricht ging geradewegs an den Schreibtisch der Präfektin. Kapitänin Bishop drückte den Knopf, der Anrufe für die abwesende Tara Campbell auf ihren Apparat umleitete, nahm den Hörer auf und meldete sich. »Büro der Präfektin, Kapitänin Bishop am Apparat, diese Leitung ist nicht abhörsicher, was kann ich für Sie tun?« Alles in einem schnellen, ununterbrochenen Redefluss.

»Hier Raumhafen Tara«, antwortete die Stimme am anderen Ende der Leitung. »Hier setzen Landungsschiffe ohne Genehmigung auf. Ich wiederhole: Landungsschiff setzen ohne Genehmigung auf.«

O verdammt, dachte Tara Bishop. *O verdammt, verdammt, verdammt. Wir haben sie nicht rechtzeitig gefunden.*

Mit der freien Hand schlug sie auf den Knopf, der den Notfallalarm im Quartier der Präfektin auslöste. Zur Sicherheit versuchte sie dies dann auch noch im Quartier des Paladins, bevor sie allgemeinen Alarm auslöste. Die gellenden Sirenen würden das gesamte Personal der Neuen Kaserne innerhalb von Minuten an seinen Posten rufen.

Gleichzeitig fragte sie: »Können Sie die Schiffe identifizieren, Raumhafen?«

»Es sind die Stahlwölfe. Wir haben ihre Insignien und Konfiguration letzten Sommer oft genug gesehen.«

»Ich empfehle Ihnen, das Raumhafenpersonal zu evakuieren.«

»Das geschieht bereits«, antwortete die Stimme am anderen Ende. »Die Wölfe werden eine Weile zum Ausschiffen brauchen, und bis dahin sollten alle, die nicht gegen sie kämpfen werden, fort sein. Wir haben noch zwei Zivilschiffe am Boden. Die werden wohl die Schotten dicht machen und abwarten müssen, bis sich der Sturm gelegt hat.«

Der Raumhafenleiter klang gelassen, beinahe fröhlich, aber Kapitänin Bishop wusste: Das war die Gelassenheit, die man erreichte, nachdem man aufgehört hatte, auf so etwas wie Hoffnung Kraft zu verschwenden. Falls die Wölfe versuchten sich den Weg aus dem Raumhafen in die Stadt freizukämpfen, würde es ein Blutbad geben, und die am Raumhafen stationierten Truppen würden die vorderste Verteidigungslinie des

Planeten bilden. Bishop zermarterte sich das Gehirn bei dem Versuch, sich zu erinnern, welche Kräfte am Raumhafen postiert waren. Schließlich kam sie auf eine Angst erregend kleine Zahl.

Das, dachte sie, *wird eine la-a-ange Nacht.*

Selbst die wenigen Minuten, bis es die Präfektin im Sprint aus ihrem Quartier ins Büro der Neuen Kaserne schaffte, zogen sich endlos. Als Tara Campbell endlich eintraf, übergab ihr Bishop das Gespräch mit dem Raumhafenleiter – und die Verantwortung für die Verteidigung des ganzen Planeten – mit einem lautlosen Seufzer der Erleichterung. Ezekiel Crow erschien ein paar Minuten später. Er machte ein grimmiges Gesicht.

»Paladin Crow«, forderte die Präfektin ihn augenblicklich auf. »Sie müssen den Befehl über Farrells Söldner übernehmen. Falls es uns gelingt, die Wölfe von zwei Seiten anzugreifen, bevor sie zu tief in die Stadt eindringen, haben wir eine gute Chance, sie zurück zu ihren Schiffen zu drängen. Oder sie zumindest so einzukesseln, dass sie verhandeln müssen.«

»Anastasia Kerensky verhandelt nicht, das habe ich bereits festgestellt«, erwiderte Crow.

»Dann muss sie es lernen«, stellte Tara Campbell fest. »Und ich zähle darauf, dass Sie mir helfen, es ihr beizubringen.«

33

Südlich von Benderville, Oilfieldsküste, Kearny, Northwind
Präfektur III, Republik der Sphäre

Februar 3134, Trockenzeit

Der *Balac*-Kampfhubschrauber, der den Brigadegeneral zurück nach Fort Barrett brachte, hob in einer weißen Staubwolke ab und schoss mit Höchstgeschwindigkeit nach Norden davon. Will Elliott drängte die Mitglieder seines Kundschaftertrupps schon zurück in die *Shandras*, bevor der Lärm des Abflugs verklungen war. Entlang der Linien hörte er, wie Jock, Lexa und die anderen Unteroffiziere den Rest der Truppen in die Transporter scheuchten. Höchstens eine Minute später gab der Major der verstärkten Gewehrschützenkompanie – nach Brigadegeneral Griffins Abreise war er der höchstrangige Offizier und hatte damit das Kommando über die Einsatzgruppe – den Befehl zum Aufsitzen und Ausrücken.

»Spieß?«

Diese Stimme hingegen gehörte einem der Rekruten des Scout- und Scharfschützenzugs. Will unterdrückte den Impuls, nach Truppführer Murray, Hilfstruppführer Donahue oder einer der anderen göttergleichen Gestalten seiner Rekrutentage zu suchen.

»Was gibt's, Soldat?«, fragte er.

»Waren das die Landungsschiffe, nach denen wir auf der Suche waren?«

Will biss sich auf die Zunge. *Ruhig bleiben*, ermahnte er sich. *Ist noch gar nicht so lange her, da warst du genauso unbedarft.* »So ist es, Soldat.«

»Was glauben Sie, wohin sie unterwegs sind?«

»Ich glaube gar nichts. Aber der General glaubt, sie sind auf dem Weg nach Tara.«

»Und wir, Spieß?«

Die Frage war leicht. »Wir sind unterwegs zurück nach Fort Barrett, im Eiltempo. Und danach gehen wir, wohin man uns schickt.«

Als er sich später daran erinnerte, entschied Will, dass der Gewaltmarsch zurück nach Fort Barrett zu den unangenehmsten Erfahrungen seiner gesamten ersten Dienstzeit zählte, schlimmer noch als das Rückzugsgefecht bei strömendem Regen aus dem Red-Ledge-Pass. Dieses Elend hatte nicht annähernd so lange gedauert, und sie hatten ihre Wut mit Waffeneinsatz abreagieren können. Diesmal gab es nichts als eine Knochen brechende Strapaze, von vor Sonnenaufgang bis nach Sonnenuntergang, in erstickendem Staub und gnadenloser Hitze. Die Kolonne hielt ab und zu an, damit sie sich ausruhen und etwas essen konnten, aber immer nur gerade lange genug, um sicherzustellen, dass die Soldaten nicht vor Erschöpfung umfielen. Doch das Schlimmste war das Wissen, dass die Stahlwölfe auf der anderen Seite der Welt schon in Tara gelandet waren.

Als die Einsatzgruppe in Fort Barrett eintraf, fanden sie eine hektische Aktivität vor. Die Kasernengebäude waren voller Soldaten aus Einheiten, die sonst auf kleineren Stützpunkten in ganz Kearny stationiert waren. Manche Einheiten waren in Zeltreihen auf den Sportplätzen und dem Paradeplatz untergebracht. Und alle Transportflugzeuge des Regiments in Kearny standen auf dem Landefeld aufgereiht – zumindest schien es so: Flügelspitze an Flügelspitze, mit kaum genug Platz für Start und Landung. Zwischen den Maschinen waren zusätzliche Passagierflugzeuge in den Farben dreier verschiedener ziviler Fluglinien zu sehen.

Lexa McIntosh pfiff durch die Zähne, als sie die Zivilmaschinen sah. »Verdammt noch mal, wie sind sie an die gekommen?«

»Der General hat sie wahrscheinlich requiriert«, antwortete Will.

»Kann er das so einfach?«

Jock bemerkte: »Sieht nicht aus, als würde ihn jemand daran hindern.«

»Ich bin überrascht, dass er noch keine Truppen nach Tara in Marsch gesetzt hat«, stellte sie fest. »Ich weiß zwar nicht, was die Wölfe planen, aber es kann nichts Gutes sein.«

»Das da drüben muss ein Blutbad sein«, stimmte Jock mit tiefer Stimme zu.

Will schüttelte den Kopf. »Schaut euch mal um. Er plant, die Stahlwölfe mit allem anzugreifen, was Kearny besitzt.« Er sprach zögernd, weil er sich erst noch daran gewöhnen musste, in diesen Kategorien zu denken. »Er muss bis jetzt gebraucht haben, all diese Flugzeuge zusammenzuziehen, und alle Truppen, den Nachschub und die Waffen bereitzubekommen.«

»Hätte er nicht ein paar vorausschicken können?«, fragte sich Lexa.

»Wahrscheinlich wünscht er sich, er könnte sich selbst vorschicken. Erinnert euch an den Pass. Er war immer da, wo es am heftigsten zur Sache ging. Aber diesmal kann er ohne genug Schlagkraft gar nichts ausrichten.«

34

Neue Kaserne, Tara, Northwind
Präfektur III, Republik der Sphäre

Februar 3134, Winter

Ezekiel Crow verließ die Neue Kaserne im Laufschritt und rannte zu den Hangars, in denen die Mechs untergebracht waren. Die Worte Tara Campbells hallten in seinem Geist nach: *Sie müssen den Befehl über Farrells Söldner übernehmen. Falls es uns gelingt, die Wölfe von zwei Seiten anzugreifen, bevor sie zu tief in die Stadt eindringen, haben wir eine gute Chance, sie zurück zu ihren Schiffen zu drängen.*

Die Countess hatte Recht. Ein Einsatz der Söldner war die Lösung für ihr gegenwärtiges Problem. Die Highlander-Einheiten in und um Tara reichten allein nicht aus, den Angriff zurückzuschlagen. Diesmal würde Anastasia Kerensky mit mehr Wölfen angreifen als zuvor: mit all denen, die nicht nach Tigress zurückgekehrt waren, verstärkt durch diejenigen, die Tigress in den letzten Monaten mit unbekanntem Ziel verlassen hatten. Die Highlanders brauchten die Söldner als Verstärkung, falls Tara kein zweites Chang-An werden sollte.

Er konnte es noch verhindern, dachte Crow, er konnte noch ... aber es hallten noch andere Worte durch seinen Geist, keine gesprochenen Worte, sondern welche, die in schwarzen Lettern auf einem Blatt gutem weißem Papier gedruckt waren:

Anastasia Kerensky will Northwind. Sorgen Sie dafür, dass sie bekommt, was sie will.

Der Brief hatte keine Drohung enthalten. Wer auch immer ihn geschrieben hatte, hatte keine Notwendigkeit dazu gesehen. Die Information allein war genug, die gewünschte Botschaft zu übermitteln:

Hindern Sie Anastasia Kerensky daran, Northwind zu erobern, und all das wird öffentlich.

Als er die Waffenkammer erreichte, war sie trotz der späten Stunde taghell erleuchtet. Fenster und Oberlichter leuchteten gelb in die Nacht. Das ganze Gebäude brummte vor Aktivität, aufgescheucht durch die Nachricht vom Raumhafen. Crow lief zum Mechhangar. Bis vor wenigen Monaten hatte die Halle praktisch leer gestanden. Jetzt stand sie voller Maschinen, hauptsächlich mit umgebauten Arbeits-, Forst- und Bergbau-Mechs. Sie beherbergte nur drei echte BattleMechs: Kapitänin Bishops *Rudeljäger*, den *Tomahawk* der Countess und Crows eigenes *Schwert*. Das war gegen das, womit die Stahlwölfe angriffen, nicht viel.

Die Söldner hatten mehr, erinnerte er sich und rief sich die Maschinen ins Gedächtnis: eine *Spinne*, einen *Brandstifter*, einen *Katamaran III* und Farrells *Jupiter*.

Das genügte, falls sie zum Einsatz kamen.

Sein *Schwert* wartete. Er meldete sich bei dem Posten vor dem Kokon: »Paladin Crow, im Auftrag der Präfektin. Ich nehme den Mech raus.«

Das *Schwert* war vermutlich seine schnellste Möglichkeit, die Söldner zu erreichen, ganz gleich, was er sich entschied zu sagen, wenn er erst bei ihnen eintraf. Mit einem normalen Fahrzeug, selbst einem Panzer oder Schützenpanzer, hätte er damit rechnen müssen, angehalten und ausgefragt, behindert und aufgehalten zu werden. Aber niemand würde einen Mech anhalten, und selbst falls jemand dumm genug gewesen wäre, es zu versuchen, so hätte er Crows *Schwert* erkannt. Man würde davon ausgehen, dass der Paladin in einer zu wichtigen Mission unterwegs war, um anhalten zu können.

Er kletterte in die Kanzel und verriegelte die Luke hinter sich. Während der Fusionsreaktor hochfuhr und die künstliche Muskulatur des Kampfkolosses aufwärmte, zog er sich hastig bis auf die Unterwäsche aus, zog die Kühlweste und den Neurohelm über und schob sich auf die Pilotenliege. Sobald er die primären und sekundären Sicherheitsprotokolle abgearbeitet hatte, um volle Befehlsgewalt über die Maschine zu erlangen, schaltete er den Sichtschirm auf Infrarot. Er würde die IR-Sicht brauchen, um das *Schwert* im Dunkeln durch die Straßen der Stadt zu steuern, und das polarisierte Kanzeldach schützte ihn dagegen, von Leuchtkugeln und Suchscheinwerfern geblendet zu werden.

Mit einer letzten Berührung der Kontrollen brachte er den Fusionsreaktor des Mechs auf volle Leistung. Crow lenkte das *Schwert* aus dem Hangar, vorbei an der Neuen Kaserne und aus dem Fort, hinaus in die Straßen der Hauptstadt. Bald donnerte der BattleMech die Hauptstraße hinunter, die aus der Stadt aufs Tiefland führte. Farrells Söldner hatten sich noch nicht zum Garnisonsdienst verteilt, sondern warteten noch in ihrem Bereitschaftslager. Mit seiner Reisegeschwindigkeit von sechsundsiebzig Stundenkilometern würde sie das *Schwert* bald erreichen.

Dann würde er sich entscheiden müssen, was er tat.

Tara den Stahlwölfen zu übergeben – die Stadt und die Countess verschwommen in seinen Gedanken, bis er nicht mehr wusste, welche von beiden der schlimmere Verlust wäre – Tara den Stahlwölfen zu übergeben bedeutete Verrat und ein blutiges Gemetzel.

Es ist ja nicht so, als wärest du nicht schon daran gewöhnt, meldete sich sein Verstand, wie immer kalt und nüchtern. *Anastasia Kerensky will Northwind, und der Absender des Umschlags mit deinem Fluch will, dass du ihr den*

Planeten übergibst ... oder du lässt zu, dass Paladin Ezekiel Crow vor der ganzen Republik der Sphäre als der Verräter Liaos demaskiert wird.

Was ist die Alternative dazu, fragte er seinen Verstand, als Verräter Northwinds bloßgestellt zu werden? So oder so ist es mein Untergang. Ist dies das eigentliche Ziel? Sind Anastasia Kerensky und Countess Tara Campbell beide nichts als Bauern in einem Spiel, bei dem es darum geht, mich schachmatt zu setzen?

Es war nicht undenkbar. Er hatte im Laufe der Jahre in Wort und Tat genug geleistet, um sämtlichen Akteuren in den oberen politischen Etagen der Republik deutlich zu machen, dass er hoch hinaus wollte. Und niemand schaffte es in die Reihen der Paladine, aus deren Mitte der nächste Exarch kommen würde, ohne sich Feinde zu machen.

Dieser Gedanke machte ihn wütend. *Später*, ermahnte er sich. Später würde er herausfinden, wer ihn bedrohte und warum. Aber nicht jetzt, nicht während die Stahlwölfe auf dem Raumhafen landeten und solange – *Farrells Söldner stehen zu Ihrer Verfügung* – Paladin Ezekiel Crows Handeln in den nächsten Stunden den Ausgang der bevorstehenden Schlacht entschied.

Anastasia Kerensky will Northwind. Sorgen Sie dafür, dass sie bekommt, was sie will.

Irgendetwas daran stimmte nicht. Wozu sollte Anastasia Kerensky Northwind erobern wollen, es sei denn aus den üblichen Motiven, mit denen man alle Aktionen der Clans erklärte: aus dem Verlangen nach Ruhm, Reputation und Berühmtheit? Warum sollte sie es schon zum zweiten Mal darauf anlegen, gerade Northwind zu erobern, statt sich auf Welten wie Small World und Addicks zu konzentrieren? Die Countess of Northwind hatte mit ihrer Einschätzung völlig Recht gehabt, als die Republik der Sphäre ihn vor Monaten in die Präfektur III entsandt hatte. Northwind war das Tor zum Solsystem.

Kerensky will nicht Northwind, dachte er. *Kerensky will Terra. Die Clans wollten von Anfang an Terra.* Die Herrschaft über die Wiege der Menschheit würde ihr gestatten, die Bestimmung der Clans zu erfüllen, so wie diese sie selbst sahen, und es würde sie zur – was war das Wort? – ilKhanin machen. Northwind war nur das Sprungbrett für sie.

Der Gedanke ergab Sinn und ließ ihn selbst im Cockpit des *Schwert* frösteln. Nachdem Anastasia Kerensky mit Northwind fertig war, wenn die Heimatwelt der Highlanders keine Bedrohung in ihrem Rücken mehr darstellte, würde sie das Solsystem angreifen.

Jetzt hatte er das Tor des Söldnerlagers erreicht und wurde durch Posten angehalten, die mit Gaussgewehren bewaffnet waren und von einem *SM1*-Panzerzerstörer Rückendeckung bekamen.

»Halt! Geben Sie sich zu erkennen, MechKrieger!«

Eine zeremonielle Herausforderung, der erst der *SM1* Nachdruck verlieh. Crow antwortete über den Außenlautsprecher des *Schwert.* »Paladin Ezekiel Crow. Ich muss mit Ihrem Kommandierenden Offizier sprechen. Sofort.«

Auf dem Sichtschirm sah er, wie die Torposten sich kurz berieten. Er wartete nicht, sondern löste die Gurte und machte sich daran auszusteigen. Inzwischen mussten die Wachposten Crows Namen als den ihres momentanen Auftraggebers erkannt haben. Falls Farrell nicht bereits wartete, wenn Crow am Boden eintraf, würde er bald darauf eintreffen.

Tatsächlich erreichte Farrell das Tor, als Crow gerade von der letzten Sprosse der Kettenleiter stieg. »Paladin Crow«, begrüßte er ihn. »Welchem Umstand verdanke ich diesen unerwarteten Besuch?«

»Die Stahlwölfe sind auf dem Raumhafen Tara gelandet.«

»Okay.« Farrell wirkte nicht sonderlich überrascht. »Sie geben die Befehle, Paladin. Was nun?«

Crow betrachtete Farrell und erkannte, dass dem Mann gleichgültig war, welche Antwort er erhielt. Auf Crows Anweisung würde er für die Northwind Highlanders kämpfen oder gegen sie, und beides mit dem gleichen Maß an Können und Entschlossenheit. Seine Loyalität, sofern dieses Wort überhaupt auf ihn zutraf, galt keiner Sache, sondern seinem Kontrakt und dem, dessen Unterschrift der Kontrakt trug.

Der Augenblick zwischen Farrells Frage und Crows Antwort dehnte sich ins Unendliche und bot genug Zeit für eine Vielzahl von Überlegungen.

Bleibe ich hier und kämpfe, dachte er, *bedeutet es das Ende meiner Laufbahn. Ich könnte ebenso gut tot sein. Nachdem der Inhalt dieses Umschlags an die Öffentlichkeit gelangt ist, würde ich der Republik ebenso viel nutzen wie lebend.*

Was die Countess of Northwind betraf ... Crow erkannte schmerzhaft, dass es für ihn keine Zukunft mehr mit ihr geben konnte, ganz gleich, was ab jetzt geschah. Tara Campbell würde dem Verräter Liaos niemals vergeben.

Andererseits, bemerkte sein Verstand emotionslos, *mag sie auch ohne die Hilfe von Jack Farrells Söldnern einige Zeit gegen die Stahlwölfe durchhalten, bevor sie gezwungen sein wird, sich geschlagen zu geben.* Nicht ewig – aber lange genug, damit Crow es bis Terra schaffen konnte.

Auf Terra würde er Zugang zu den Möglichkeiten haben, die ihm erlaubten, sich mit der Gefahr auseinander zu setzen, als Daniel Peterson, der Verräter Liaos, entlarvt zu werden. Dieser Name war die Verbindung, das einzige lose Ende seiner Geschichte, das es sicher zu verknoten galt. Falls es ihm gelang, die Quelle auszuschalten oder zu diskreditieren, die diesen Namen ins

Spiel gebracht hatte, war alles andere nur noch eine Ansammlung von Gerüchten.

Und mehr noch, auf Terra konnte er die Republik der Sphäre und Devlin Stones Frieden gegen die Bedrohung einer Invasion der Stahlwölfe verteidigen. Man hätte sagen können, das sei die Verantwortung des Exarchen, aber jetzt war nicht die Zeit für falsche Bescheidenheit. Damien Redburn mochte seine Sache als Exarch gut machen, aber Ezekiel Crow wusste, dass er es besser konnte.

»Nehmen Sie Ihre Einheiten«, befahl er Farrell, »und blockieren Sie alle Ausgänge der Stadt. Geben Sie den Highlanders keine Gelegenheit, den Kampf abzubrechen und sich zurückzuziehen.«

»Sollen wir gegen sie kämpfen«, fragte Farrell, »oder sie nur behindern?«

»Wenn es sein muss ... kämpfen Sie.«

Teil 3

Feuer
Februar 3134

35

Raumhafen Tara, Northwind
Präfektur III, Republik der Sphäre

Februar 3134, Winter

Als Ezekiel Crow das *Schwert* aus dem Söldnerlager zurück in die Stadt gebracht hatte, war Mitternacht längst vorbei. Die Stadt lag in gespenstischer Stille vor ihm. Inzwischen mussten die Wölfe ausgeschifft sein, der Raumhafen befand sich ohne Zweifel in ihrer Hand. Jetzt würden sie vorsichtig weiter vorrücken und die Verteidigungsstellungen abtasten, die Präfektin Tara Campbell vom ersten Alarmsignal des Raumhafens an aufgebaut hatte. Die Highlanders ihrerseits warteten darauf, dass Farrells Söldner in Position gingen, bevor sie ihren Gegenangriff starteten. Sie würden lange warten müssen, dachte Crow. Und dann erwartete sie eine Enttäuschung.

Er steuerte das *Schwert* durch die Straßen zum Raumhafen. Außer seiner MechKriegerausrüstung und der im winzigen Staufach des Cockpits liegenden Uniform, die er getragen hatte, als er den Mech aus dem Hangar holte, hatte er keinerlei persönliche Habe dabei. Die Brieftasche mit seinen Schlüsseln, dem Ausweis und den Bankkarten hatte er noch in die Tasche der Uniformhose gesteckt, als Alarm gegeben wurde. Im Nachhinein erwies sich dies als Glücksfall. Er hätte nicht gerne versucht, sich mit nichts als seiner persönlichen Ausstrahlung eine Passage von Northwind nach Terra zu verschaffen.

Am liebsten hätte er die Reise gar nicht unternommen. Davonzurennen und eine umkämpfte Stadt ihrem Schicksal zu überlassen ... *Allmählich wird es zur Gewohnheit*, dachte er.

Er schüttelte den Kopf. Er war ein Paladin der Sphäre. Seine Loyalität gehörte nicht mehr einer einzelnen Welt, sondern allen, und vor allen anderen Terra. Er musste fort, musste an den Ort, von dem aus er mit den Kräften abrechnen konnte, die drohten, seinen Ruf zu besudeln, und von dem aus er die von Anastasia Kerensky und ihren Stahlwölfen ausgehende Gefahr am effektivsten bekämpfen konnte.

Es war fast Morgen, als er den letzten Kontrollposten vor dem Raumhafen erreichte: ein Schlagbaum aus Holz und Stacheldraht, bemannt mit Kröten, mit einem befestigten Geschütznest und einem Kommgerät. Crow schaltete die Außenlautsprecher ein.

»Paladin Crow, im Auftrag der Republik«, identifizierte er sich.

Durch geschickte Umgehungsmanöver hatte er es geschafft, die weiter stadteinwärts gelegenen Stellungen zu vermeiden. An diesem hier, der im äußeren Verteidigungsring der Highlanders lag, konnte er nicht so leicht vorbei, und er hatte sich bereits entschieden, es auch gar nicht zu versuchen. Die Soldaten hier mochten zwar Meldung machen, dass Paladin Ezekiel Crow mit Kurs auf den Raumhafen die Linien durchquert hatte – mit etwas Glück aber erst, wenn es zu spät war, ihn aufzuhalten.

Die Soldaten salutierten mit den Gaussgewehren und traten beiseite, um den Schlagbaum zu heben. Das *Schwert* hätte ihn auch geschlossen problemlos überqueren können, doch hätte er das versucht, hätte er einen Alarm ausgelöst. Es war besser, sich an die Regeln zu halten und sich durch höfliches Auftreten Zeit zu verschaffen.

Er setzte seinen Weg zum Raumhafen fort. Als ihn der Lärm von Gewehrfeuer auf den ersten Versuch der Stahlwölfe aufmerksam machte, durch die Stellungen der Highlanders zu brechen, schwenkte er weit auswärts, um den betreffenden Sektor zu umgehen und näherte sich dem Landefeld aus einer anderen Richtung. Hinter ihm stieg vor der Silhouette der Stadt in der windstillen Luft eine schwarze Rauchsäule senkrecht in den Himmel, ein hässlicher Fleck im rosaroten Morgenlicht.

Die Stahlwölfe kontrollierten zwar den Raumhafen, aber offenbar hatten sie nicht damit gerechnet, dass ihn ein einzelner Mech ohne militärische Unterstützung betrat. Crow nahm an, dass sie ihn längst bemerkt hatten, aber abwarteten, was er vorhatte.

»Alle Einheiten, alle Einheiten«, drang eine Stimme aus dem Funkgerät. Der Sprecher benutzte eine der Highlander-Frequenzen. »Alle Einheiten, benötigen Unterstützung an Raster Eins-fünnef-drei.«

Crow griff nach oben und schaltete das Gerät aus. *153*, dachte er. Der Qualm am Himmel kam aus ungefähr dieser Richtung. 153 lag im Nordwestquadranten, nahe des Vororts Fairfield, wo die Highlanders und die Wölfe um die Kontrolle der Tyson-&-Varney-Mechwerke kämpften. Er hatte seinen Weg aus der Stadt gut gewählt.

Es standen zwei zivile Landungsschiffe auf dem Raumhafen. Bisher hatten die Wölfe sie nicht behelligt. Anastasia Kerensky ging es um größere Beute. Und auch wenn es nicht gefallen würde, sollte ein Landungsschiff Northwind jetzt verlassen, sie würde doch vermutlich keine größeren Anstrengungen unternehmen, es aufzuhalten. In einer Situation, in der die interstellare Kommunikation mehr und mehr vom Raumschiffsverkehr zwischen den bewohnten Systemen abhing, legte niemand Wert auf einen Ruf als Gefahr für unabhängige Schiffe und Besatzungen.

Ob die Wölfe einen einzelnen MechKrieger, der Kontakt mit einem zivilen Landungsschiff aufnahm, als bedrohlich genug betrachten würden, um ihn aufzuhalten ... das war die entscheidende Frage.

Auf der Hülle des nächsten zivilen Landungsschiffs prangte der Name *Quicksilver* unter dem Bild einer geflügelten Sandale. Die Metallhaut glänzte im ersten Licht der Morgensonne. Die Ladeluken des Schiffes standen offen, als hätte das Eintreffen der Stahlwölfe die *Quicksilver* beim Be- oder Entladen überrascht, und der Kapitän hatte sich entschieden, möglichen Feindseligkeiten aus dem Weg zu gehen, indem er sein Schiff offen und schutzlos ließ.

Ezekiel Crow steuerte das *Schwert* die Laderampe des Schiffes hinauf zum Frachtraum, aus dem eine Stimme über den Bordlautsprecher ertönte.

»*Schwert*-Mechpilot, hier spricht die *Quicksilver*. Identifizieren Sie sich und erklären Sie Ihre Absichten.«

»Ich bin ein Paladin der Sphäre«, antwortete Crow über den Außenlautsprecher des Mechs. »Mein Name ist Ezekiel Crow. Und ich verlange im Namen der Republik eine Passage.«

»Sie erwarten von mir, dass ich aus einer Kampfzone starte. Wird mich die Republik für daraus entstehende Schäden oder Verluste entschädigen?«

»Sie haben mein Wort darauf.« Inzwischen störte Crow die Ironie dieser Aussage aus seinem Mund kaum noch.

»Und ich bin ein loyaler Bürger der Republik. Bringen Sie Ihren Mech in den Laderaum.«

Im Innern des dunklen Frachtraums wartete ein Besatzungsmitglied. Mit Hilfe von Leuchtstäben dirigierte er das *Schwert* in eine Frachtnische. Crow brachte den Mech quer durch den Laderaum bis vor die Nische, dann drehte er ihn um und setzte zurück. Er fühlte, wie sich die Balance des BattleMechs verlagerte, als er die Schottwand berührte. Dann entspannte er sich, seufzte und versetzte die Maschine in Bereitschaftsstatus. Arme und Beine erstarrten, und der Reaktor fuhr mit leisem Stöhnen auf Minimalleistung hinab. Der Kreiselstabilisator bremste auf Einsatzbereitschaft ab.

Später, wenn sie im All waren, würde er den Stahlkoloss ganz abschalten. Noch aber arbeitete die Zeit gegen ihn. Die Stahlwölfe hatten ihn inzwischen sicher bemerkt, und falls sie in besonders blutrünstiger Stimmung waren oder verhindern wollten, dass ihre Anwesenheit hier bekannt wurde, konnten bereits ein *Condor*-Panzer und ein Trupp Elementare unterwegs sein, um die *Quicksilver* am Start zu hindern. Und falls es dazu kam, *würde* er unangenehme Fragen beantworten müssen.

Er stöpselte die Kühlweste und den Neurohelm aus, schälte sich aus der Weste und hob den Helm zurück in die Halterung unter der Kanzeldecke, dann stand er auf und reckte sich, so gut das in der Enge des Cockpits möglich war. Sein Rücken schmerzte. Konnte er tatsächlich so angespannt gewesen sein? Fiel es ihm schwer, noch eine zweite Welt zu verraten?

Er verzichtete darauf, eine Antwort auf diese Fragen zu geben. Auf der langen Reise zurück nach Terra würde er reichlich Zeit für Überlegungen dieser Art haben. Jetzt drückte Crow erst einmal die Einstiegsluke auf und kletterte aus der Kanzel. Um den Mech zu steuern, hatte er sich bis auf das Unterhemd und die Shorts ausgezogen. Als die kalte Luft des Wintermorgens jetzt auf seine bloße Haut traf, zitterte er.

»Wo ist der Kapitän?«, fragte er den Crewmann, der ihm den Weg gezeigt hatte. Ein Team Frachtarbeiter war bereits damit beschäftigt, zusätzliche Gurte und Befestigungen an der Frachtnische anzubringen, um einen Staukokon für den BattleMech zu improvisieren. Mit lautem Scheppern trieben sie die Bolzen in die Halterungen und zurrten die Leinen fest. »Wir müssen so schnell wie möglich von hier fort.«

»Hier entlang, Sir«, antwortete der Mann. Er drehte um und nahm Kurs auf eine Luke. Crow folgte.

Der Weg führte sie durch eine luftdichte Luke. Im Schiffsinneren war es wärmer, für Crows überhitzte Haut aber immer noch eisig. Sie gingen einen langen Korridor entlang, stiegen eine Leiter hoch und nahmen dann einen Aufzug hinauf zu den Manöver- und Kontrolldecks des Schiffes.

»Ist der Kapitän auf der Brücke?«, fragte Crow unterwegs.

»Nein, Sir«, erhielt er zur Antwort. »Während Sie Ihren Mech abgestellt haben, hat er mich gebeten, Sie zum Passagiersalon der Ersten Klasse zu bringen. Er erwartet Sie dort.«

Ich habe keine Zeit für Höflichkeiten, dachte Crow ungeduldig. *Der Tee und die Kekse haben Zeit bis später.*

Hier waren die Korridore freundlicher, wie es zu einem Passagierbereich passte: Holzlaminat an den Schottwänden, Teppichboden, Messingbeschläge. Der Crewmann blieb vor einer Luke stehen, klopfte und trat zur Seite.

»Da sind wir«, stellte er fest.

Crow trat durch die Luke und in einen großen Raum, der einen polierten Holztisch enthielt, dunkelgrüne Schottwände mit Bilderrahmen und auf einer Anrichte ein silbernes Teeservice. Der Kapitän des Landungsschiffes saß tatsächlich am Kopf der Tafel ... und ein Offizier der Stahlwölfe stand hinter ihm, eine Pistole in der Hand.

Zwei weitere Wolfskrieger lösten sich von ihren Plätzen links und rechts der Luke und traten neben Crow. Sie packten ihn bei den Armen.

»Guten Morgen, Paladin«, begrüßte ihn der Offizier. »Wie nett von Ihnen, uns Gesellschaft zu leisten. Galaxiscommander Kerensky hat mich gebeten, Sie willkommen zu heißen.«

»Guten Morgen, Sterncaptain«, gab Crow zurück. »Richten Sie dem Galaxiscommander mein Kompliment zu ihrer Einschätzung notwendiger Maßnahmen aus. Ich vermute, sie hat alle zivilen Schiffe auf dem Feld sichern lassen? Und bitte teilen Sie ihr mit, dass ich für die Republik der Sphäre agiere und mich nicht aufhalten lasse.«

»Sie können Ihr das Kompliment persönlich machen«, erklärte der Sterncaptain. »Meine Befehle sind sehr genau und sehen nicht vor, dass ich dieses Schiff ohne Sie verlasse.«

Crow seufzte und entspannte sich. »Dann bleibt mir wohl keine Wahl.« Ohne Zögern schwang er das rechte Bein hinter das linke Bein des Kriegers rechts neben ihm. Er warf sich mit der Hüfte gegen die Hüfte des anderen Mannes und fühlte dessen Knie brechen.

Der Clanner schrie auf und stürzte, und Crow fasste mit der jetzt freien Rechten die Hand des anderen Wolfs, der seinen linken Arm hielt.

Er wirbelte hinter den Mann herum und sein linker Arm glitt aufwärts und um dessen Hals. Er zog ihm den Kopf nach hinten und hob ihn vom Boden. Gleichzeitig zog Crow die Waffe des Kriegers aus dem Holster an dessen Gürtel und hob die Pistole unter der rechten Achselhöhle des Stahlwolfs zum Anschlag.

Der Sterncaptain riss seine Waffe hoch und feuerte. Crow fühlte die Kugel in den Körper des Kriegers schlagen, den er als Deckung benutzte. Der Mann zuckte und erschlaffte. Crow feuerte zurück, zwei Schüsse. Der erste traf den Sterncaptain in die Brust, der zweite schlug knapp unter dem Kinn ein. Er stürzte zu Boden.

Der ganze Kampf hatte nur Sekunden gedauert.

Crow ließ den Mann vor sich los. Er sank zu Boden. Die Pistole noch immer locker in der Rechten, ging Crow um den Tisch zum Kopfende und hob die Waffe des Sterncaptains auf.

»Wenn man ihm eine Pistole an den Kopf hält«, bemerkte der Kapitän der *Quicksilver*, »tut ein Mann, was von ihm verlangt wird. Aber ich *bin* ein loyaler Bürger der Republik.«

»So ist es«, bestätigte Crow. »Das sind Sie. Und ich vermute, wir sollten diesem Planeten den Rücken kehren, bevor die Stahlwölfe bemerken, dass sich einer ihrer Sterncaptains nicht mehr meldet.«

36

Mechwerke Tyson & Varney, Fairfield, Northwind
Präfektur III, Republik der Sphäre

Februar 3134, Winter

Die langen, niedrigen Gebäude der Mechwerke Tyson & Varney im Vorort Fairfield nordwestlich der Hauptstadt erstreckten sich über mehrere Hektar. Momentan diente die Mechfabrik an der rechten Flanke der Verteidigungsstellungen der Northwind Highlanders als Ankerpunkt. Lance Sergeant Hugh Brodie lag flach auf dem gefrorenen Boden hinter der Fertigungshalle und steckte nur den Kopf um die Ecke. Er hielt sich das Fernglas an die Augen.

»Bewegung«, flüsterte er ins Kehlkopfmikro. »Truppstärke, Gaussgewehre, volle Tornister. Umhänge in Stahlwolf-Stadttarnschema. Kein Fahrzeug. Nähern sich meiner Position in offener Formation.«

»Verstanden«, antwortete eine Stimme in seinem Kopfhörer. »Fordern Sie Mörserfeuer an, falls Sie die Halbwegsmarke überschreiten. Ansonsten Position halten und berichten.«

»Verstanden und aus.«

Der Lance Sergeant zog sich wieder in die Deckung der Wand zurück. »In Ordnung, Jungs«, befahl er den Soldaten, die dort warteten. »Jetzt könnte es heiß werden. Überprüft eure Ausrüstung und die eurer Kameraden. Falls irgendjemandem die Munition ausgeht, jetzt ist der Moment zum Nachladen. Rauchgranaten vorbereiten. Aber keiner feuert, bevor ich es tue.«

Die Männer nickten. Postendienst an der Front zwischen den Stahlwölfen und den Highlanders zehrte an den Nerven. Nach einer Nacht des Wartens auf den Ausbruch schwerer Kämpfe, sei es durch einen Stahlwolf-Sturmangriff oder einen Gegenschlag der Highlanders, waren sie alle angespannt. Aber diese Truppen verstanden ihr Gewerbe. Sie absolvierten die nötigen Handgriffe schnell und geübt, mit einem Minimum an Geräusch. Der Lance Sergeant kroch zurück an die Ecke der Halle und schaute ums Eck.

Die Wolfkrieger waren weiter vorgerückt und näherten sich der Mitte der langen Mauer. *Noch kein schwerer Angriff*, dachte Brodie. *Noch nicht.* Das hier sah ganz nach einem tastenden Erkundungsvorstoß aus.

»Beobachtungsposten Fünnef an Kompanie«, meldete er ins Kehlkopfmikro. »Zwölf Mann in offenem Gelände. Position Alpha. Erbitte Mörserunterstützung.«

»Verstanden.«

Ein dumpfer Knall. Neben der Straße, die die Stahlwolflinien mit denen der Highlanders verband, blühte eine schwarze Schmutzblume auf.

»Links zwo, voraus fünnef. Zehn Schuss auf Wirkung«, flüsterte Brodie. Ein paar Augenblicke vergingen. Der anrückende Stahlwolftrupp war verschwunden, entlang der Wände und in Bodenvertiefungen in Deckung gegangen. Sie wussten, was kam. Die Stahlwölfe waren Veteranen zahlreicher Feldzüge. Auch sie verstanden ihr Gewerbe.

Der Boden brach dort, wo die Stahlwolfinfanterie kurz zuvor gestanden hatte, in Fontänen aus Schmutz und Rauch auf. Der Lance Sergeant hievte sich auf die Beine, deutete auf einen seiner Männer und dann um die Ecke.

»Sehen wir es uns mal an«, sagte er.

»O.K., Sarge«, bestätigte der Soldat und schob sich um die Hallenecke, den Leib fest an die Wand gedrückt.

»Gebt ihm Deckung«, befahl Brodie den anderen.

Die Sonne ging auf. Der Tag versprach, kalt aber schön zu werden. Der Soldat rannte los, das Gaussgewehr in Schulterhöhe. Die Mündung schwenkte von einer Seite zur anderen, seinen Blicken folgend.

Er erstarrte. »Panzer!«, brüllte er und stürzte zurück zum Rest seiner Gruppe.

»Rauch!«, rief der Lance Sergeant. Vier Kanister schepperten über den Boden und rollten hinter dem in Deckung hetzenden Mann über die Straße.

»Feuer!«

Die Waffen der Gruppe schossen an ihrem Kameraden vorbei in die Wand aus weißem Qualm. Sie legten es nicht darauf an, irgendetwas zu treffen. Es ging nur darum, den Feind in Deckung zu zwingen und am Zielen zu hindern.

Der Soldat erreichte die Ecke. »DI *Schmitt*-Panzer«, meldete er zwischen keuchenden Atemzügen. »Mindestens einer. Plus Fußtruppen.«

Verdammt, dachte Brodie. *Vielleicht ist das doch der Großangriff.*

»Alle Mann auf Position«, befahl er. »Wir bleiben in Stellung, so lange es geht, aber nicht länger. Wir allein können keinen Vormarsch aufhalten.« Er kroch zurück an die Hallenecke. »Beobachtungsposten Fünnef an Kompanie. *Schmitt* im Anmarsch. Weiche Ziele. Mörserunterstützung, Feuer frei, selbe Koordinaten.«

»Verstanden.«

Wieder ertönte hinter ihm das dumpfe Krachen der Mörser. Mörserfeuer konnte einem Panzer nichts anhaben, aber es konnte die ihn begleitende Infanterie aufhalten und den Panzerkommandeur zwingen, die Luke zu schließen, was sein Sichtfeld einengte.

»Treppenfeuer«, ordnete der Lance Sergeant an. »Plus zehn. Feuer. Minus fünnef. Feuer. Plus zehn. Feuer. ...«

Die Mörsereinschläge schleuderten einen wogenden

Vorhang aus Rauch und Flammen auf, als sie sich die Straße hinauf von der Stellung der Highlanders entfernten. Selbst auf diese Entfernung fühlte Brodie den Einschlag der Granaten wie Fausthiebe.

»Und da kommt er.« Der *Schmitt* kroch durch die Wand aus Dreck und umherfliegenden Trümmern. Langsam rollte er die Straße herab. Die Multi-Autokanone schwang von einer Seite zur anderen. Dann hielt der Panzer plötzlich an, kippte nach links und richtete sich wieder auf. Eine Flammensäule schlug aus der Turmluke. Ein Panzerabwehrgeschütz der Highlanders hatte im Gebäude zu seiner Rechten durch eine offene Tür auf kurze Entfernung in die Seitenpanzerung des *Schmitt* gefeuert.

Die Wand, hinter der sich das Geschütz versteckt hatte, wurde von einer feindlichen Geschützsalve zum Einsturz gebracht. Kurz darauf wälzte sich ein zweiter *Schmitt* um das brennende Wrack seines Kameraden.

»Mehr Panzer im Anmarsch«, gab Brodie durch. »Treffer halten sie nicht auf. Das könnte der Vorstoß sein.«

»Verstanden«, antwortete sein Gegenüber bei der Kompanie. »Stellung halten. Wir versuchen, Unterstützung zu schicken.«

»Moment, Moment«, wehrte Brodie ab. »Wir müssen uns zurückziehen. Sie haben Mechunterstützung.«

»Bericht!«

»Ein Mech. Industrieumbau, BergbauMech mit Maschinengewehren und Kurzstreckenraketen. Begleitet von Sprungtruppen-Infanterie. Stahlwolf-Gefechtsbewaffnung. Kann nicht erkennen, welche Einheit. Scoutwagen mit Maschinengewehr zur Infanterieunterstützung. Alles im Anmarsch auf unsere Position.«

»Verstanden, Beobachtungsposten Fünnef«, kam die Antwort. »Rückzug zur Arbeiterkantine. Weitere Anweisungen abwarten.«

»Verstanden und aus.« Der Lance Sergeant kroch zurück um die Ecke, dann stand er auf und lief zu seinen Männern. »In Ordnung«, sagte er und zeigte auf das Kantinengebäude, etwa fünfzig Meter entfernt und mit intakten Glasscheiben in den zahlreichen Fenstern. »Es geht *da* hin. Rauchbomben werfen und dann Bewegung.«

37

Das Fort, Tara, Northwind
Präfektur III, Republik der Sphäre

Februar 3134, Winter

Die Gefechtszentrale des Forts war ein fensterloser Kellerraum, voll gestopft mit Kartenanzeigen, Daten- und Kommunikationskonsolen und uniformierten Spezialisten. Unter alltäglichen Umständen war es ruhiger, ja, sogar ein langweiliger Ort, aber jetzt, mit den Stahlwölfen auf dem Raumhafen und kurz vor einer sichtlich bevorstehenden Schlacht, war die GZ erfüllt von intensiver, aber geordneter Aktivität.

Kapitänin Tara Bishop hatte die ganze Nacht in der GZ gearbeitet, seit die Countess of Northwind Paladin Ezekiel Crow losgeschickt hatte, die Söldner zu alarmieren und in Stellung zu bringen. Das war innerhalb der Zeitmaßstäbe einer Kriegssituation schon lange her, und noch immer hatten sie nichts von Crow oder den Söldnern gehört. Bishop ging die möglichen Katastrophen schon einige Zeit in Gedanken durch. Diese Katastrophen konnten einem einzelnen Krieger – selbst in einem Mech – zustoßen, während er sich durch Gebiet bewegte, das sich vermeintlich noch unter eigener Kontrolle befand. »Vermeintlich« war dabei der Schlüsselbegriff. Und Bishop wusste: Wenn die Implikationen schon bei ihr Besorgnis um die Sicherheit des Paladins weckten, musste die Gräfin unter ihrer polierten Diplomatenfassade der Panik nahe sein.

Die Countess schaute auf die Uhr. Das tat sie seit einer halben Stunde etwa alle fünf Minuten. Diesmal zwangen sie die Gefühle, die sie hinter ihrer professionellen Präfektinnenmaske verbarg, endlich, etwas zu sagen. »Weshalb braucht Crow so lange? Selbst wenn er länger als zu erwarten gebraucht hat, Farrells Söldner aus den Betten zu holen und in Bewegung zu setzen – das hätten wir inzwischen von ihm hören müssen.«

»Ich weiß nicht, wo es hakt, Ma'am«, antwortete Bishop. Dies war nicht der Moment, um ihre Unglücksvisionen anzusprechen. Die Countess rang sichtlich mit ihren eigenen Ängsten. »Aber ich bin sicher, inzwischen hat er die Söldner aufgescheucht.«

»Es wäre mir lieber, wenn wir von ihm selbst hörten, dass sie sich in Bewegung gesetzt haben«, stellte Tara Campbell fest. »Es wäre mir noch lieber, wenn jemand tatsächlich *sehen* würde, dass sie sich bewegen. Es wäre ... Eine Menge Dinge wären mir lieber.«

»Es wäre uns allen lieber, wenn die Stahlwölfe ihren Aggressionsstau woanders abreagieren würden«, stimmte Kapitänin Bishop ihr zu. »Aber sie sind leider hier, und wir hängen im Schnell-Warten-Modus fest.«

Sie lud die wartenden Nachrichten auf ihr Terminal. Ein halbes Hundert baten die Countess um eine Aktion oder Antwort. Inzwischen sah Bishop mit einem Blick, welche Nachrichten Tara Campbell tatsächlich selbst beantworten musste, und welche Bishop selbstständig abzeichnen und zurückschicken konnte.

Keine der Botschaften stammte von Brigadegeneral Griffin, und das waren die, auf die die Countess und sie mit beinahe ebensolcher Ungeduld warteten wie auf Ezekiel Crow, der durch die Tür trat und meldete, dass Farrells Söldner unterwegs zur Flanke der Wölfe waren. Wenn es ihnen gelang, die Stahlwölfe zwischen Hammer und Amboss zu erwischen, mit den Highlanders als Amboss, so würden die Funken, die sie schlugen, noch auf Tigress Brände entfachen.

»Haben Sie überlegt, eine Scharfschützeneinheit nach Kerensky suchen zu lassen?«, fragte Bishop, während sie die Nachrichten durchsah.

»Habe ich, und mich dagegen entschieden«, antwortete die Countess. »Erstens ähnelt es zu sehr einem gezielten Mordanschlag, und ich habe kein Interesse, einen derartigen Präzedenzfall zu schaffen, und zweitens würde es vermutlich nicht funktionieren. Falls sie sich nicht in ihrem Feldhauptquartier aufhält, mit drei Ringen aus Elementaren als Bewachung, ist sie in ihrem *Ryoken* II im Feld, und um sie da herauszuholen, braucht es einen größeren Büchsenöffner als einen Trupp Scouts und Scharfschützen.«

Es klopfte an der Tür der GZ.

»Herein!«, rief Bishop.

Ein Kurier traf mit einer Nachricht ein. »Ma'am«, meldete er der Gräfin. »Oberst Ballantrae, Nordsektor, lässt ausrichten, dass die Wölfe unseren Funk stören.«

»Das erklärt einiges«, bemerkte Bishop. »Die Countess bedankt sich beim Herrn Oberst. War das alles?«

»Nein, Ma'am.« Der Kurier reichte ihr seinen Beutel. »An der rechten Flanke läuft irgendein Angriff.«

»Wird auch Zeit, verdammt«, stieß die Countess aus, als Bishop die Tasche entgegennahm und öffnete. »Das werden Farrells Leute sein. Der Oberst soll die Stellung halten und allen Stahlwölfen, die das wünschen, die Gelegenheit zur Kapitulation geben.«

»Das ist es nicht«, verkündete Bishop. Sie hatte die Tasche geöffnet und überflog die Ausdrucke, die der Kurier mitgebracht hatte. »Ich sehe hier Meldungen über eine Reihe von Tastangriffen im Nordosten, aber keinen Bericht über irgendeine Bewegung von Farrells Söldnern, oder von irgendjemandem sonst. Das ist alles ...«

»Ma'am«, unterbrach der Kurier. »Der Oberst bittet um Verstärkungen. Oder er kann die Position nicht länger halten. Ma'am.«

»Verdammt!«, fluchte die Countess. Sie drehte sich zu Bishop um. »Wir können keine Verstärkungen an die Flanken schicken, ohne die Mitte der Linie zu schwächen. Was halten Sie davon, wenn wir beide aufsitzen und das Rückgrat des Oberst mit unseren Mechs stützen?«

Kapitänin Tara Bishop lächelte, und spürte, wie sich das Lächeln ganz von selbst zu einem eifrigen Grinsen weitete, ungeachtet ihrer Anstrengungen, beherrscht zu bleiben. »Und ich habe gedacht, ich würde nie mehr ins Feld kommen, als ich ins Hauptquartier abgestellt wurde.«

»Da hätten Sie sich keine Sorgen zu machen brauchen«, gab die Countess zurück. »Nicht bei mir.« Sie wandte sich an den Kurier. »Sagen Sie Oberst Ballantrae, Hilfe ist unterwegs. Wenn Sie sich beeilen, können Sie noch vor uns da sein.«

38

Nordwestquadrant, Tara, Northwind
Präfektur III, Republik der Sphäre

Februar 3134, Winter

Mit dem anbrechenden Morgen hatte sich das Geschehen im Befehlsstand der Highlanders im Nordwestquadranten spürbar beschleunigt. Erst hatten Funknachrichten Angriffe entlang der ganzen Linie gemeldet, dann Kuriere. Die Stahlwölfe übten noch keinen maximalen Druck aus, aber doch genügend und an ausreichenden Stellen, um bei der geringsten Nachlässigkeit auf der Seite der Verteidiger durchbrechen zu können. Und wenn sie erst einmal an einer Stelle durchgebrochen waren, würden sie diese Lücke zu einer Bresche ausweiten, durch die ihre ganze Streitmacht preschte, die Stellungen der Highlanders links und rechts aufrollte, gleichzeitig von allen Seiten angriff und die Abwehrbemühungen in den gesamten Vororten im Nordwesten Taras zerschlug.

Und nach den Vororten kam die ganze Stadt, und nach der Stadt der ganze Planet.

»Mech im Anmarsch«, meldete Corporal Shannon MacKenzie ihrem Truppführer. »Irgendein Industrie-Mech-Umbau.«

»Einer von unseren oder einer von ihnen?«

»Von ihnen, schätze ich«, antwortete MacKenzie. »Bis jetzt war noch alles, was von Osten kam, ihres. Warum sollte es bei dem anders sein?«

»Weil ich nur ungern einen unserer eigenen Leute

abschießen würde. Wir haben so schon zu wenig Mechs.«

Oberst Ballantrae hatte die Meldung des Corporals ebenfalls gehört und seine Miene wurde stetig ernster. Jetzt befahl er: »Geben Sie mir Kapitän Fairbairn.«

Corporal MacKenzie bearbeitete das Feldtelefon – ein primitives Modell, das mit Drahtleitungen funktionierte, aber immun gegen die Störsender der Wölfe war – und reichte dem Oberst den Hörer. »Bitte sehr, Sir.«

»Fairbairn«, gab der Oberst durch. »Auf der Lombard Street befindet sich ein Mech. Einer von ihren. Nehmen Sie sich, was Sie brauchen. Tun Sie, was Sie tun müssen. Halten Sie ihn auf.«

»Jawohl, Sir.«

Kapitän Fairbairn legte den Hörer des Feldtelefons auf. »Hilfstruppführer, wenn Sie einen Mech aufhalten müssten, wie würden Sie das anstellen?«

»Eine Grube ausheben und ihn hineinlocken. Jedenfalls funktioniert das in den Trivids immer.«

»Gefällt mir«, antwortete Fairbairn. »Falls unsere Pläne von den Stadtwerken korrekt sind, läuft ein Abwasserkanal unter dem Parkplatz westlich der Mechfertigungshallen entlang. Bringen Sie Sprengladungen unter der Straße an, genug für einen fünf Meter tiefen Krater. Mit Fernzünder. Von der Oberfläche nicht erkennbar. Wann können Sie das fertig haben?«

»Wann brauchen Sie es, Sir?«

»Gestern.«

Der Hilfstruppführer runzelte kurz die Stirn. »Äh ... in zwanzig Minuten, Sir.«

»In Ordnung. In einundzwanzig Minuten wird ein Stahlwolf-Mech über Ihrer Sprengladung stehen. Jagen Sie ihn hoch.«

Der Unteroffizier salutierte. »Sir.«

»Sehr beeindruckend«, bemerkte Commander Griswold, als der Hilfstruppführer abzog. »Und wie bringen Sie den Mech an die richtige Stelle?«

»Ich habe da so meine Methoden«, erklärte ihm Fairbairn. »Wir können ihn anlocken oder ihn treiben. Oder eine Kombination von beidem.«

»Eine Kombination.«

»Exakt. Die Lombard Street verläuft nördlich vom Parkplatz. Wir brauchen ein verlockendes Ziel im Süden des Platzes.«

»Und wir müssen sichergehen, dass der Mech keine Fernkampfwaffen dagegen einsetzen kann.«

»Das geht. In der Wartungshalle steht ein ausgefallener *Behemoth II*. Schaffen Sie ihn an die Südseite des Platzes, nach Süden gedreht. Und setzen Sie einen Trupp Infanterie drauf, der Qualm erzeugt. Bis ... 8 Uhr 27. Um 8:27 hören Sie auf, Rauch zu erzeugen. Verstanden?«

»Ich glaube, ich sehe, was Sie vorhaben«, sagte Griswold.

»Dann setzen Sie sich in Bewegung, Commander. Die Zeit wird knapp, ein Schleppfahrzeug aufzutreiben.«

Griswold salutierte ebenfalls und lief los.

»Eines noch ...« Fairbairn griff wieder zum Feldtelefon. »Ich brauche eine Abteilung Flammenwerfer auf der Nordseite des Fabrikparkplatzes. Sie müssen die Nord- und die Westseite des Platzes und die Seitenstraßen abdecken. Sobald sie einen Mech sehen, und sie werden einen sehen, sollen sie feuern. Sorgen Sie dafür.«

Dann trat er aus dem Ladengeschäft, das er als Hauptquartier benutzte, auf die Straße, wo eine Mörserbatterie aufgebaut war. Er ging hinüber zum Lance Sergeant der Einheit.

»Guten Morgen, Sir«, salutierte der Unteroffizier.

»Guten Morgen.« Fairbairn schaute auf die Uhr. »Ich habe ein Problem, bei dem Sie mir helfen können. Nordöstlich von hier befindet sich ein Wolf-Mech. Ich möchte ihn nach Südwesten treiben. Wie viel Phosphorgranaten haben Sie?«

»Dreißig Schuss«, antwortete der Lance Sergeant.

»Schicken Sie einen Beobachter los und heizen Sie dem Mech ein. Ich möchte ihn schwitzen sehen.«

Der Unteroffizier deutete auf einen Rekruten und winkte ihn mit dem Zeigefinger zu sich.

»Hamish«, sagte er, »da Sie mein bester Mann sind und mir kein Geld schulden, dürfen Sie einen Sonderauftrag übernehmen.«

Schnell erklärte er dem Mann, was er von ihm wollte. Der Soldat hörte mit gottergebener Miene zu und erklärte: »Wenn das vorbei ist, will ich Wochenendausgang.«

»Ich überlege es mir«, erwiderte der Lance Sergeant. »Jetzt brauchen Sie erst einmal einen Ort, von dem aus Sie den Mech und mich sehen können. Das Dach des Tyson-&-Varney-Wasserturms bietet sich an.«

»Der ideale Fleck, wenn ich von einem Scharfschützen erledigt werden möchte«, kommentierte Hamish.

»Nur keine Bange, Hamish«, mischte sich ein anderer Soldat ein. »Die Stahlwölfe sind lausige Schützen.«

»Ich mache mir mehr Sorgen wegen eurer lausigen Treffsicherheit als wegen denen«, gab Hamish zurück, aber während er es sagte, hob er bereits seinen Tornister vom Boden. »Geben Sie mir einen Moment, dann besorge ich Ihnen die Position der Blechbüchse.«

Er lief los und kurz darauf kletterte er die Leiter an der Außenwand des Tyson-&-Varney-Wasserturms hoch. Der Lance Sergeant reichte Fairbairn ein Fernglas. Hamish hob die linke Hand, hielt drei Finger hoch und senkte sie wieder. Dann hob er sie noch einmal und hielt zwei Finger in die Höhe.

»Ein Schuss, relativ dreißig Grad, Entfernung zwohundert«, gab der Lance Sergeant weiter.

»Feuer«, befahl Kapitän Fairbairn.

Ein Soldat, der eine Granate über dem Mörser festgehalten hatte, ließ los und drehte sich weg. Das Geschoss rutschte das Rohr hinab und wurde mit einem dumpfen Knall und einer dünnen blauen Rauchwolke abgefeuert. Es flog langsam. Man konnte den Flug mit bloßem Auge verfolgen.

Von der anderen Seite des Gebäudes ertönte ein Krachen.

»Tolle Sache, diese Mörser«, kommentierte Kapitän Fairbairn. »Man kann damit über Hindernisse feuern, sodass der Gegner einen nicht sieht und das Feuer nicht erwidern kann.«

»Es sei denn, er verfolgt die Flugbahn über Radar zurück«, stellte der Lance Sergeant fest.

»Darüber machen wir uns später Gedanken. Jetzt können wir ohnehin nichts daran ändern.«

Hamish deutete auf dem Dach des Wasserturms nach oben und hob zwei Finger. Dann klappte er den Daumen nach links und hielt einen Finger hoch.

»Plus zwanzig, links eins«, befahl der Lance Sergeant. Die Granate fiel, es knallte, es krachte.

Hamish formte einen Kreis aus Daumen und Zeigefinger.

»Napalm. Zwei Schuss.«

Fall, Knall, Krach. Fall, Knall, Krach.

Hamish pumpte mit der Faust auf und ab, dann gab er minus eins, drei links durch. Die glutheiß brennende, klebrige Phosphormasse in den Napalmgranaten schoss aus dem Mörser und regnete auf den umgebauten ArbeitsMech in der Lombard Street hinab. Nach Hamishs Korrekturen zu schließen nahm der Mech Fahrt auf.

Kapitän Fairbairn verließ die Mörserabteilung und hastete hinüber zum Parkplatz. Dort stand der *Behemoth II*, noch von einer Rauchwolke verborgen. Jetzt konnte er den Mech hören. Seine Schritte donnerten schwer auf dem Asphalt. Er bewegte sich mit hoher Geschwindigkeit. Der Fahrer war vom grellen Licht des brennenden Phosphors geblendet. Die Maschine brach zwischen zwei Häusern an der Nordseite durch. Flammen leckten über einen Teil des Rumpfes. Die Mörserbatterie hatte mindestens einen Volltreffer gelandet.

Und der Mech rannte nach Westen. Dabei feuerte er mit Raketenlafette und Maschinengewehren. Das baute noch mehr Hitze auf. Dann feuerten die in dem Gebäude rechts von ihm versteckten Flammenwerfer. Riesige rote Flammenzungen, durchschossen von schwarzem Qualm, spielten über den Mechrumpf. Die MGs der Maschine verstummten. Möglicherweise waren sie zu beschädigt, um weiterzufeuern.

Der Mech drehte um. Sein Fahrer suchte nach einem Ausweg aus der Hitze. Jetzt trieb der letzte Rauchfaden über dem Lockpanzer davon. Der Fahrer des Bergbau-Mechs entdeckte das prachtvolle Ziel: eine Chance, einen schweren Panzer auszuschalten. Der Mech drehte sich in der Hüfte, der schwere Felsbohrer am rechten Arm setzte sich donnernd in Bewegung, und die Maschine stampfte quer über den freien Parkplatz auf den Panzer zu.

Exakt auf halber Höhe des Platzes verschwand der Mech. Eben war er noch unterwegs gewesen, dann brach das Pflaster um ihn herum auf, und nachdem die aufgeschleuderten Betonbrocken wieder zu Boden gestürzt waren, sah Fairbairn zwar einen Krater, aber keinen Mech mehr.

Er schaute auf die Uhr. Exakt einundzwanzig Minuten.

»Man darf nie berechenbar werden«, stellte er fest, an niemand Besonderen gerichtet. Dann ging er zurück in sein Hauptquartier, um Meldung zu machen.

39

Tara, Northwind
Präfektur III, Republik der Sphäre

Februar 3134, Winter

Kapitänin Tara Bishop und die Countess of Northwind zogen sich im Mechhangar der Waffenkammer bis auf die Unterwäsche aus. Obwohl sie die Wände des Hangars vor dem Wind schützten, bildete sich auf Bishops nackten Armen in der Februarkälte augenblicklich eine Gänsehaut. Gelassen ertrug sie die Kälte. Auf Grund der Abwärme des BattleMechs würde sie, wenn sie erst im Cockpit saß, bald genug in Schweiß baden.

Den größten Teil ihrer Sachen verstaute sie in einem der Hangarspinde, ebenso wie die Countess, aber sie entschied sich, den Wintermantel ihrer Uniform mit in die Pilotenkanzel zu nehmen, obwohl sie Mühe hatte, das wuchtige Kleidungsstück im winzigen Staufach unterzubringen. Falls sie irgendwann im Laufe der kommenden Entwicklungen gezwungen sein sollte, ihren Mech zu verlassen, würde sie froh über einen knöchellangen Wollmantel sein, der ihren überhitzten Leib vor der Winterkälte schützte.

Tara Bishop machte es sich in ihrem *Rudeljäger* bequem, einem sprungfähigen JagdMech, bewaffnet mit einer Partikelprojektorkanone und schweren Extremreichweiten-Lasern. Der *Rudeljäger* war schnell und schlagkräftig, ein ausgezeichneter Mech, um gegnerische Einheiten im freien Feld zur Strecke zu bringen. Countess Tara Campbell bevorzugte ihren *Toma-*

hawk, einen gefährlichen Nahkämpfer mit einem riesigen, brutalen Beil. Er war langsamer als der *Rudeljäger*, aber tödlich, wenn es ihm gelang, zu einem Gegner aufzuschließen. Die beiden Mechs ergänzten einander gut.

Bishop legte die Kühlweste und den Neurohelm an, dann arbeitete sie sich durch die Sicherheitsprotokolle und die Startsequenz des BattleMechs. Kurz nachdem sie fertig war und den Fusionsreaktor des *Rudeljäger* auf volle Leistung hochgefahren hatte, hörte sie die Stimme der Countess über die Funkverbindung.

»Auf drei rücken wir aus. Eins, zwo, drei.«

Die beiden Mechs drehten um und traten aus dem Hangar in die Morgensonne. Kapitänin Bishop schwang die Mecharme, während sie ging, und spürte die Kraft der Metall-und-Myomer-Glieder, die ihr durch lange Erfahrung so vertraut waren, dass sie wie Erweiterungen ihres eigenen Körpers schienen. Wenn sie im Cockpit eines Mechs saß, fühlte sie sich besonders lebendig und beinahe euphorisch. Die Aussicht auf den bevorstehenden Kampf verschaffte ihr einen angenehmen Adrenalinschub.

Sie schaltete das Mikro ein. »Bishop an Campbell, Überprüfung der Funkverbindung, Ende.«

»Höre Sie laut und deutlich«, antwortete die Stimme der Countess. »Wie ist es bei Ihnen, Ende?«

»Auch bestens. Gehen wir auf Jagd, Mylady?«

Kapitänin Bishop war sich nicht sicher, doch es klang, als lachte die Präfektin. »Das ist das beste Angebot, das ich heute bekommen habe.«

Schon nach wenigen Kilometern wurde deutlich, wo die heftigsten Kämpfe tobten. Dichter Rauch hing über der Nordseite der Stadt. Bishop und die Countess erhöhten das Tempo von einem stetigen Marsch zu einem wogenden Spurt von fünfzig Stundenkilometern. Battle-Mechs waren nie unauffällig, bei dieser Geschwindigkeit aber brachten sie Fensterscheiben zum Klirren, und der Boden bebte unter ihren Schritten.

»Sie sollen ruhig wissen, dass wir kommen«, erklärte die Countess über die Funkverbindung. »So überraschen wir niemanden. Sich mitten in einem Feuergefecht an jemanden anzuschleichen ist eine gute Methode, wenn man erschossen werden will.«

Bishop spürte, wie ihr der Schweiß von der Stirn perlte, als sich das Cockpit des *Rudeljäger* erwärmte. Die Ortungsschirme leuchteten, alle Anzeigen waren im grünen Bereich, die Waffensysteme voll geladen und einsatzbereit.

»Ich weiß nicht, wie es Ihnen geht«, bemerkte sie. »Aber ich will was umbringen.«

»Ich will erst einmal sehen, was los ist«, antwortete die Countess. »Ich bin mir noch nicht hundertprozentig sicher, dass das, was unser Mann als Angriff beschrieben hat, nicht in Wirklichkeit ein bewaffneter Rückzug ist.«

»Hoffen können wir ja«, meinte Bishop.

Jetzt näherten sie sich den Kämpfen. Ihre eigenen Truppen hatten sich gut verteilt eingegraben und waren bereit. Kerenskys Wölfe würden nicht nur Können, sondern auch Glück und massenhaft Stahl benötigen, um durchzubrechen. Andererseits brauchten die Highlanders Glück, um die Linie zu halten – denn verglichen mit den Truppen Northwinds verfügten die Wölfe über massenhaft Stahl. Und nicht nur das, sie hatten auch einen verheerenden Ruf.

Kapitänin Bishop wünschte, sie hätte dasselbe über die Highlander-Truppen sagen können, die derzeit die Hauptstadt verteidigten. Nach den Gefechten des vergangenen Sommers in den Rockspires und im Tiefland vor Tara verfügten sie über Einheiten mit Kampferfahrung, aber Dank ebendieser Gefechte waren es zu wenig. Jedenfalls für einen Kampf gegen blutgierige Wölfe. Deshalb hatte die Countess überhaupt erst mit Paladin

Crow zusammengearbeitet und Farrells Söldner angeworben, um die Lücken zu schließen, bis neu angeworbene Soldaten ausgebildet waren.

Noch ein paar Sekunden, und sie waren durch die Linie und standen mitten im Kampf. Die Countess feuerte auf einen *Condor* mit Stahlwolf-Insignien, dann wich sie mit einem Satz der Antwortsalve Kurzstreckenraketen aus, die die Hilfstruppen des Panzers auf sie abfeuerten.

»Die Infanterie wird aufmüpfig«, kommentierte Bishop.

»Weil sie nahe heran können«, erklärte die Countess. »Wir sind in der Stadt. Sie können uns von oben und von unten angreifen und außer Sicht bleiben, bis sie dicht genug heran sind, um echten Schaden anzurichten.«

»Heimtückische Bastarde.«

»Da hören Sie von mir keine Widerworte«, bestätigte Tara Campbell. »Haben Sie außer unseren Leuten und den Wölfen schon irgendjemanden gesehen?«

»Negativ. Die GZ meldet keinerlei Nachricht von den Söldnern.«

»In Ordnung.« Die Stimme der Countess war gepresst. »Bishop, gehen Sie ins Lager der Söldner. Suchen Sie Farrell und fragen Sie ihn, wo zum Teufel er bleibt. Sorgen Sie für Bewegung. Und falls Sie unterwegs einen ausgebrannten *Schwert*-Mech sehen ...«

»Weiß ich, was ich zu tun habe«, unterbrach Bishop.

Sie wendete den Mech und brachte ihn auf Geschwindigkeit. Hinter ihr schwang der *Tomahawk* der Countess sein gewaltiges Beil mit der Schneide aus abgereichertem Uran in eine Hauswand. Das Mauerwerk zerbarst in hundert Stücke und regnete auf die Infanterie der Invasoren hinab.

Dann sprang der *Tomahawk* und verschwand aus Kapitänin Bishops Sichtfeld.

40

Fort Barrett, Oilfieldsküste, Kearny, Northwind
Präfektur III, Republik der Sphäre

Februar 3134, Trockenzeit

»Will, Jock, Lexa«, sagte Truppführer Murray. »Setzt euch.«

Will und seine Freunde waren noch keine halbe Stunde zurück in Fort Barrett, als Murray sie bereits in sein Büro bestellte: eine winzige Kammer im Hangargebäude. Selbst im Innern des abgeschlossenen, fensterlosen Raums hörten und spürten sie das ununterbrochen dumpfe Wummern, mit dem ein Flugzeug nach dem anderen vom Landefeld der Basis abhob, um Truppen nach New Lanark und zum Entsatz Taras zu transportieren.

Will schaute sich zu Jock und Lexa um. Sein Gewissen war ziemlich rein. Auf dem Weg die Küste entlang nach Süden und zurück hatte es herzlich wenig Gelegenheit gegeben, in Schwierigkeiten zu geraten, und er hoffte, dass für die beiden dasselbe galt. Seine Streifen waren noch zu frisch, um sie schon wieder zu verlieren. Eine Einladung sich zu setzen, war jedoch eher ein gutes Zeichen.

»Was gibt's?«, fragte Jock, aber Murray hatte ihnen den Rücken zugedreht und zog eine Flasche Whisky aus der Schreibtischschublade, zusammen mit vier Porzellantassen, die auch schon bessere Zeiten gesehen hatten.

»Ich weiß, ihr drei seid Freunde«, stellte Murray fest,

während er großzügig einschenkte. »Habt zusammen gekämpft und zusammen Karriere gemacht.«

»Aye«, bestätigte Jock. »Das stimmt.« Will und Lexa nickten.

Die drei nahmen die vollen Tassen, und Will nippte vorsichtig an seiner. Es war guter Whisky, stark und erdig – Stoff, den man bedächtig trank. Um sich nur zu betrinken reichte eine billigere Marke.

»Und ich habe gehört, du kennst dich in den Rockspires aus«, sagte Murray und schaute Will ins Gesicht.

»Es gibt Leute, die das von mir sagen«, nickte Will.

»Der Kapitän hat einen Spezialauftrag, und ich wüsste niemanden, der sich besser dafür eignet«, erklärte Murray. »Ihr könnt natürlich jederzeit ablehnen, aber falls ihr die Art Soldaten seid, für die ich euch halte … werdet ihr Hilfstruppführer, und das ist eine Ehre für jemanden in eurem Alter.«

Will wurde es mulmig. Ein lächelnder, freundlicher Truppführer, der ihnen zu trinken gab und eine Gelegenheit zur Beförderung anbot … Er sagte nichts und wartete auf den Haken am Ende der Leine.

»Also«, erläuterte Murray weiter. »So gut wie ihr die Rockspires kennt und wisst, dass die Burg der Countess dort oben steht, bin ich sicher, es wird euch eine Ehre sein, Castle Northwind zu halten, bis sie eintrifft, um ihr neues Hauptquartier dort einzurichten.«

»Ist die Lage in Tara so schlimm?«, fragte Lexa.

Murray nickte. »So sieht es zumindest aus.«

Will zögerte kurz, wartete, ob Jock oder Lexa noch etwas sagen wollten. Aber als er sich zu ihnen umdrehte, sah er, dass sie ihn schon beide anschauten und darauf warteten, dass er für sie antwortete. Er erkannte, dass er zum Sprecher des Trios gewählt worden war, ohne etwas von der Abstimmung zu wissen.

»Wenn's denn so ist«, stellte er fest, »können Sie auf uns zählen. Für Northwind. Und die Countess.«

Murray nickte zufrieden. »Ihr bekommt eine Kompanie, und der Kapitän begleitet euch persönlich. Euer Flugzeug startet in einer halben Stunde. Und lasst alles Zeug hier, das ihr nicht zum Kämpfen benötigt. Ihr werdet es nicht brauchen.«

»Ein Glück, dass ich meinen Soldscheck nicht für die offenen Pumps verschwendet habe«, kommentierte Lexa. »Wer konnte ahnen, dass ich den Rest meines Lebens bei der Armee bin?«

Sie kippte den Whisky und stellte die leere Tasse zurück auf Murrays Schreibtisch. Einen Augenblick später taten Will und Jock es ihr gleich. Erst als sie das Büro verließen, fiel Will auf, dass Murray seine Tasse nicht angerührt hatte.

41

Tara, Northwind
Präfektur III, Republik der Sphäre

Februar 3134, Winter

Kapitänin Bishop kannte den Weg zu Einauge Jack Farrells Hauptquartier im Westen vor der Stadt. Der *Rudeljäger* war eine schnelle Maschine, und es dauerte nicht lange, bis sie am Westrand Taras auf eine Straßensperre traf, hinter der sie ein *Scimitar* anvisierte und mit dem Hauptgeschütz verfolgte.

»Ich möchte mit Captain Farrell sprechen«, erklärte sie über den Außenlautsprecher des Mechs.

»Er ist ein Stück die Straße rauf«, erwiderte der Soldat an der Straßensperre. »Wollen Sie Ihren Mech hier lassen?«

»Nein.«

Die Söldner unterhielten sich leise. Einer von ihnen griff nach einem Feldtelefon. Nach einer Weile erhielt er Antwort.

»Der Boss sagt, Sie können durch. Die Straße hoch. Jack wartet auf Sie.«

Bishop steuerte den *Rudeljäger* die Straße entlang, bis sie Jack Farrell auf dem Bürgersteig an einem Tisch sitzen sah. Sein gigantischer *Jupiter* ragte unbemannt neben ihm auf.

»Kommen Sie runter«, forderte Farrell sie auf. Er hatte ein Kartenspiel in der Hand und legte eine Patience. Abgesehen von seiner Kleidung – eine Kampfmontur in Wintertarnfarben und die fingerlosen Handschuhe eines Scharfschützen – wirkte er genauso wie bei ihrer ersten Begegnung, beim Pokerspiel an Bord der *Pegasus*.

Bishop zögerte einen Moment. Dann gab sie nach und holte ihren Wintermantel aus dem Staufach. Sie legte sich den Mantel über die Schultern, öffnete die Luke und kletterte nach unten.

»Ruhen Sie sich aus«, sagte der Söldnerführer und deutete auf den Stuhl ihm gegenüber. Er sammelte die Karten wieder ein und mischte sie, ohne hinzusehen. »Was kann ich für Sie tun?«

Bishop blieb stehen. »Ich hätte gern ein paar Informationen«, antwortete sie. »Hat jemand Paladin Crow gesehen?«

»Ja.« Farrell legte den Stoß Karten auf den Tisch, hob ab und mischte weiter.

»Also, wir warten«, bellte Bishop. »In diesem Augenblick findet ein Angriff statt. Sie sollen sich an der rechten Flanke der Stahlwölfe aufstellen.«

»Da irren Sie sich«, widersprach Farrell. »Wir haben mit Crow geredet, und wir haben einen Kontrakt.«

In Bishops Magengrube breitete sich ein flaues Gefühl aus. »Was genau steht in diesem Kontrakt?«

»Nun, teilweise ist er vertraulich.«

»Ich finde, das geht auch uns etwas an ... Aber egal. Hauptsächlich geht es mir darum, dass Sie die Befehle des Paladins ignorieren. Sie sollen einen Angriff leiten, nicht hier unter einem Baum sitzen und mit sich spielen.«

Jack Farrell lachte. »Noch ein Irrtum. Wir erfüllen unseren Kontrakt. Unser Befehl lautet, hier zu sitzen. Wenn auch nicht ausdrücklich von Bäumen die Rede ist.«

An Stelle des flauen Gefühls in Bishops Eingeweiden schien ihr plötzlich der Boden unter den Füßen wegzufallen. Das hier war schlimmer als Söldner, die sich wie ... nun ja, wie Söldner benahmen. Das war ...

»Das hat der Paladin angeordnet?«

»Ja.«

Sie zuckte mit keiner Miene und behielt sogar ihre Stimme unter Kontrolle, auch wenn es sie eine solche Anstrengung kostete, dass es schmerzte. »Ich würde gern mit ihm reden.«

»Geht nicht«, informierte sie Farrell. »Er ist heute Morgen durch die Linien zum Raumhafen. Dreißig, fünfundvierzig Minuten später hob ein Landungsschiff ab. Er ist fort. Und wir führen seine letzten Befehle aus.«

»Das kann ich nachprüfen«, erwiderte Bishop.

»Ich weiß.«

»Und wie stellt sich Ihre Beziehung zu den Highlanders gemäß diesen letzten Befehlen dar?«

»Um genau zu sein«, erklärte Farrell, »sollen wir sicherstellen, dass Sie sich nicht in westlicher Richtung aus der Stadt zurückziehen. Wir sollen Sie in der Stadt festhalten, während die Wölfe Sie zerschlagen. Es ist nicht persönlich gemeint, das versichere ich Ihnen.«

»Der Paladin ist fort«, stellte Bishop fest. Ist desertiert, wollte sie sagen. Ist zum Verräter geworden und hat uns dem Feind ausgeliefert. Aber mit Söldnern über Verrat zu reden, war sinnlos. »Lassen Sie uns über eine neue Vereinbarung sprechen.«

Farrell schüttelte den Kopf. »Er mag weg sein, aber der Kontrakt ist noch nicht abgelaufen. Wie würde das aussehen, wenn wir anfingen, gültige Kontrakte zu ignorieren? Niemand würde uns mehr anheuern. Aber ich sage Ihnen was. Sie haben's drauf. Sie haben das, worauf es in diesem Gewerbe ankommt. Und Sie haben einen Mech. Was halten Sie davon, sich uns anzuschließen? Es kann nie schaden, auf der Gewinnerseite zu stehen. Die Bezahlung ist gut, und das Essen auch.«

»Ich fühle mich geehrt«, gab Bishop zurück und überließ es ihrem Tonfall, auszudrücken, dass nichts weiter von der Wahrheit entfernt sein konnte. »Aber ich muss Ihr Angebot wohl ablehnen. Wie wäre es, wenn wir abheben? Wenn Sie die höhere Karte ziehen, bleiben Sie hier. Wenn ich sie bekomme, kommen Sie mit.«

»Der Vorschlag gefällt mir gar nicht«, antwortete Farrell. »Eine nette Partie Poker ist die eine Sache, aber wenn ein Kontrakt auf dem Spiel steht, sieht alles ganz anders aus. Nur, wie ich schon sagte, ich mag Sie. Steigen Sie wieder in Ihren Mech, und Sie haben freies Geleit zurück zu Ihren Linien.«

Kapitänin Bishop verkniff sich eine Entgegnung. Für Söldnerbegriffe war es ein großzügiges Angebot, und falls Farrell nicht verstand, welch eine Beleidigung es für ihre Begriffe war, dann war jetzt nicht der Zeitpunkt, es ihm zu erklären. Sie stapfte in eisigem Schweigen zurück zu ihrem *Rudeljäger*.

»Vergessen Sie nicht, was ich gesagt habe«, rief Farrell ihr im Stehen hinterher. Sie blieb stehen, den linken Fuß auf der Mechleiter, und schaute sich zu ihm um. »Wir können immer neue Leute gebrauchen. Wenigstens sollten wir nicht gegeneinander kämpfen. Ich könnte mehr von Ihrer Sorte gebrauchen.«

Dann setzte er sich wieder und legte eine neue Patience.

Bishop stieg die Leiter ins Cockpit des *Rudeljäger* hinauf und verriegelte die Luke. So schnell sie konnte legte sie Kühlweste und Neurohelm wieder an und spulte die primären und sekundären Codesequenzen ab. Sie musste so schnell wie möglich zurück in die Stadt, um der Countess die schlechte Nachricht zu überbringen.

Sie beschleunigte den Kampfkoloss auf Höchstgeschwindigkeit, und der *Rudeljäger* rannte mit weiten, raumgreifenden Schritten fast hundert Stundenkilometer schnell nach Nordosten, wo die Linien der Highlanders schwer unter Druck standen. Bis jetzt hatte sie noch kaum Munition verbraucht und die Wärmebelastung war annehmbar. Sie schaltete auf allgemeine Frequenz und suchte nach Hinweisen, wo das Eingreifen eines Mechs einen entscheidenden Unterschied machen konnte.

Die schiere Masse der Funksprüche in der Nähe des Wasserwerks deutete darauf hin, dass sich der Kampf dort zuspitzte. Sie änderte den Kurs Richtung Osten, dann wechselte sie auf die Frequenz der Countess.

»Mylady, ich habe Neuigkeiten, die ich Ihnen besser persönlich mitteile. Wo können wir uns treffen?«

Sie erhielt keine Antwort.

42

Fort Barrett, Oilfieldsküste, Kearny, Northwind
Präfektur III, Republik der Sphäre

Februar 3134, Trockenzeit

Brigadegeneral Griffin tigerte in seinem zeitweiligen Hauptquartier in Fort Barrett auf und ab. Sein Adjutant, Commander Owain Jones, begleitete ihn.

»Auf anderer Leute Welten zu kämpfen, hat mir besser behagt als auf dieser«, erklärte Griffin. »Und wenn das alles vorbei ist, wird es meine Priorität sein, dafür zu sorgen, dass wir, verdammt noch mal, die Kapazitäten haben, unsere Mechs und Panzer auch ohne Landungsschiffe zu transportieren.«

»Ein großartiges Projekt für das nächste Jahr«, bestätigte Jones. »Aber hier und jetzt haben wir alles requiriert, was mit einem Soldaten an Bord bis Tara fliegt. Die Truppen gehen bereits an Bord, und Fort Barretts Kommandeur beschwert sich, dass wir den Kontinent schutzlos zurücklassen.«

»Falls er sich weiter beschwert, dürfen Sie ihm von mir ausrichten: Wenn wir nicht alles von Kearny abziehen, was wir können, werden wir bald keine Welt mehr haben, die wir schützen könnten, geschweige denn einen Kontinent.«

Griffin ging in sein Quartier – eine mit Stellwänden abgetrennte Koje hinter einem Satz Aktenschränken, da die Unterkünfte für Besucher Fort Barretts ebenso überfüllt waren wie der Rest des Stützpunktes – und zog seinen Tornister unter dem Bett hervor.

»Wo haben Sie meinen Mech?«, fragte er Jones.

»Er ist unter einem schweren Transporthubschrauber unterwegs, vom Süden Bendervilles aus«, erwiderte Jones. »Er sollte vor Ihnen an der Landezone eintreffen. Und ich habe mir die Freiheit genommen, eine Schutztruppe nach Castle Northwind zu schicken. Sie ist bereits gestartet.«

»Gut gemacht. Aber das wird die Wölfe alarmieren, dass wir kommen, also müssen wir den Rest der Show auch in die Luft bringen. Es gibt nicht genug Flughäfen zwischen Tara und den Bergen, um alle abzusetzen. Und ich will meine Truppen nicht aufsplittern. Aber dafür finden wir eine Lösung, wenn es so weit ist. Geben Sie Befehl zum Aufsitzen.«

43

Mechwerke Tyson & Varney, Fairfield, Northwind
Präfektur III, Republik der Sphäre

Februar 3134, Winter

Präfektin Tara Campbell und ihr *Tomahawk* pirschten über das Gelände der Mechwerke Tyson & Varney und machten Jagd auf feindliche Mechs.

Die Stahlwölfe hatten kaum mehr davon als die Highlanders, dessen war sie sich sicher. Seit Devlin Stones Reformen die meisten Mechs im Privat- oder Familienbesitz aus dem Weg geräumt hatten, war es äußerst schwierig, an einen voll ausgestatteten Battle-Mech zu kommen. Natürlich gab es die Möglichkeit, im Gefecht einen Kampfkoloss zu erbeuten – erst heute Morgen hatte sie von einem erbeuteten Wolfsmech erfahren. Die Sprengladung, die ihn außer Gefecht setzte, hatte ihn zwar zu schwer beschädigt, um ihn sofort wieder für die Highlanders einsetzbar zu machen, aber später fand sich bestimmt eine Möglichkeit, ihn zu reparieren.

Falls es ein Später gibt.

Sie setzte mit den Sprungdüsen über ein Gebäude – die Arbeiterkantine der Mechfabrik, und am Scheitelpunkt der Flugbahn hielt sie Ausschau, um das Bild unter sich mit der Kartenanzeige zu vergleichen. Da. Die Stahlwölfe hatten drei *Fuchs*-Panzerschweber hinter der T&V-Federlagerfabrik aufgestellt. In bebauter Umgebung hatten ihre Raketen wenig Wert, aber falls sich der Kampf irgendwann ins offene Gelände vor der

Stadt verlagerte, zog sie es vor, es nicht mit den schnellen kleinen Schwebern zu tun zu bekommen.

Sie setzte kurz auf der Straße auf, dann sprang sie erneut, diesmal auf das Dach der Springlagerfabrik. Ein Abwärtshieb mit dem Beil des *Tomahawk*, und ein acht Meter breites Loch klaffte im Dach der Halle. Sie bedauerte kurz die Verwüstung, die sie damit anrichtete, ließ sich aber nicht davon aufhalten. Tyson & Varney konnte die Fabrik später wieder aufbauen, falls die Highlanders die Schlacht für sich entschieden. Falls die Stahlwölfe Northwind jedoch übernahmen, würden die Arbeiter bei T&V IndustrieMech-Umbauten für Anastasia Kerensky fertigen, so sie das Glück hatten, dann noch zu leben.

Sie sprang durch das Loch im Dach hinunter in die Fabrikhalle.

Dunkel hier, war ihr erster Gedanke. Die Beleuchtung der Fabrik war ausgeschaltet. Sie schaltete den Sichtschirm auf Infrarot. *Und still.*

Der endlose Strom von Meldungen, der ständig im Hintergrund aus dem Funkgerät drang, war verstummt, und sie erkannte, dass der Stahl in den Wänden der Halle und die riesigen Maschinen im Innern die Magnetortung verzerrten und die Kommunikation störten. Ihre Offiziere würden eine Weile ohne direkten Kontakt mit ihrer Countess zurechtkommen müssen.

Die drei *Fuchs*-Schwebepanzer hatten im Osten gestanden, und das lag gerade vor ihr. Sie setzte den Mech in Bewegung. Die Sprungdüsen des *Tomahawk* waren hier in der Halle nutzlos, und die Decke war so niedrig, dass sie den Stahlkoloss halb geduckt vorwärtsbewegen musste. Ihn durch das Tor in der Wand vor ihr zu bringen, war illusorisch. Sie beschleunigte die fünfundvierzig Tonnen der Maschine und brach durch die Wand in den nächsten Raum.

Das hat mehr Spaß gemacht, als es vermutlich sollte,

dachte sie, unmittelbar bevor die Infanteristen, die sie überrascht hatte, auf sie feuerten. Die Gaussgewehrkugeln prasselten auf die Durallexpanzerung des Mechs. Dann hob einer der Stahlwölfe eine Rakfaust und feuerte, ohne Rücksicht auf die Gefahr, die der Feuerstoß der Raketenzündung in einem geschlossenen Raum für ihn und seine Kameraden bedeutete.

Der *Tomahawk* erzitterte unter dem Einschlag der Rakete. Tara schlug mit dem Beil in der rechten Mechhand um sich, und die Infanteristen warfen sich in Nischen und Korridore, die zu eng für den BattleMech waren, in Deckung.

So ging es nun mal. Sie spurtete auf die Außenmauer zu, und einen Sekundenbruchteil bevor sie aufprallte, schlug sie mit dem Beil zu, um eine Bresche in die Wand zu schlagen, durch die sie sich hindurchquetschen konnte. Der Mech krachte in die aufgerissene Öffnung, stolperte und rollte ab. Er nahm nur leichten Schaden, als sie hinaus ins Sonnenlicht brach. Aber Schaden blieb Schaden.

Wie erwartet sah sie drei *Fuchs*-Schwebepanzer mit Stahlwolf-Markierungen. Die gepanzerten Seitenwände schimmerten in der Hitze der Reaktorabwärme. Dem zerbeulten und angenagten Äußeren der Panzerungen nach zu urteilen hatten die Schweber seit dem Verlassen des Raumhafens bereits einiges an Kampfgeschehen mitgemacht. Die mittelschweren Extremreichweiten-Laser glitzerten bedrohlich in der Morgensonne. Tara wusste: Nicht nur die Laser, auch die Völker-200-Maschinengewehre – zwei pro *Fuchs*, machte insgesamt sechs – würden jeden Moment das Feuer auf sie eröffnen. Eine derartige Menge gebündelter Lichtenergie und glutheißen Metalls hatte mit etwas Glück eine Chance, selbst einem *Tomahawk* Probleme zu bereiten.

Sie setzte ihren eigenen Extremreichweiten-Laser gegen den hintersten der Schwebepanzer ein und sah ihn zu ihrer Befriedigung in einem Feuerball explodieren, als sich die Strahlbahn des Lichtwerfers durch die Panzerung und in den Reaktor brannte. Der vorderste Schwebepanzer drehte sich auf der Stelle. Seine Besatzung reagierte auf das plötzliche Erscheinen des BattleMechs, indem sie nach einem Fluchtweg suchte. Tara hieb mit dem Beil zu und erwischte den Schweber seitlich. Er sank zu Boden. Das Heck des Luftkissenfahrzeugs prallte auf den Boden und schleuderte einen Funkenregen auf, der auf ihrem noch immer auf Infrarotbasis arbeitenden Sichtschirm besonders grell leuchtete.

Sie senkte den *Tomahawk* in die Hocke, schob die gewaltige linke Mechhand unter die Schürze des *Fuchs* und warf ihn um. Der war außer Gefecht, aber noch reparabel. Der verbliebene Schwebepanzer suchte das Weite und sauste mit Höchstgeschwindigkeit davon.

Tara Campbell hob den Mech mit den Sprungdüsen in die Luft. Aus dem Flug zielte sie und löste die Lichtkanone aus. Der Stahlwolf-Schweber zerplatzte, noch während er in einem verzweifelten letzten Gegenschlag drehte und mit Laser und Maschinengewehren zurückschlug.

Energiebahn und Kugelhagel zerschnitten harmlos die Luft über dem Kopf des *Tomahawk*, als dieser zurück auf den Boden sackte und dem umgekippten zweiten Schwebepanzer einen Hieb mit der Breitseite des Beils versetzte. Der Schlag quetschte den Rumpf des Fahrzeugs auf etwa die Hälfte der ursprünglichen Höhe zusammen. Jetzt hatte auch dieser *Fuchs* nur noch Schrottwert.

Zeit zu gehen, dachte sie. Beim Durchbrechen der Hallenwände hatte sie die Außenantennen des BattleMechs abgerissen, was die Reichweite des Kommsystems verringerte und die Meldungen, die sie hören konnte, mit Störungen überlagerte. Sie lief um die nächste Ecke, zurück in Richtung der eigenen Reihen.

Und dort, in der Gasse neben der Federlagerfabrik, wartete ein *Tundrawolf*: fünfundsiebzig Tonnen sprungfähige, laser- und raketenbestückte Mordmaschine. Und auf seinem Torso prangte der geifernde metallene Wolfskopf der Stahlwölfe.

Tomahawk und *Tundrawolf* sprangen gleichzeitig und trafen in der Luft aufeinander. Das Beil des *Tomahawk* krachte in die Panzerung seines Gegners, dann stürzten beide Maschinen ab. Tara Campbell trieb ihre Maschine auf den *Tundrawolf* zu und versuchte ihr Heil im Nahkampf. Die mittelschweren Laser im rechten Arm des Stahlwolf-Mechs lagen auf der linken Torsoseite der Highlander-Maschine an, feuerten, brannten sich in die Panzerung. Tara trat mit dem Mech nach links aus, um den Gegner davonzustoßen, dann wirbelte sie herum und zog in einem verzweifelten Versuch, ihm die Beine zu zertrümmern, das Beil waagerecht mit.

Plötzlich wurde der *Tundrawolf* ohne Vorwarnung von einer Wolke aus Feuer und Qualm eingehüllt. Ein *Rudeljäger* feuerte aus kurzer Entfernung die PPK in seinen Rücken ab. Der Clanner sprang davon, über Tara hinweg. Es war kein Angriff, es war eine Flucht. Er stürmte so schnell die Mechbeine ihn trugen zurück zu den eigenen Linien.

»Keine Verfolgung!«, drang Kapitänin Bishops Stimme aus dem Lautsprecher des Funkgeräts. »Es ist ein Trick. Es gibt keinen Flankenangriff.«

»Mein Funk ist gestört. Wiederholen Sie nach ›Es ist ein Trick‹.« Nach der Anstrengung des Gefechts und dem knappen Entkommen hämmerte Tara Campbells Puls in ihren Ohren. Zusammen mit dem Schaden, den die Kommanlage ihres Mechs bei den letzten Aktionen genommen hatte, genügte das, sie an dem zweifeln zu lassen, was sie gerade gehört hatte.

»Es gibt keinen Flankenangriff«, wiederholte Kapitänin Bishop. »Wir sind verraten worden. Von einem gottverdammten Paladin der gottverdammten Sphäre. Es ist nicht zu fassen. Wir bekommen keine Söldnerunterstützung. Farrell und seine Truppen sind nicht hier, um uns zu helfen. Sie sind hier, um uns umzubringen.«

»Verstanden. Kein Flankenangriff. Danke, Kapitänin.«

Tara Campbell streckte die Hand aus und schaltete das Funkgerät ihres BattleMechs ab, bevor Bishop antworten konnte. Sie würde das Gerät bald wieder einschalten müssen. Man wartete auf ihre Anordnungen, und sie blieb die Kommandeurin der Verteidiger, selbst jetzt, wo das Undenkbare geschehen war und sie alle verraten und verkauft waren. Aber zumindest ein paar Minuten konnte sie sich nehmen, um in der Privatsphäre der undurchdringlichen Metallhülle des *Tomahawk* mit ihrem privaten Schmerz, dem persönlichen Verrat zu kämpfen.

44

Feldhauptquartier, Nordwestsektor, Tara, Northwind
Präfektur III, Republik der Sphäre

Februar 3134, Winter

Kapitänin Tara Bishop und die Countess of Northwind erreichten Oberst Ballantraes Befehlsstand und schalteten die Mechs ab. Sie stiegen aus und betraten verschwitzt und müde das Gebäude.

Kapitänin Bishop hatte erneut Grund, sich über die Entscheidung zu freuen, den Wintermantel mitzunehmen. Ohne ein entsprechendes Kleidungsstück hätte die Gräfin spätestens nach einer Minute am ganzen Leib gezittert, hätte einer der Junioroffiziere ihr nicht hastig den seinen geliehen. Vermutlich war es einer der Vorzüge, von Geburt an als zukünftige Herrscherin eines Planeten aufzuwachsen, dass es Leute gab, die so etwas für einen taten, überlegte Bishop.

In diesem Moment hätte Bishop sicher nicht mit Tara Campbell tauschen mögen. Es gab viele Wege, wie eine knospende Romanze schief gehen konnte, aber dass der neue Mann im Leben einer Frau nicht nur sie im Stich ließ, sondern gleich den ganzen Planeten, den sie und er hätten verteidigen sollen ... das setzte einen neuen Tiefpunkt der Erbärmlichkeit, der sich nur schwer unterbieten ließ. Das allerdings musste man der Countess lassen, sie ließ sich nichts davon anmerken. Was sie an Tränen vergossen hatte, musste sie im Cockpit ihres *Tomahawk* vergossen haben, und BattleMechs besaßen keine Tränendrüsen.

»Reparieren Sie, was sich reparieren lässt«, befahl die Countess Oberst Ballantrae, kaum dass sie durch die Tür gekommen war. »Wir werden heute noch zurück in den Kampf müssen. Laden Sie die Waffen nach. Und Kapitänin Bishop hat Neuigkeiten.«

Bishop erkannte ein Stichwort, wenn sie es hörte. »Die Söldner weigern sich, uns im Kampf gegen die Stahlwölfe zu unterstützen. Sie erklären, dass sie auf Anweisung von Paladin Crow so handeln, beziehungsweise *nicht* handeln.«

Die Countess fügte mit schmalen Lippen hinzu: »Was die Frage aufwirft: Wo steckt Crow?«

»Das frage ich bereits, seit Sie fort sind«, antwortete Ballantrae. »Ich habe eine Meldung von sehr früh heute Morgen. Sie stammt von einer der Straßensperren im Zentrum. Er hat mit seinem *Schwert* die Linien in Richtung Raumhafen überquert. Danach ist er nicht wieder aufgetaucht.«

»Er ist also zu den Stahlwölfen übergelaufen«, murmelte Kapitänin Bishop. »Wer hätte das erwartet.«

Ballantrae schüttelte den Kopf. »Vielleicht. Vielleicht auch nicht. Etwa fünfundvierzig Minuten später hob ein ziviles Landungsschiff vom Raumhafen ab.«

Die Countess of Northwind fletschte wütend die Zähne. »Er ist weggerannt. Hat uns unserem Schicksal überlassen, nachdem er sichergestellt hatte, dass wir nicht gewinnen können.«

»Es ist immer noch möglich, dass er Northwind verlassen hat, um Hilfe zu holen«, merkte Bishop im Interesse der Fairness an. »Ohne HPG-Netz können wir keine Unterstützung anfordern. Jemand muss sie persönlich holen.«

»Hören Sie auf mit den Entschuldigungen für den Mann«, fauchte die Countess. »Sie haben mir selbst gesagt, dass er Farrells Männern den Befehl gegeben hat, gegen uns zu kämpfen.«

»Wir wissen nicht mit Gewissheit, ob er es getan hat«, widersprach Bishop. »Jack Farrell behauptet es nur.«

»Und Ezekiel Crow hat Jack Farrell angeworben. Die Söldner waren von Anfang an seine Idee.«

»Dann zur Hölle mit ihm«, stieß Oberst Ballantrae aus. »Mit ihm *und* der Republik der Sphäre. Wenn sie ihre Freunde so behandelt, sind wir ohne sie besser dran.«

»Northwind gegen alle?« Die Stimme der Countess klang bitter. »Was unterscheidet uns dann noch von den Stahlwölfen?«

»Verdammt«, fluchte der Oberst mit voller Inbrunst.

»Wir werden Ezekiel Crow einholen«, versprach die Gräfin. »Und dann werde ich mich mit ihm über diese Angelegenheit unterhalten. Und nach unserer Unterhaltung zum Tee wird nur noch Bedarf für eine Tasse sein.« Sie atmete tief durch. Tara Bishop spürte, dass sie entschlossen war, das Thema damit abzuschließen. »Und jetzt zu anderen Dingen. Was ist mit Brigadegeneral Griffin?«

»Er hat gemeldet, er sei bereits unterwegs«, berichtete Oberst Ballantrae. »Mit allem, was er hat, oder zumindest mit allem, was er transportieren kann.«

»Wie viel?«

»Ohne die Ausrüstung, die zu schwer für einen Lufttransport ist … nicht genug für eine Feldschlacht gegen die Wölfe und die Söldner, jedenfalls keine offene.«

»Also zu wenig, um die Hauptstadt zu retten«, konstatierte die Countess. »Aber es könnte reichen, um uns den Weg freizumachen, sodass wir uns in die Rockspires zurückziehen können, bis die Highlanders im All einen Gegenangriff starten.«

»Schon irgendwelche Meldungen über Angriffe von Farrells Söldnern?«, fragte Bishop Oberst Ballantrae.

Er schüttelte den Kopf. »Negativ.«

»Wann trifft Griffin ein?«, wollte die Countess wissen.

»In zwölf Stunden.«

»Ich habe ihn einmal um einen Tag gebeten«, stellte sie fest. »Jetzt wird es Zeit, dass ich ihm diesen Tag zurückzahle.«

»Wie meinen Sie das?«, fragte Bishop.

»Ich werde mit Anastasia Kerensky reden, von Frau zu Frau. Schicken Sie ihr eine Botschaft und bitten Sie sie um ein Gespräch.«

45

Stahlwolf-Feldhauptquartier, Raumhafen Tara, Northwind
Präfektur III, Republik der Sphäre

Februar 3134, Winter

Bis jetzt hatte Ian Murchison die Schlacht um Tara auf der Krankenstation von Anastasia Kerenskys Landungsschiff verbracht, mit den Stahlwolf-MedTechs gefachsimpelt, um nicht daran denken zu müssen, was draußen geschah, und mitgeholfen, wenn Verletzte eintrafen. So viel zumindest konnte er tun, ohne in einen Loyalitätskonflikt zu kommen. Verwundungen waren Verwundungen, gleichgültig, wer sie erlitt. Bisher hatte er nur leichte Verletzungen gesehen. Die Stahlwolf-MedTechs sprachen es nicht an, aber Murchison verstand auch so, dass dies nur daran liegen konnte, dass die ernsthafte Offensive zur Eroberung der Hauptstadt noch nicht begonnen hatte.

Er assistierte gerade einem Stahlwolf-MedTech namens Barden bei der unangenehmen Aufgabe, einen Schlauch in eine offene Brustwunde einzuführen, als Anastasia Kerensky die Krankenstation betrat. Er bemerkte ihre Anwesenheit erst, als er den Schlauch durch die Brustwand des Patienten gestoßen hatte. Dann schaute er hoch und sah sie mit verschränkten Armen in der Tür stehen und ungeduldig starren.

Barden deutete einen Gruß an – nicht einmal ein Stahlwolf-Clanner war so dumm, zackig zu salutieren, solange er einen Latexhandschuh trug, der von oben bis unten mit Blut und anderen Körperflüssigkeiten bedeckt war. Murchison begrüßte den Galaxiscommander mit dem kurzen, aber respektvollen Nicken, das er sich an Stelle formeller und militärischer Grußarten angewöhnt hatte.

Wie üblich schien es ihr zu genügen. »Leibeigener Ian.«

»Ja, Ma'am?«

»Zieh dich um. Die Countess of Northwind hat um Verhandlungen gebeten, und ich möchte, dass du neben mir stehst, wenn sie eintrifft.«

»Als Kulisse, Ma'am?«

Barden, der auf der anderen Seite des Behandlungstisches stand, wirkte schockiert. Aber Murchison hatte begriffen, dass die einzige Möglichkeit, sich Anastasia Kerenskys Respekt zu sichern – und soweit er das feststellen konnte, war es nur ihr Respekt, dem er sein Leben verdankte – darin bestand, sich ihr so oft und so heftig zu widersetzen, wie es die Gebräuche der Clanner und die weite Kluft zwischen ihren Rängen gestattete.

»Als Lektion, Leibeigener. Beweg dich, uns bleibt nicht viel Zeit.«

Anastasias Ungeduld war Grund genug für Barden, Murchison den Umkleideraum der Krankenstation zur Verfügung zu stellen und ihm saubere Kleidung als Ersatz für den blutverschmierten OP-Kittel zu bringen, den er getragen hatte, als sie eintraf. Sein Haar war noch von einer schnellen Dusche feucht, als er zu ihr auf den Korridor trat. Doch ihr Blick zuckte nur einmal kurz an ihm hinab und wieder hinauf. Dann sagte sie: »Gut genug. Komm mit.«

Wie sich schnell herausstellte, handelte es sich nicht um ein direktes Gespräch, sondern um Verhandlungen über eine direkte Trivid-Verbindung. Offenbar war keine der beiden Kommandeurinnen bereit, das eigene Territorium zu verlassen, und die Straßen Taras hatten wenig neutrales Gelände anzubieten. Trotz Anastasias Ungeduld kostete der Aufbau der Schaltung Zeit. Die Stahlwolf-Techs bauten ihre Trividkameras und die Tonausrüstung im Feldhauptquartier auf dem Landefeld auf, zusammen mit einer riesigen Wiedergabeeinheit, die zu groß schien, um aus einem Landungsschiff zu stammen. Murchison vermutete, dass die Techs einen der Passagiersalons an der Terminushalle des Raumhafen ausgebaut hatten.

Endlich waren die Vorbereitungen beendet. Anastasia Kerensky stellte sich auf einer kreuzförmigen Markierung auf, die die Stahlwolf-Techs auf dem Asphalt angebracht hatten. Murchison stand schräg rechts hinter ihr.

Die leitende Tech sprach leise in das Bügelmikro ihres Kommsets. Vermutlich redete sie mit ihrem Gegenstück bei den Highlanders. Dann, lauter: »Verbindung in drei. Drei ... zwo ... eins ... Jetzt.«

Der Bildschirm rauschte, wogte und formte ein dreidimensionales Bild der Countess of Northwind und einer zweiten Offizierin. *Vermutlich eine Art Adjutantin*, dachte Murchison. Die beiden standen in einem beeindruckenden Saal aus Holz und Stein, den der MedTech von Bildern erkannte, die er vom Fort in Tara gesehen hatte. Die Stahlwolf-Tech hantierte mit ihren Kontrollen und holte das Bild näher heran, bis man hätte glauben können, Anastasia und die Countess stünden sich nur wenige Schritte entfernt gegenüber.

Anastasia Kerensky eröffnete das Gespräch: »Countess.«

»Galaxiscommander.« Tara Campbells Stimme und Gesichtsausdruck verrieten nichts. Murchison war nicht in der Lage, aus ihrem Verhalten darauf zu schließen, ob sich die Kämpfe zum Vor- oder Nachteil der Northwind Highlanders in der Stadt entwickelten.

»Sie haben um dieses Gespräch gebeten. Sagen Sie,

was Sie zu sagen haben. Alles andere wäre Zeitverschwendung.«

Tara Campbell verzog den Mund zu einem grimmigen Lächeln. »Ich bin nicht so naiv, wie Sie vielleicht glauben, Galaxiscommander. Ihre Truppen werden die Atempause ebenso begrüßen wie meine. Und wenn wir hier fertig sind, können wir einander immer noch weiter abschlachten.« Jetzt schien sie Ian Murchison zum ersten Mal zu bemerken und sprach ihn direkt an. »Sie sind kein Stahlwolf, Mann. Das ist ein Gesicht, das von Northwind stammt. Wie heißen Sie?«

»Ian Murchison, Ma'am. MedTech bei Balfour-Douglas Petrochemicals.«

»Interessant«, stellte Tara Campbell fest. »Und wie ist es dem Galaxiscommander gelungen, einen Balfour-Douglas-MedTech in ihre Sammlung aufzunehmen?«

»Auf dieselbe Weise, wie ich vorhabe, es mit Northwind zu machen«, antwortete Anastasia Kerensky. »Ian Murchison ist mein Leibeigener. Ich habe ihn im Kampf erbeutet.«

»Sie kehren zu den alten Gebräuchen zurück, was?« Wieder schwenkte der Blick der Countess zu Murchison. »Es tut mir Leid, dass ich direkt nichts für Sie tun kann, Mister Murchison. Behandeln Sie den Galaxiscommander anständig – und falls sie Sie im Gegenzug nicht ebenso anständig behandelt, werde ich es auf die Rechnung setzen, die sie zu begleichen haben wird, wenn der Zeitpunkt kommt.«

»Ja, Ma'am«, antwortete Murchison, doch Anastasia hatte bereits ihrerseits das Wort ergriffen und übertönte seine Antwort mit scharfer Zunge.

»Ich werde meinen Leibeigenen anständig behandeln, weil er mein *Leibeigener* ist, und nicht, Countess, weil ich Angst vor irgendeiner Vergeltung Ihrerseits hätte! Und ich fordere Sie noch einmal auf, meine Zeit nicht zu verschwenden. Wollen Sie sich ergeben?«

»Wohl kaum, Galaxiscommander. Und Sie?«

»Sie wissen sehr genau, dass dem nicht so ist. Was also wollen Sie?«

Tara Campbell neigte den Kopf leicht zur Seite. »Ich biete Ihnen ein Geschäft an. Sie und Ihre Leute können ungehindert von hier abziehen und wir betrachten diese Runde als unentschieden. Es wird keine Vergeltungsangriffe auf Wolfsclanenklaven oder Systeme unter Claneinfluss geben, auch keine Sanktionen im Senat, und die Stahlwölfe können sich weiter austoben, wo immer sie wollen, solange es nicht auf Northwind geschieht.«

»Halten Sie mich für schwachsinnig?« Anastasia war immer noch wütend. Ian Murchison sah es an ihren glühenden Wangen. Er fragte sich, ob Tara Campbell sie absichtlich beleidigt oder ihre Ehre nach dem Anblick eines ihrer Landsleute mit Leibeigenenkordel aus einem momentanen Impuls angezweifelt hatte. »Wenn ich hier siege, bekomme ich all das auch, und mir steht kein Feind im Rücken. Nein! Aber weil ich ein großzügiger und zivilisierter Mensch bin, mache ich Ihnen ein Gegenangebot. Ergeben Sie sich, entwaffnen Sie Ihre Truppen und übergeben Sie mir Northwind, und Sie dürfen Ihren Rang als Countess und Ihre Burg in den Bergen behalten, solange Sie sich dorthin zurückziehen und mich nie wieder belästigen.«

»Nein.«

»Sie sind in der Minderzahl und auf einen Widerstand nicht vorbereitet. Noch einmal: Ergeben Sie sich?«

»Sie kennen meine Antwort.«

»Dann hören Sie mir jetzt gut zu, Countess«, verkündete Anastasia Kerensky. »Ich werde Ihre Welt erobern. Ich werde Sie töten. Ich werde Ihre hübsche Felsenburg nehmen und sie zur Festung Clan Wolfs auf Northwind machen. Und der Tag wird kommen, an dem sich niemand mehr erinnert, dass je eine Frau namens Tara

Campbell einen Fuß in ihre Mauern gesetzt hat. Verstehen wir uns?«

Die Countess of Northwind war selbst auf dem Trividschirm weiß wie Marmor, und ihre Augen funkelten mit eisigblauem Feuer. »Versuchen Sie es, Galaxiscommander. Versuchen Sie es.« Sie machte eine knappe Handbewegung zu jemandem außerhalb des Sichtfelds. »Tara Campbell aus.«

46

Landezone, Tiefebene außerhalb Taras, Northwind
Präfektur III, Republik der Sphäre

Februar 3134, Winter

»Ausschiffen! Ausschiffen! Bewegung, Leute!«
»Sobald alles draußen ist, runter von der Landebahn. In drei Minuten kommt der nächste Vogel. Bewegung!«

Der Himmel war klar, und der zwischen den Rockspire Mountains und der planetaren Hauptstadt Tara gelegene Flughafen schien überfüllt. Überall formierten sich Soldaten zu marschbereiten Einheiten. Brigadegeneral Griffins Truppen trafen in New Lanark ein.

Das Flugfeld selbst machte einen in jeder Hinsicht überbeanspruchten und zertrampelten Eindruck. Die Soldaten hatten selbst alle Esswaren, Getränke und Zeitschriften aus den Kiosken abgeräumt. Es herrschte Chaos.

Sofern man überhaupt von irgendeiner Art von Organisation reden konnte, bestand sie in einer Art von eingeübtem Chaos, das ein gut ausgebildetes Militär so lange aufrechterhalten kann, wie es sein muss.

Überall waren Trupps ausgeschwärmt und requirierten alles, was Räder hatte und Soldaten oder Ausrüstung tragen konnte. Andere sicherten Straßensperren und Kommausrüstung. Über dem Tohuwabohu bellten die Stimmen von Truppführern mit Lungen aus Metall und Stimmbändern aus Leder Befehle: dorthin, mach das, fertig machen, warten, Ausrüstung überprüfen, ausrücken! Bewegung, Bewegung, Bewegung! Ihr werdet nicht nach Stunden bezahlt!

Brigadegeneral Griffin half mit seinem BattleMech, die angekommenen Flugzeuge von der Landebahn und aus dem Weg zu ziehen, damit die nächsten landen konnten. Der *Koshi* war einer von drei Mechs, über die sie verfügten. Die beiden anderen waren unbewaffnete BauMechs, die seine Leute nach dem Eintreffen augenblicklich beschlagnahmt hatten. Nur die Mechs hatten die nötige Kraft oder Geschwindigkeit für diese Arbeit. Und als kommandierender General hatte Griffin momentan nichts anderes zu tun. Vorerst gab es keine Entscheidungen zu treffen.

Sein Gefechtsplan glich, wie alle Gefechtspläne, einem aufziehbaren Blechspielzeug. Griffin hatte ihn in Bewegung gesetzt, und jetzt konnte man nur noch zusehen, wie er sich aus eigener Kraft vorwärtsbewegte. Da kein Plan den ersten Feindkontakt überlebte, würde er möglicherweise in naher Zukunft wieder die Wahl zwischen verschiedenen möglichen Vorgehensweisen haben. Aber bis dieser Punkt kam, konnte er ebenso gut als Hafenarbeiter schuften.

»General«, drang eine Stimme aus dem Lautsprecher des Neurohelms. »Erstes Bataillon ist formiert. Erbitte Erlaubnis ...«

»Erlaubnis erteilt«, antwortete Griffin, ohne seine Anstrengung zu unterbrechen, einen Transporter vom Asphalt der Rollbahn zu ziehen. Der nächste, noch voll beladene Transporter setzte am anderen Ende der Bahn bereits zur Landung an. »Führen Sie Ihre Befehle aus.«

»Sir.«

Der Nachmittag verging. Der örtliche Wetterbericht bezeichnete das Wetter als klar und mild für die Jahreszeit, doch Griffin war klar: Viele seiner Soldaten, die an die Hitze Kearnys gewöhnt waren, würden sich mit der Kälte schwer tun. Er zumindest brauchte sich deswegen keine Sorgen zu machen, solange er in seinem Mech blieb. Endlich war auch das letzte Flugzeug am Boden.

»Was jetzt?«, fragte sein Adjutant.

»Sprengladungen ansetzen«, erwiderte Griffin. »Für uns gibt es keinen Rückzug. Und keine Beute für die Wölfe, falls sie gewinnen. Wir marschieren im Eiltempo nach Osten. Meldung beim ersten Kontakt. Alles andere ist unwichtig.«

Er steuerte den *Koshi* bereits mit schnellen Schritten ostwärts, nahe genug an der Überhitzung, um für jemanden Besorgnis erregend zu sein, der zur Besorgnis neigte. Er würde Gelegenheit haben, den Mech abkühlen zu lassen, wenn er die Spitze der Kolonne erst erreicht hatte. Bis dahin galt: Sein Platz war an der Spitze, und je schneller er dort war, desto besser.

»Vor uns sind nur noch Kundschafter und Plänkler«, meldete der kommandierende Oberst, als Griffin die Ansammlung von fahrbaren Untersätzen am angespitzten Ende des Speers erreichte.

Die vordersten Truppen waren in Busse gestopft worden, die sie zu diesem Zweck auf dem Flughafen requiriert hatten, und folgten einem Kipplaster, auf dessen Ladebett ein mit Ketten und Seilen festgezurrter schwerer Extremreichweiten-Laser stand. Der Oberst fuhr im Beifahrersitz einer Schweberlimousine aus dem Bestand einer Mietwagenfirma am Flughafen. Der breite Fond der Limousine wurde von einem Feldkommunikator mitsamt Tech mit Beschlag belegt.

»Wir erreichen Tara gegen Abend«, erklärte Griffin. »Wir rücken schnell vor. Brechen zur Countess durch und konsolidieren unsere Kräfte. Danach wird sich zeigen, was sie vorhat.«

»Haben Sie in dieser Hinsicht eine Vorstellung?«, fragte der Oberst.

»Kämpfen.«

»Da kann ich nicht widersprechen.«

»Es kommt eine Meldung rein«, meldete sich der KommTech. »Die Scouts haben den Stadtrand von Tara erreicht. Sie melden, dass man ihnen den Weg versperrt.«

»Wölfe?«, fragte Griffin. »Auf dieser Seite?«

»Die Scouts glauben nicht, dass es Stahlwölfe sind. Aber wer immer es ist, sie verfügen über einen *Jupiter*.«

»Das hat mir zu meinem Glück gerade noch gefehlt«, kommentierte Griffin. »Weiter.«

Die Entsatzkolonne rückte nach Osten vor.

»Wir sollen was?«

»Sie haben mich gehört«, sagte Jack Farrell zu seinem Stellvertreter.

Als die äußersten Posten der Söldnertruppe Berichte über eine große Streitmacht durchgegeben hatten, die sich Tara von Westen näherte, hatte Farrell reagiert, indem er seine Offiziere zu einem Kriegsrat zusammenrief. Sie hatten sich an dem improvisierten Befehlsstand versammelt, den er am Fuß seines *Jupiter* aufgebaut hatte, und er hatte ihnen seine Entscheidung präsentiert. Die Logik darin sickerte nur langsam durch.

Geduldig wiederholte er alle Einzelheiten. »Sie verteidigen die Straßensperren minimal gegen die von Westen anrückenden Highlanders. Sie geben nur Warnschüsse ab. Sobald man das Feuer erwidert, ziehen Sie sich zurück und öffnen einen Durchgang.«

»Was ist mit unserem Kontrakt?«, fragte sein Stellvertreter.

»Wir haben gemäß unserem Kontrakt den Befehl, die aus Tara hinausführenden Straßen gegen die in der Stadt befindlichen Highlanders zu halten und nicht gegen die Stahlwölfe zu kämpfen, es sei denn sie greifen uns zuerst an. Nirgends in unseren Befehlen oder unserem Kontrakt werden sonstige Truppen erwähnt, die sich entschließen, in den Kampf einzugreifen. Also liegt die Entscheidung darüber bei mir. Und ich sage: Unser Kontrakt beinhaltet nicht, dass wir uns von den Highlanders wie Korn zwischen zwei Mühlsteinen aufreiben lassen.«

»Aber das wird keinen guten Eindruck machen.«

»Das ist Quatsch – und das wissen Sie auch«, gab Farrell zurück. »Mann für Mann und Mech für Mech ist unsere fröhliche Bande schwer bewaffneter Unruhestifter so zäh, tapfer und gefährlich wie alle Northwind Highlanders oder Stahlwolf-Clanner in der Republik der Sphäre. Aber wenn jemand von uns verlangt, bis zum letzten Mann zu kämpfen, muss er das von Anfang an deutlich machen und einen Kontrakt abschließen, der im Hinblick auf die Sache für unsere Hinterbliebenen das Opfer wert macht. Und das hat unser jetziger Auftraggeber nicht getan. Man kann ihm deswegen auch keinen Vorwurf machen. Es gibt nicht viele Auftraggeber, die so weit gehen würden.«

»Bannson schon.«

»Und deshalb würden wir es für Bannson auch tun, würde er uns dafür bezahlen«, bestätigte Farrell. »Aber das wäre dann ein anderer Kontrakt und ein anderer Konflikt. Hier und jetzt geht es für uns darum, den momentanen Kontrakt zu erfüllen, ohne dabei verfrühstückt zu werden.«

Er blickte sich unter seinen Offizieren um. »Singen wir jetzt alle vom selben Notenblatt? Gut. Dann also: Wir bieten den Highlanders eine anständige Show. Ich will Explosionen hören und Feuerwerk sehen. Aber ich will keine Schlachtopfer. Keine Verluste bei unseren Leuten und nur minimale beim Gegner. Zeigt ihnen, dass sie sich in einem Kampf befunden haben, aber das muss auch genügen. Habe ich mich klar genug ausgedrückt?«

»Wir lassen die Highlanders in der Stadt nicht raus«,

fasste sein Stellvertreter zusammen. »Aber falls die Highlanders vor der Stadt einen Korridor aufbrechen ... Das hat nichts mit uns zu tun, und was sie damit machen, ist ihre Sache.«

»So sieht es aus«, bestätigte Farrell. »Und jetzt machen wir uns auf den Weg und setzen diesen schönen Beschluss in die Tat um. Weitermachen.«

Die Versammlung löste sich auf, und Jack Farrell drehte sich zu seinem *Jupiter* um. Er kletterte die Leiter zum Cockpit hinauf. Sein Hauptauftraggeber hatte ihm reichlich Spielraum für die Arbeit mit seinem aktuellen Auftraggeber gelassen, und er hoffte, dass er diesen Spielraum richtig ausnutzte.

Im Cockpit angekommen, legte er Kühlweste und Neurohelm an und weckte den einhundert Tonnen schweren Giganten zum Leben. Dann steuerte er den Koloss mit donnernden Schritten auf die Straße nach Westen, um selbst zu sehen, was sich von dort näherte.

47

Positionen der Söldner und Highlanders,
an verschiedenen aus der Stadt führenden Straßen,
Tara, Northwind
Präfektur III, Republik der Sphäre

Februar 3134, Winter

»Kontakt«, meldete der Beobachter für die Raketenbatterie der Söldner.

Die Söldner, die zur Zeit die Straßen aus der Hauptstadt blockierten, hatten in ihrer Laufbahn schon eine Menge seltsamer Befehle erhalten, aber die Anweisungen, unter denen sie momentan kämpften, wirkten besonders bizarr. Doch sie hatten gelernt, auf Jack Farrells verbliebenes Auge zu vertrauen, wenn es darum ging, die profitabelste Vorgehensweise auszuspähen. Und sie gehorchten. Nicht fraglos – das widersprach ihrem Wesen. Aber sie gehorchten.

»Was?«, fragte der Sergeant mit dem Befehl über die Batterie.

»Sieht nach einem leicht gepanzerten Laster aus, Laser montiert, steht hinter der Bodenwelle.«

»In Ordnung.«

Einen Moment später fragte der Beobachter: »Jack schon informiert?«

»Ja, hab's gerade durchgegeben.«

»Okay ... ich sehe einen, zwo, drei Trupps, Sprungtruppen, mit Flammern. Rücken stafettenartig vor.«

»Wir lassen sie wissen, dass wir sie entdeckt haben«, beschloss der Sergeant. Zur Besatzung der Raketenbatterie fügte er hinzu: »Kurzstreckenraketen. Zwei Paar. Zielt zwei kurz und zwei weit.«

»Feuer«, befahl der Leiter der Raketencrew.

Auf weißen Qualmschweifen zischten die Raketen in den Himmel. Der Laser fing sie ab. Eine explodierte in der Luft, dann eine zweite ebenfalls. Die dritte zerplatzte knapp über dem Boden, die vierte – eines der weit gezielten Geschosse – schlug außer Sicht ein.

»Rohre leer«, meldete der Crewleiter.

»Rückzug«, ordnete der Sergeant an. »Das wird sie etwas bremsen.«

»General«, meldete sich Commander Owain Jones über die Befehlsfrequenz. Er hatte den *Turnier*-Panzer, in dem er Griffins *Koshi* normalerweise begleitete, zurücklassen müssen und fuhr jetzt in einem *Fuchs*-Panzerschweber. »Wir treffen auf Widerstand.«

»Wie viel und wo?«, fragte Griffin.

»Bisher nur leichter. Keine Verluste auf unserer Seite. Unsere Männer erwidern das Feuer.«

»Nicht aufhalten lassen«, befahl der Brigadegeneral. Zur Bestätigung seines Befehls ließ er den Mech unbeeindruckt weiter auf die Stadt zu marschieren. »Gleichgültig, was geschieht. Die Linien, durch die wir brechen müssen, werden nicht dünner. Falls wir jetzt nicht durchkommen, kommen wir überhaupt nicht durch.«

»Ich gebe es weiter.«

»Gut. Hat schon jemand Funkkontakt mit der Countess?«

»Wir hatten vor einer Weile einen kurzen Kontakt«, berichtete Jones. »Es hat Verhandlungen gegeben, aber sie brachten kein Ergebnis. Die Einheiten in der Stadt machen sich auf einen Stahlwolfangriff gefasst.«

»Was ist mit den Einheiten, auf die wir hier gerade treffen?«

»Söldner«, antwortete Jones. »Sie halten die Countess und ihre Leute fest, aber niemand scheint zu wissen, ob sie die Wölfe bei einem Angriff unterstützen werden oder nicht.«

»Soweit wir dabei irgendetwas mitzureden haben«, erklärte Griffin, »lautet die Antwort ›nicht‹.«

Vor ihm stieg Rauch auf. Griffin hielt darauf zu. Der *Koshi* drehte den Kopf von einer Seite zur anderen, während er einen Hang hinaufstieg, um schwerere Unterstützung zu liefern, als sie die Infanterie aus eigener Kraft zustande brachte. Er fand einen Trupp Infanteristen, der sich hinter einer Mauer duckte, über die Gewehrfeuer ratterte. Tödlich für die ungepanzerten Fußtruppen, für seinen Mech aber ohne Bedeutung.

Er trat um die Ecke und feuerte eine Raketensalve in die Richtung, aus der das Feuer kam. Eine Hausfassade barst in Trümmer.

»Bewegung!«, befahl Griffin und trieb den Mech weiter. »Vorrücken, Herrschaften. Eine Bresche öffnen und nach Norden und Süden sichern.«

»Wir zeichnen einen *Condor*, Raster Neun-eins-vier.«

»Ich habe ihn. Und jetzt will ich hier Bewegung sehen. Durchbrechen!«

Einauge Jack Farrell saß auf seinem *Jupiter* – nicht in der Pilotenkanzel, sondern unter freiem Himmel auf der Schulter des Mechs – und benutzte die enorme Höhe des Metallriesen als Aussichtsposten. Er hatte ein Kommset angelegt, von dem eine Leitung ins Innere des Mechs verlief.

»Verstanden«, bestätigte er über das Bügelmikro. »Ein *Koshi*. Irgendwelche anderen Mechs?«

Er lauschte kurz. »In Ordnung, lasst ihn durch. Ich hole ihn mir, falls ich das will.«

Weit nördlich seiner Position auf der Schulter seines Kampfkolosses hörte Jack das Donnern von Detonationen. Er blickte über die Hausdächer und sah Rauchfahnen und weiße Raketenbahnen vor dem blauen Winterhimmel.

»Na schön«, gab er über das Mikro durch. »Ja, öffnet einen Korridor. Ich bin in Kürze da.«

Er nahm das Kommset ab, rollte das Kabel ein und stieg durch die Luke in den Kopf des *Jupiter*. Nachdem er mit Weste und Helm ausgestattet wieder auf der Pilotenliege saß und die Elektronik des Mechs hochgefahren hatte, rief er seine Kommstation am Boden an.

»Irgendwo im Osten der Stadt ist eine Highlanderoffizierin auf Streife in einem *Rudeljäger*. Setzen Sie sich mit ihr in Verbindung.«

»Das wird schwierig.«

»Geht schon in Ordnung«, antwortete Farrell. »Ich verlass mich auf Sie.«

Er fuhr den Reaktor hoch und setzte den *Jupiter* mit langsamen, entschiedenen Schritten nach Norden in Bewegung.

Kapitänin Tara Bishop schaute auf den Sichtschirm des *Rudeljäger* und betrachtete den Mann vor ihr. Er trug eine Söldneruniform und hielt an einem Stock eine weiße Fahne in die Höhe. Sie vergrößerte das Bild und stellte fest, dass es sich um ein Unterhemd handelte. Zwei Highlander-Rekruten bewachten ihn, Gewehr im Anschlag. Sie hielten beide ausreichend Abstand von ihm und voneinander, um sich nicht gegenseitig ins eigene Schussfeld zu kommen.

»Sie sagen, Sie haben eine Nachricht für mich?«, fragte sie. »Lassen Sie hören.«

»Einhundertsechsunddreißig Komma zwo«, erklärte der Mann. Das Außenmikro des Mechs übertrug seine Worte ins Cockpit.

»Was bedeutet das?«, fragte sie.

Momentan hatte sie keine Geduld für kryptische Mitteilungen. Sie war müde und wütend. Der Tag hatte schlecht begonnen und war seither nicht besser geworden. Das Gespräch mit Anastasia Kerensky war ein beinahe vollständiger Reinfall gewesen. ›Beinahe‹ nur darum, weil es ihnen damit gelungen war, die Zeit der Stahlwölfe zu verschwenden. Trotzdem blieb es ein Reinfall. Die Countess of Northwind hatte kochend vor Wut die Verbindung unterbrochen, bleich bis zu den Lippen, und hatte Anastasia Kerensky mit Begriffen verflucht, von denen Bishop nicht erwartet hatte, dass Tara Campbell sie kannte.

Der Mann zuckte die Achseln. »Weiß ich nicht. Ich habe den Auftrag bekommen, Ihnen das zu überbringen. Das war alles.«

»Bringen Sie ihn nach hinten«, befahl Bishop. Als die beiden Rekruten den Mann abführten, dachte sie kurz nach, dann stellte sie an ihrem Kommgerät eine Funkfrequenz ein: 136,2.

»Funküberprüfung«, sagte sie ins Mikro.

»Hallo«, antwortete eine Männerstimme. Sie hatte diese Stimme schon früher gehört, an einem Tisch neben der Straße, und noch früher auf dem Landungsschiff *Pegasus*: Jack Farrell.

»Was wollen Sie?«, fragte sie.

»Haben Sie Lust, abzuheben?«

»Was soll das heißen?«

»Sie gegen mich«, erläuterte Farrell. »Ihr Mech gegen meinen.«

»Einen *Jupiter* gegen einen *Rudeljäger*?« Kapitänin Bishop wankte zwischen Angst und Ungläubigkeit. Das war ein Duell geradewegs aus den Geschichten vergangener Zeiten, als Mechs das Schlachtfeld beherrschten und Krieger Herausforderungen aussprachen und eingingen, die über das Schicksal von Welten entschieden. Gleichzeitig war es ein so ungleiches Kräfteverhältnis, dass es an Selbstmord grenzte. Ein *Jupiter* hatte einem *Rudeljäger* siebzig Tonnen Masse voraus und war mit mehr und stärkeren Langstreckenwaffen bestückt. Der leichtere Mech war weder im Nahkampf noch bei einer Auseinandersetzung über größere Distanz sicher. Die einzigen Vorteile des *Rudeljäger* lagen in seiner Wärmeeffizienz und Geschwindigkeit. »Warum zum Teufel sollte ich mich darauf einlassen?«

»Weil ich Sie am Leben lasse, wenn Sie gewinnen.«

»Ich fühle mich momentan sehr lebendig.«

»Ah ah ah«, verbesserte Farrell. »Sie, die Countess und all Ihre Soldaten. Vom Westen ist eine Entsatzkolonne auf dem Weg zu Ihnen. Ich kann sie durchlassen oder aufhalten. Ich kann Sie mit ihnen abziehen lassen. Eine Schlacht für Sie verloren, aber nicht der Krieg, Sie verstehen? Oder ich kann Sie alle zusammen als Wolfsfutter einpacken.«

Das war jetzt allerdings wirklich verlockend. Selbst wenn es ihren Tod bedeutete. Aber wahrscheinlich würde sie ohnehin hier in der Stadt sterben, falls die Highlanders weiter zwischen den Söldnern und den Stahlwölfen in der Falle saßen. Das war eine Chance, ihnen allen die Sicherheit zu erkaufen, und nicht mit einem brutalen, blutigen Straßenkampf gegen Infanterie und dünn gepanzerte Fahrzeuge, sondern in einem Zweikampf gegen den größten und tödlichsten aller BattleMechs. Beinahe zu gut, um wahr zu sein …

»Warum sollte ich Ihnen glauben?«, fragte sie.

»Wir haben miteinander Karten gespielt. Mein Wort gilt.«

»Das haben wir …« – *Und wir haben beide falsch gespielt*, dachte sie, *und wissen es* – »und meines gilt ebenfalls. Lassen Sie mich mit der Countess darüber reden.«

»Beeilen Sie sich. Ich habe gerade einen *Koshi* im Fadenkreuz.«

»Fünf Minuten. Höchstens zehn.«

»Solange kann ich die Karten mischen«, antwortete Farrell. »Danach wird es Zeit abzuheben.«

48

Aus der Stadt führende Straße, Tara, Northwind
Präfektur III, Republik der Sphäre

Februar 3134, Winter

Kapitänin Tara Bishop stellte schnell fest, dass die Countess of Northwind von Jack Farrells Vorschlag nicht begeistert war.

»Ah ja«, stellte die Stimme Tara Campbells über die verschlüsselte Funkverbindung fest. »Ich soll also Ihr Leben eintauschen gegen ... wogegen genau?«

»Ganz Northwind«, antwortete Bishop. Jetzt, da sie den Entschluss gefasst hatte, verspürte sie statt ängstlicher Erwartung eine ruhige, wenn auch adrenalingeladene, Entschlossenheit. »Und mein Leben ist für mich nicht wertvoller als das Leben des jüngsten Rekruten des Regiments für ihn. Oder sie. Ich habe es nicht nachgesehen. Jedenfalls ist es nichts anderes als das, was wir alle geschworen haben, als wir uns verpflichteten.«

»Falls es das ist, was wir alle geschworen haben, als wir uns für die Highlanders verpflichteten, dann sollte ich diejenige sein, die da draußen in einem leichten Mech einen *Jupiter* herausfordert, und nicht Sie. Und Sie können Verbindung mit Farrell aufnehmen und ihm das sagen. Wenn er ein Duell will, kann er gegen meinen *Tomahawk* kämpfen.«

»Tut mir Leid, Ma'am, aber nein.« Bishops Ton war entschieden. »In diesem Gespräch ist nur jeweils ein Todeswunsch gestattet, und ich war schneller.«

»Verdammt, Kapitän ... Haben Sie überhaupt eine

Ahnung davon, wie schwer es ist, einen neuen Adjutanten anzulernen? Und Sie sind der Beste, den ich je hatte.«

»Danke, Ma'am. Mein alter Oberst hat mir vorhergesagt, dass ich viele Kämpfe zu sehen bekäme, falls ich unter Ihnen diene. Wenn dieser Krieg vorüber ist, können Sie ihm von mir ausrichten, dass er Recht hatte.«

»Ich kann Ihnen das nicht ausreden?«

»Ich fürchte nicht, Ma'am.«

Bishop hörte einen Seufzer über die Leitung dringen. »Dann geben Sie ihm das Signal«, kapitulierte die Countess. »Sie haben meine Erlaubnis.«

»Danke.« Tara Bishop schaltete das Kommgerät zurück auf die Frequenz, über die sie mit Jack Farrell gesprochen hatte. »Einverstanden.«

»Meine Karten«, erklärte Farrell. »Ich mische. Ich hebe ab.«

»Ich sagte einverstanden.«

»Dann treffen wir uns in Sichtweite des Raumhafens. Ich in meinem *Jupiter*, Sie in Ihrem *Rudeljäger*, falls Sie sich trauen.«

»Ich werde da sein«, versprach sie und unterbrach die Verbindung. Jetzt erklang nur noch das leise Gemurmel der allgemeinen Frequenz, während sich die Countess und die Einheiten der Highlanders in der Stadt darauf vorbereiteten, die Stadt zu verlassen und nach Westen abzuziehen.

»Zusammenziehen und abrücken« ... »Reihe bilden. Die Kranken und Verletzten« ... »Automatische und Robotwaffen an den Raumhafen. Kerensky soll nicht wissen, dass wir fort sind« ...

Als Erstes bemerkte Kapitänin Bishop, dass die Mag-Res-Ortung ein Signal aus Richtung 045° relativ anzeigte, das langsam kräftiger wurde. Etwas Großes und Metallisches näherte sich von schräg rechts voraus. Als

Nächstes bemerkte sie die ebenfalls zunehmend stärker werdenden rhythmischen Stöße einer hundert Tonnen schweren Masse, die gemächlich näher kam – sofern man dreißig Stundenkilometer als gemächlich bezeichnen konnte. Ihre Instrumente verzeichneten zuerst die Druckwellen, aber es dauerte nicht lange, und sie spürte sie bis ins Cockpit des *Rudeljäger*.

Sie kehrte dem Raumhafen und den Stahlwölfen den Rücken zu. Vor ihr lagen die Stellungen von Jack Farrells Söldnern. Und zwischen beiden: die Highlanders. Solange Kapitänin Bishop kämpfte, konnten die Highlanders entkommen. Die Countess of Northwind hatte eine dünne Linie aus kranken und verwundeten Freiwilligen aufgestellt, die mit automatischen und Robotwaffen ausgerüstet waren und die Illusion einer Frontlinie aufrechterhielten. Farrell hatte den anderen einen Fluchtweg versprochen.

Falls er nicht log. Falls er nicht eine gewaltige Kriegslist durchspielte und sie alle an einen Ort lockte, wo er die Verteidiger Northwinds entwaffnen oder töten konnte.

Es ließ sich nicht ändern. Sie hatte nun einmal den Entschluss gefasst, sich ihm hier zu stellen, hier gegen ihn zu kämpfen und … sie sah den Mech kommen, einen gigantischen, schwerfälligen Koloss. Jack Farrells *Jupiter*. Ein Titan von einem Mech. Schwer gepanzert. Sie hatte ernste Zweifel, dass selbst ihr Partikelwerfer ihn verletzen konnte.

Na, vielleicht nicht von vorn. Sie war schnell. Er war träge. Wenn das schon ihr einziger Vorteil war, musste sie halt das Beste daraus machen.

Sie hatte zu lange geträumt. Die Sirenen der Cockpitinstrumente rissen sie aus ihren Gedanken und warnten sie, dass sie ein feindliches Feuerleitsystem erfasst hatte. Einen Moment später schoss eine Salve Langstreckenraketen auf sie zu. Rote Lichter blinkten vor ihr auf.

»Ich weiß, ich weiß«, fluchte sie laut und rannte mit dem *Rudeljäger* auf den *Jupiter* zu. Sie sprang nach rechts, täuschte nach links an, blieb stehen, balancierte aus und zielte mit den Mikrolasern. *Jetzt brauche ich, was ich an Treffsicherheit habe.* Gleichzeitig schaltete sie das Helmmikro auf Frequenz 136,2. »He, Lulatsch. Freust du dich, mich zu sehen?«

»Kann mich kaum halten«, erklang die Antwort. »Auf ein hübsches Gesicht fall ich immer wieder rein.«

»Das glaub ich dir aufs Wort.« Die Raketen, die er abgefeuert hatte, explodierten harmlos auf der Straße, aber doch nahe genug, dass die Trümmerstücke auf die Außenhaut ihres Mechs prasselten. Wieder sprintete sie los, diesmal schräg vorwärts. Der *Jupiter* drehte sich hinter ihr her. Wieder glitten Raketen aus den breiten Lafettenkästen auf den Schultern der überschweren Maschine, links und rechts.

Gut, dachte Bishop. *Mach nur weiter so, dann hast du deine LSR aufgebraucht, solange ich noch hier draußen bin.*

Sie zog sich zurück. Es half ihr nichts, berechenbar zu werden. Selbst ohne seine Raketen verfügte er noch über zwei Partikelprojektorkanonen, während sie nur eine hatte.

Raketen im Anflug. Laser hoch. Feuer. Zwei der Raketen lösten sich unter der Lichtenergie der Laserstrahlen auf. Die anderen sausten vorbei und erschütterten die Umgebung, ohne den *Rudeljäger* selbst zu treffen. *Entweder bin ich besser im Ausweichen, als ich dachte*, fuhr es Bishop durch den Kopf, *oder Jack Farrell ist ein wirklich lausiger Schütze.*

Allerdings hatten das Laufen und die Laserschüsse ihre Betriebstemperatur erhöht. Nicht annähernd genug, um in die Gefahrenzone zu kommen, aber doch genug, um es zu bemerken.

»Das hast du also vor«, murmelte sie. »Du willst mich heiß machen.«

»Und leicht rumzukriegen«, hörte sie seine Antwort über Funk und bemerkte, dass sie vergessen hatte, die Verbindung zu schließen. »Lust auf ein Tänzchen?«

Die nächste Raketensalve. Sie wich aus und rannte los, nutzte die Beweglichkeit und Geschwindigkeit ihres Mechs, um aus der Einschlagzone der Geschosse zu kommen.

»Nicht zu weit!«, mahnte Jacks Stimme. Selbst über die schlechte Funkverbindung hörte sie ihn lachen.

»Keine Chance«, gab sie zurück. »Dafür habe ich hier viel zu viel Spaß.«

Sie stellte die Lichtwerfer auf Dauerfeuer und konzentrierte sich auf die Waffen. Dann sah sie eine neue Raketensalve anfliegen und sprang senkrecht nach oben, mit maximaler Brennleistung. Die Raketen zerplatzten unter ihr. Sie kam hart wieder auf und fiel auf ein Knie.

Der *Jupiter* schlenderte näher. Jetzt feuerte seine Extremreichweiten-PPK. *Wird auch verdammt Zeit*, dachte Bishop. *Wenn ich in einem* Jupiter *säße, hätte ich die Landschaft mit meiner Partikelschleuder aufgepflügt, sobald ich den Feind in Sicht hatte.*

Die glühenden Ionen der Partikelkanone brannten sich einen bläulich-weiß glühenden Pfad durch die Luft von Farrells Mech zu ihrem. Das wollte sie doch mal sehen. Sie rannte auf ihn zu, schlug dabei Haken nach links und rechts. Der Partikelblitz peitschte mit einem Schlag, den sie bis ins Cockpit spürte, über ihre Mechbeine. Dann sprang sie, hob sich in die Luft und stürzte, die Füße voraus, abwärts, stieß ein Kriegsgeschrei aus, verwandelte sich in eine dreißig Tonnen schwere Dampframme, die geradewegs auf den Kopf des *Jupiter* zielte.

»He!«, stieß Farrell aus. »Das steht aber für einen *Rudeljäger* nicht im Taktikhandbuch.«

»Aufgeben auch nicht«, antwortete sie. »Jedenfalls nicht in meinem.«

Sie war jetzt hinter ihm und richtete ihre acht Mikrolaser auf einen einzigen Zielpunkt aus. Der Punkt, den sie wählte, befand sich auf der Rückseite des linken Mechknies ihres Gegners. Sie erinnerte sich daran, wie ihr alter Nahkampflehrer seinen Schülern erklärt hatte: »Ein Knie ist immer in Reichweite.«

Ihre Partikelprojektorkanone mischte ebenfalls mit. Der *Jupiter* drehte sich um. Sie drehte sich mit, blieb hinter ihm, bemühte sich, außer Reichweite der Waffen auf den Armen und im Torso der schwereren Maschine zu bleiben. Das konnte sie ewig durchhalten, dachte sie, springen und feuern, und ausweichen, um wieder zu feuern und zu springen, bis sie Farrells Panzerung durchbohrt oder zumindest seine Innentemperatur so hochgetrieben hatte, dass sich sein Mech abschalten musste.

Eine kurze Träumerei zuckte durch ihren Geist: Der *Jupiter* war erstarrt, sie stieg aus ihrem Mech, um hinüberzugehen und ihre Beute zu beanspruchen. Sie zerrte Jack Farrell aus der Kanzel, brachte ihn vielleicht um oder ließ ihn gehen. Dann stieg sie in den *Jupiter*, hob ihren *Rudeljäger* auf und nahm mit einem wunderbaren Geschenk Kurs zurück zur Countess of Northwind.

Ohne Vorwarnung kippte der *Jupiter* hintüber zu Boden. *Was?*, dachte sie. *Gyroskopfehler? Vor lauter Herumstampfen überhitzt und über die eigenen Füße gefallen?*

Zeit, zu brillieren. Sie jagte los, warf den schweren Rumpf des *Rudeljäger* in einen Dreißig-Tonnen-Handstand und von dort in einen Salto. Sie landete breitbeinig auf der Brust des gestürzten *Jupiter*, dessen Arme von den Knien ihres Mechs an den Rumpf gepresst waren.

Solange ihre Knie auf den Armen des *Jupiter* lagen, konnte er seine tödlichen Autokanonen nicht einsetzen. Immer vorausgesetzt, sie konnte ihn lange genug festhalten. Immerhin hatte er ihr siebzig Tonnen Masse voraus ... Sie schaltete auf die allgemeine Frequenz der Highlanders um. »Ein Trupp mit Brechwerkzeug zu mir. Beeilung!«

Dann schaltete sie zurück auf die private Mechfunkverbindung. Gleichzeitig beugte sie sich vor, sodass die Laser in ihrem Mechtorso genau auf Farrells Cockpit zeigten.

»Ergibst du dich, Farrell?«, flüsterte sie. Sie schaltete die Laser für einen kurzen Warnimpuls ein. Sein Kanzeldach glühte unter den Treffern blutrot auf. Die mächtigen Metallhände des *Rudeljäger* drückten die Schultern des überschweren Mechs zu Boden. »Oder ich zwinge dich zu furchtbaren Sachen.«

Er trat mit beiden Mechbeinen gleichzeitig aus und versuchte sie abzuschütteln. Sie ritt ihn, rutschte abwärts, um die Hüfte des *Jupiter* aufs Pflaster zu drücken, ohne die Hände von seinen Schultern zu nehmen.

»Pfui«, schimpfte sie. Sie schaltete die Laser noch einmal ein, diesmal etwas länger, und setzte einen Feuerstoß der PPK dazu. »Du machst mich wütend.«

»Ich bin nicht besorgt«, erwiderte Jack. Er klang auch nicht besorgt.

»Dann heben wir ab.«

»Aber gern.«

Der *Jupiter* wälzte sich nach links. Jetzt lag sie unter ihm und er drückte sie auf den Boden. Sie spürte die Hitze, als seine Extremreichweiten-PPK feuerte und der künstliche Blitzschlag den Beton neben ihrem Mechkopf zum Kochen brachte.

Er spielt mit mir, dachte sie. *Verdammt! Man könnte meinen, er wollte vorbeischießen!*

»Genug«, sagte sie. Sie streckte die Arme aus und zog ihn näher, feuerte den Partikelwerfer und sämtliche Laser, die Mündungen gegen seine Panzerung gedrückt. Sie feuerte pausenlos, bis sie den *Jupiter* unter den Mechhänden erstarren fühlte, weil der Energiestau zu viel für die Wärmetauscher des größeren Battle-Mechs geworden war.

Der *Jupiter* ließ los und fiel nach links. Er schlug mit einer Wucht auf, wie sie nur ein Hunderttonner zustande brachte, und lag reglos auf dem Rücken. Bishop wälzte sich nach rechts, schob ein Knie des *Rudeljäger* unter seinen Torso und hob ihn in eine sitzende Stellung.

»Ergibst du dich?«, fragte sie.

»Noch nicht«, antwortete er. »Meine Truppen sind schon hierher unterwegs.«

»Wie viele Highlanders müssen noch durch die Sperrlinie?«

»Nur du«, erwiderte er. »Und die heldenhaften Jungs mit den Büchsenöffnern, falls sie es rechtzeitig hierher schaffen. Der Rest deiner Kameraden ist davongelaufen – wie Experten. Und du bist nicht in der Verfassung, dich mit meiner ganzen Söldnertruppe anzulegen.«

»Ich habe dich geschafft«, korrigierte sie ihn.

»Stimmt«, sagte er. »Aber da hattest du funktionierende Waffen. Jetzt sind alle deine Laser mit zerschmolzenem Stahl verklebt. So können sie nicht feuern. Und deine Partikelkanone sieht auch nicht gut aus. Also, was ist dir lieber? Möchtest du gefangen genommen werden oder fliehen?«

»Ich habe dich trotz allem besiegt.«

»Ja, ja«, stimmte Farrell zu. »Wir haben abgehoben und du hast einen einäugigen Buben umgedreht, genau wie letztes Mal.«

»Genau wie ... zum Teufel mit dir, Jack Farrell. Du hast mich gewinnen lassen!«

»So ein schlaues Mädchen. Du hast es erkannt. Und jetzt gebe ich gleich den Befehl, den Korridor dicht zu machen. Also beweg dich.«

Bishop rannte. Der Infanterietrupp mit der Brechausrüstung sah sie kommen, drehte um und rannte ebenfalls. Mit über hundert Stundenkilometern Geschwindigkeit brauchte sie bis zu ihren Linien auf der anderen Seite der Stadt nicht lange, vom Raumhafen aus gesehen.

Und den ganzen Weg über hörte sie Jack Farrells Gelächter.

49

Castle Northwind, Rockspire Mountains, Northwind
Präfektur III, Republik der Sphäre

Februar 3134, Winter

Will Elliott hatte in seinem Leben schon viele Bilder von Castle Northwind gesehen. Das wuchtige graue Bauwerk war ein beliebtes Motiv für Poster und Hochglanzbildbände über die malerischen Landschaften Northwinds. Die Touristen, die er durch die nördlichen Rockspires geführt hatte, waren oft genug furchtbar enttäuscht gewesen, als sie hörten, dass die fotogene Burg, wegen der sie so weit gereist waren, mitten in einem riesigen Privatgrund lag und nicht zur Besichtigung freigegeben war. Er hatte sicher nicht erwartet, jemals an einem Tisch im Kleinen Saal der Burg zu sitzen, mit dem Kapitän seiner Kompanie und den anderen Unteroffizieren Tee zu trinken und auf eine Nachricht von der Countess zu warten.

Lexa McIntosh schien es ebenso zu gehen. Sie goss sich frischen Tee aus der silbernen Kanne in ihre Porzellantasse und nahm mit der silbernen Zuckerzange einen Zuckerwürfel. »Ein weiter Weg von Barra Station bis in eine Burg in den Bergen. Das Leben ist schön.«

»Mit nur drei Zügen?«, fragte Jock Gordon. »So schön auch wieder nicht.«

Will schüttelte den Kopf. »Mit drei Zügen können wir alle Kundschafter abwehren, bis die Hauptstreitmacht eintrifft.«

»Alles schön und gut«, meinte der Kapitän. »Aber

nur für den Fall, dass das schöne Leben ein paar hässliche Überraschungen für uns zurückhält, möchte ich alles, was man von hier aus sieht, mit Sprengladungen versehen. Angefangen von den Klippen an der Auffahrt bis hinunter zur öffentlichen Straße.«

Lexas Blick wanderte, während der Kapitän das sagte, hinüber zu den Fenstern, und Will sah, wie ihre Augen sich verengten. Er folgte ihrem Blick. Vor dem Fenster war ein kurzes Stück der langen Auffahrt zum Haupteingang der Burg zu sehen, doch als er hinausschaute, sah er nichts Ungewöhnliches, weder auf der Fahrbahn noch in den Schneewehen zu beiden Seiten.

»Was war?«, fragte er. Lexa hatte den Blick einer Scharfschützin und ihr entging nichts. Falls sich auf der Straße etwas bewegt hatte, hatte sie es gesehen.

»Ein Bote«, erklärte sie. »Auf einem schnellen Motorrad. Kein dussliges Schweberad.«

»Hört sich an, als wäre das schöne Leben vorbei«, bemerkte der Kompaniechef. Er stellte die Teetasse ab. »Ich schätze, Sie drei sollten nachsehen gehen, was der Postbote heute für uns hat.«

Will und seine beiden Freunde hasteten hinunter zum Vordereingang der Burg und trafen rechtzeitig ein, um nebeneinander auf den Granitstufen zu warten, als das Motorrad auf den letzten Serpentinen der steilen Auffahrt in Sicht kam. Das Rad donnerte mit überhöhter Geschwindigkeit heran und legte sich so flach in die Kurven, dass es schien, als geschehe dies parallel zum Boden. Der Fahrer trug eine Highlander-Uniform.

»Nachricht für den Kompanieführer«, meldete der Bote.

»Haben wir uns schon gedacht«, bemerkte Lexa. Sie hatte ihn in der letzten Kurve mit dem Lasergewehr anvisiert und setzte es jetzt ab, als sie antwortete: »Geben Sie her, wir bringen sie hoch.«

Der Bote holte einen mit einer Kordel versiegelten Umschlag aus der Innentasche der Jacke. »Ich soll auf Antwort warten.«

»Wir sorgen dafür, dass Sie eine bekommen«, versprach Will. Er nahm den Umschlag in Empfang. »Warten Sie hier. Jock, Lexa – ihr bleibt bei ihm.«

Er brachte den Umschlag durch den Großen Saal der Burg zurück zum Kleinen Saal, wo der Kapitän wartete. Er stand am Fenster, schaute hinaus auf die schneebedeckten Gipfel der Berge und rührte seinen Tee um.

»Ein Bote vom Hauptquartier.« Will salutierte.

»Danke, Hilfstruppführer.« Der Kapitän erwiderte den Gruß. Er öffnete den Umschlag, las den Text im Innern und legte ihn beiseite. »Bitte rufen Sie die anderen Hilfstruppführer herein. Und schicken Sie der Countess und Brigadegeneral Griffin folgende Antwort: ›Wir verstehen.‹«

»Sir.« Will salutierte noch einmal und ging.

Wenige Minuten später kehrte er mit Jock und Lexa zurück. Der Kompaniechef, der wieder hinaus auf die Rockspires schaute, drehte sich zu ihnen um.

»Von jetzt an wird es interessant«, erläuterte er. »Ich habe soeben eine Information und einen Befehl erhalten. Die Information war, dass die Hauptstreitmacht der Highlanders doch nicht hierher kommt. Ich vermute, das hat den folgenden Grund: Es gibt nur einen Weg hier herein und auch nur einen Weg hinaus. Falls die Hauptstreitmacht hierher käme, könnte der Feind sie hier einschließen, indem er den Pass blockiert. Der Befehl ist simpel: Wir sollen die Stahlwölfe daran hindern, Castle Northwind einzunehmen. Dafür ist jedes Mittel recht. Fragen, Anmerkungen, Vorschläge oder Beobachtungen?«

»Jagen wir es in die Luft«, schlug Jock vor. »Mit drei Zügen können wir es nicht halten.«

»Wir wollen es nicht zerstören, solange das nicht unumgänglich ist«, protestierte Will. »Wie wäre es damit? Wir halten es so lange wie möglich, lassen die Wölfe Zeit, Menschen und Material investieren, und *dann* jagen wir es hoch.«

Lexa nickte. »Ein Kampf ist ein Kampf. Hier oder irgendwo anders. Aber wenn wir die Burg zerstören und der Feind taucht gar nicht erst auf, haben wir sie für nichts und wieder nichts gesprengt, und die Countess wird gehörig giften.«

»Woher weißt du das?«, fragte Jock.

»Ganz einfach, wenn das hier meine Burg wäre, wäre ich verdammt giftig.«

»Ich bin weitgehend Ihrer Meinung, Hilfstruppführerin McIntosh«, stimmte der Kapitän zu. »Aber alle Lösungsvorschläge beinhalten früher oder später die Möglichkeit, dieses Gebäude zu zerstören. Also können wir damit anfangen, es auf die Sprengung vorzubereiten. Alles andere kommt später. Jetzt geht es erst einmal …«

»Kapitän«, unterbrach Will. »Stand in der Botschaft etwas darüber, wann wir mit den Stahlwölfen rechnen können?«

»In sechs Stunden, vielleicht auch in acht.«

»Spielt keine Rolle«, erklärte Lexa. »Sie greifen erst im Morgengrauen an.«

»Wie kommen Sie darauf?«, fragte der Kapitän.

»Nennen Sie es Intuition. Anastasia Kerensky ist ein Teufelsweib. Die bleibt nicht irgendwo in der Etappe und lässt ihre Leute die Burg unserer Countess mitten in der Nacht erobern. Sie will dabei sein und die Fahnen sinken sehen.«

»Falls eine annehmbare Chance besteht, dass sie persönlich hier auftaucht …«

»Ich mache mein Gewehr fertig«, verkündete Lexa. »Wenn sie auf eine Meile an mich herankommt, gehört sie mir.«

»Sehr gut«, bekräftigte der Kapitän. »McIntosh, Ihr Trupp übernimmt die Auffahrt. Befestigen Sie sie. Gordon, Sie übernehmen die Außenverteidigung, sobald das Innere vorbereitet ist. Elliott, Sie leiten die Innenverteidigung. Helfen Sie Gordon beim Anbringen der Sprengladungen. Und dann sollten Sie sich alle etwas Ruhe gönnen. Uns könnte eine lange Nacht bevorstehen.«

»Für wen hält der uns?«, murmelte Will Gordon zu, als die drei Unteroffiziere die Treppe hinabstiegen, um ihre Leute zu informieren. »Als ob wir nicht längst wüssten, dass man sich keine Gelegenheit zum Schlafen entgehen lässt.«

50

Castle Northwind, Rockspire Mountains, Northwind
Präfektur III, Republik der Sphäre

Februar 3134, Winter

»As I came in by Fiddish side, on a May morning ...«

Lexa McIntosh lag auf der Klippe, schaute hinunter auf die Auffahrt zu Castle Northwind und summte vor sich hin. Sie blickte nach Süden, das Lasergewehr an der Schulter. Sie zeichnete sich nicht gegen den Himmel ab und war von der Fahrbahn aus nicht zu sehen. Das große Zielfernrohr, das sie auf das Gewehr montiert hatte, zeigte sehr detailliert die Kolonne aus Scoutfahrzeugen, Panzern und Infanterie, die das Tal herauf gegen Castle Northwind anrückte. Lexa ignorierte die Scouts und Fußtruppen. Ihr stand nur ein Schuss aus dieser Position zur Verfügung und sie wollte ihn nicht auf ein Ziel verschwenden, das die Mühe nicht lohnte.

Das sah schon besser aus ... Der Panzer, der jetzt um die Ecke bog, war ein *Condor*, und in der offenen Turmluke stand ein Sterncolonel. Durch das Zielfernrohr konnte sie die Rangabzeichen erkennen. Er war anderthalb Kilometer entfernt und bewegte sich mit dreißig Stundenkilometern. Sie verfolgte den Mann mit dem Zielfernrohr. Hätte sie ein Gaussgewehr benutzt, hätte sie etwas voraus halten müssen, damit er und das Projektil gleichzeitig am selben Punkt eintrafen. Bei einem Laser war das nicht nötig, und von dieser Position aus brauchte sie sich an einem wolkenlosen Tag wie heute auch keine Gedanken über Laub oder Nebel zu machen, der die tödliche Lichtenergie hätte ablenken können. Das Leben, überlegte sie, drehte sich um Entscheidungen, und diese würde dem Sterncolonel dort unten den Tag verderben.

»Turn again, turn again, turn again I pray ye ...«

Sie atmete ein, dann ließ sie die Hälfte der Luft wieder entweichen. Ihr Finger spannte sich um den Abzug. Der Laserstrahl zuckte wie ein roter Speer aus dem Lauf.

»For if ye burn Auchidoon, Huntley will slay ye.«

Der Sterncolonel wurde herumgerissen und rutschte ins Innere des Panzers. Er hatte nur noch einen halben Kopf auf den Schultern. Lexa schloss die Augen, dann schaute sie wieder durchs Zielfernrohr. Ein weiteres Fahrzeug kam um die Kurve. Der *Condor* war langsamer geworden und verließ die Fahrbahn.

Zeit, sich eine andere Stellung zu suchen.

Lexa rollte sich vom Klippenrand weg und achtete darauf, sich dabei nicht gegen den Himmel abzuzeichnen. Sobald sie außer Sicht der Straße war, stand sie auf und rannte los. Und summte immer noch.

»As I came in by Fiddich side, on a May morning, Auchidoon was in a blaze, an hour before the dawning.«

In ihrem Feldhauptquartier am Raumhafen Tara betrachtete Anastasia Kerensky auf dem großen Trividschirm die Liveübertragung ihrer Truppen, die zum Castle Northwind hinaufzogen. Die Highlanders befanden sich restlos auf dem Rückzug aus der Stadt in die Berge. Das hatte ihr die Gelegenheit gegeben, eine Panzerkolonne für einen Sonderauftrag abzustellen. Die Einheit hatte den ausdrücklichen Befehl, ihr wütendes Versprechen an Tara Campbell zu erfüllen und Castle Northwind zu erobern. Die Burg sollte Kriegsbeute der Stahlwölfe werden.

Jetzt erreichte die Kolonne im ersten Morgenlicht die Auffahrt zur Burg. Ihr Vormarsch wurde von einer Kamera im dritten Panzer ins Hauptquartier übertragen. Wobei der Vormarsch in den letzten Minuten fast zum Stillstand gekommen war.

»Was ist der Grund für die Verzögerung?«, wollte Anastasia wissen. »Und wo befindet sich Sterncolonel Ulan?«

Das Gesicht auf dem Schirm antwortete: »Der Sterncolonel ist tot, Galaxiscommander.«

»Was ist geschehen?«

»Wir treffen auf gelegentliches Scharfschützenfeuer, Galaxiscommander.«

»Gibt es abgesehen davon ernsthaften Widerstand?«

»Nein.«

»Dann fahrt weiter.«

Der Krieger salutierte und kurz darauf setzte sich die Kolonne wieder in Bewegung. Das Bild, das sich den Beobachtern im Hauptquartier bot, war trotz der Zweidimensionalität durch den Einsatz einer einzelnen Kamera beeindruckend. Vor ihnen lag Castle Northwind in seinem Gletschertal. Die hinter den Berggipfeln aufgehende Sonne tauchte die grauen Mauern in rosiges Licht. Nebelfäden stiegen vom See unterhalb der Burg auf, und auf den oberen Türmen wehten die Banner Northwinds und der Republik.

Die Kamera zitterte, als das Hauptgeschütz des *Condor* feuerte.

»Weiterhin nur leichter Widerstand, Galaxiscommander.«

»Gut. Ich will diese Burg erobern. Komplett und intakt. Ich habe einiges damit vor.«

»Es wird geschehen, Galaxiscommander.«

Kaum hatte er es gesagt, als an der Flanke des nördlichen Berges im Schatten der Nadelwälder unterhalb der Baumgrenze Lichter aufflackerten. Einen Augenblick später schossen Schmutzfontänen zwischen den Truppen und Panzern der Wölfe in die Höhe. Eine Salve Kurz- und Mittelstreckenraketen aus den Mobilen Raketenwerfern der Kolonne beantwortete den Angriff und stieg mit einem Fauchen wie eine Sturmbö auf. Kurz darauf flammten in der Dunkelheit unter den Bäumen blutrote Feuerbälle auf.

»Wie bereits gesagt, nur leichter ...«

Der Mann zuckte und fiel zu Boden. Aus seinem Mund rann Blut. Einen Moment lang war die Kamera abwärts gerichtet. Dann hob jemand sie auf und ein neues Gesicht erschien auf dem Bildschirm.

»Galaxiscommander, hier spricht Sterncaptain Dane. Sterncaptain Jothan hat den Befehl übernommen. Er hat mich gebeten, diese Aufgabe zu übernehmen. Wir stehen vor dem Sturm auf die Burg.«

Hinter Sterncaptain Dane konnte Anastasia auf dem Bildschirm Truppen auf das Haupttor zurennen sehen. Sie stürmten in loser Formation über das freie Gelände. Von beiden Seiten stiegen Sprungtruppen in vollendeten Parabelbahnen in den Himmel und über die Mauern. Als die anrennenden Soldaten das Tor erreichten, war es bereits von innen geöffnet.

»Außenhof offen, leichter Widerstand«, meldete eine andere Stimme, diesmal ohne Bild. Die Kamera blieb auf die Außenfassade der Burg gerichtet. Mit dem Teleobjektiv holte der Kameramann das Geschehen heran. »Treppen rechts und links. Erster Trupp links, dritter rechts. Zweiter Trupp hält den Eingang. Reserven anrücken, Spezialisten vor. Verriegelte Tür, erster Stock. Setzen Sprengladung.«

Aus den Lautsprechern drang ein dumpfes Explosionsgeräusch. Kurz darauf hörte Anastasia die Detonation nochmals über das Kameramikrofon Sterncaptain Danes. »Tür aufgebrochen.« Automatikwaffenfeuer. »Raum gesichert. Leichter Widerstand. Rücken weiter vor.«

Sie säuberten die Burg Zimmer um Zimmer. Die von außen auf die Burg gerichtete Kamera zeigte noch immer die auf den Zinnen flatternden Fahnen. Jetzt wurden sie eingeholt und durch Stahlwolfbanner ersetzt.

»Betreten den letzten Turm«, drang es über die Audioverbindung. »Treppe frei.«

Eine Explosion. Eine neue Stimme sprach weiter. »MedTechs hierher! Treppe *jetzt* frei. Rücken weiter vor. Tür. Tür ist ... offen. Betreten oberste Turmkammer.«

Auf dem Bild war noch ein Northwind-Highlanders-Banner zu sehen, auf einem hohen Turm in der Mitte des Gebäudes.

»Scheint ein Schlafzimmer zu sein. Es ist verlassen. Nanu, was ist das?«

Die Stimme im Innern der Burg klang erstaunt und neugierig.

Die Kamera zeigte ein im obersten Turmzimmer aufblitzendes Licht. Die Fenster strahlten auf, und die Mauern flogen auseinander. Qualm hüllte die Türme ein. Ein Klang wie Donnergrollen oder wie eine Brandung, die an ein Klippenufer toste, rollte durch das Tal. Rauch, dunkler, schwerer Rauch, von gelben Feuerzungen durchschossen, stieg von der Burg auf. Einen Augenblick lang zeichnete sich eine Burg aus Feuer und Licht mit Mauern aus Rauch vor dem Nebel und den Bergen ab. Dann stürzte sie in sich zusammen, mit einem Lärm, der das Mikrofon überlastete. Und für die Beobachter im Feldhauptquartier verschwand Castle Northwind lautlos vom Angesicht des Planeten.

Die Kamera peitschte herum, zurück in Richtung der Auffahrt, über die die Stahlwölfe gekommen waren. Vom Eingang des engen Tales zwischen zwei Klippenwänden drangen Rauch, Feuer und Felsbrocken den Einschnitt herauf, als von den Bergen zu beiden Seiten gewaltige Felslawinen herabstürzten. Die Kamera richtete sich wieder auf Sterncaptain Dane. Blut lief ihm aus Ohren und Nase, ein unübersehbares Zeichen dafür, welch gewaltige Wucht die Explosion entfaltet hatte. Er öffnete den Mund, doch es drang kein Laut heraus.

Anastasia las ihm von den Lippen ab, was er sagte: »Wir sind eingeschlossen.«

Sie drehte sich um.

»Schickt Truppen in die Stadt«, befahl sie. »Sie sollen an alles Feuer legen, was brennbar ist. Danach sammeln sich alle Kräfte am Raumhafen. Soll die Countess of Northwind die Ruinen behalten, wenn sie lieber alles in Schutt und Asche legt, was ihr lieb ist, als es in meine Hand fallen zu sehen. Wir verlassen diesen verfluchten Planeten und setzen Kurs auf Terra. Wir sind die Krieger, die Nicholas Kerensky zu diesem Zweck geschaffen hat, und wir fliegen heim.«

Glossar

AGROMECH

Es handelt sich bei dieser Maschine um einen ArbeitsMech – ebenso wie den ForstMech, BauMech, BergbauMech oder den seltenen AquaMech. Der fünfunddreißig Tonnen schwere, von einem Verbrennungsmotor angetriebene AgroMech verfügt über zwei Mähdreschereinheiten mit Hebewerk für erhöhte Leistung. Dieses Modell trägt erheblich mehr Panzerung als nahezu alle anderen AgroMechs und ist dadurch für den Einsatz auch unter härtesten Umweltbedingungen geeignet. Seine Leistungsfähigkeit und Robustheit macht den Achernar-AgroMech auch bestens geeignet zum Umbau für militärische Zwecke, wobei in der Regel die Arbeitskralle durch eine Autokanone ersetzt wird, während sich die industrielle Kreissäge am anderen Arm für den Nahkampf nutzen lässt.

AUTOKANONE

Autokanonen sind Schnellfeuergeschütze, die ganze Salven von Panzer brechenden Granaten abfeuern. Das Kaliber leichter Autokanonen reicht von 30 bis 90 mm, schwere Autokanonen können ein Kaliber von 80 bis 120 mm oder noch größer besitzen. Die vier Gewichtsklassen (leicht, mittelschwer, schwer und überschwer) werden auch als AK/2, AK/5, AK/10 und AK/20 gekennzeichnet. Jeder ›Schuss‹ einer Autokanone besteht aus einer Granatensalve, die ein komplettes Magazin leert.

BATAILLON

Ein Bataillon ist eine militärische Organisationseinheit der Inneren Sphäre, die in der Regel aus drei Kompanien besteht.

BATTLEMECH

BattleMechs sind die gewaltigsten Kriegsmaschinen, die je von Menschen erbaut wurden. Diese riesigen humanoiden Panzerfahrzeuge wurden ursprünglich vor über 500 Jahren von terranischen Wissenschaftlern und Technikern entwickelt. Sie sind in jedem Gelände schneller und manövrierfähiger, besser gepanzert und schwerer bewaffnet als jeder Panzer des 20. Jahrhunderts. Sie ragen zehn bis zwölf Meter hoch auf und sind bestückt mit Partikelprojektorkanonen, Lasergeschützen, Schnellfeuer-Autokanonen und Raketenlafetten. Ihre Feuerkraft reicht aus, jeden Gegner mit Ausnahme eines anderen BattleMechs niederzumachen. Ein kleiner Fusionsreaktor liefert ihnen nahezu unbegrenzt Energie. BattleMechs können auf Umweltbedingungen so verschieden wie glühende Wüstenei und arktische Eiswüsten eingestellt werden.

BEILE, KEULEN UND SCHWERTER

Einige BattleMechs der Inneren Sphäre sind mit Beilen oder Schwertern als monströse Nahkampfwaffen ausgerüstet, darüber hinaus kann ein BattleMech mit Handaktivatoren Bäume entwurzeln oder Stahlträger aufheben, die dann als Keulen dienen. Um eine solche Nahkampfwaffe zu benutzen, muss ein BattleMech über einen funktionierenden Handaktivator in dem Arm verfügen, an dem die Waffe montiert ist. Beile und Schwerter wiegen 1 Tonne für je 15 Tonnen des Gesamtgewichts des BattleMechs. BattleMechs der Clans, die Nahkampfwaffen verwenden, sind bisher nicht bekannt. Die Clans betrachten den Nahkampf unter BattleMechs als unehrenhaft.

BERGBAUMECH

Der BergbauMech ist ein typischer, von einem Verbrennungsmotor angetriebener ArbeitsMech, der speziell für den Abbau von Erzvorkommen entwickelt wurde. Ein typischer Umbau für Militäreinsätze bestückt diese Maschine, die zwar über mechtypische Beine verfügt, sich aber meistens mit Hilfe von

Laufketten unter den Mechfüßen bewegt, mit KSR-Raketenlafetten als Aufbau über der linken Mechschulter und zwei Maschinengewehren an Stelle der Bohrköpfe im linken Arm, während das am rechten Arm befindliche Schürfwerkzeug für den Nahkampf genutzt wird.

BESITZTEST

Ein Besitztest findet statt, wenn zwei oder mehr Clans Anspruch auf dasselbe Gebiet, dieselbe Technologie oder dasselbe Genmaterial erheben. In den Augen der Clans bestand die Eroberung ihrer Besatzungszonen in der Inneren Sphäre aus einer Abfolge erfolgreicher Besitztests. Ein Besitztest beginnt mit einem Batchall, dem ein Bieten und schließlich der Kampf folgen. Gelingt ein Besitztest um eine Welt, betrachten die Clans diese als ihren rechtmäßigen Besitz. Und von den Bewohnern wird erwartet, die neuen Herren ebenso widerspruchslos anzuerkennen. Da dies in der Inneren Sphäre keineswegs selbstverständlich ist, kann es zu brutalen Befriedungsmaßnahmen durch die Clans gegen die als Rebellen betrachtete planetare Bevölkerung kommen.

BLAKES WORT

Der mystizistische Geheimbund Blakes Wort spaltete sich nach der Reformation Sharilar Moris und Anastasius Fochts 3052 von ComStar ab und führte die vorherige Struktur und die Ziele des Ordens zunächst aus ihrer neuen Heimat in der Liga Freier Welten weiter, ab 3058 von Terra aus, das er in einem Handstreich besetzte. Im Jahre 3067 überzog Blakes Wort nach jahrzehntelanger geheimer Vorbereitung die Innere Sphäre mit einem blutigen Bürgerkrieg. Dieser so genannte Heilige Krieg hatte die Errichtung einer Theokratie zum Ziel, die den gesamten von Menschen besiedelten Weltraum unter der Führung von Blakes Wort vereinigen sollte.

Vier Jahre später wendete sich mit der Flucht Devlin Stones aus einem Umerziehungslager des Ordens das Schicksal gegen den Heiligen Krieg und im Laufe eines zehnjährigen Krieges gelang es Stone und seinen im Laufe der Zeit immer zahlreicher werdenden Mitstreitern, unter ihnen Victor Steiner-Davion, die Innere Sphäre zu befreien und Blakes Wort zu zerschlagen.

BLUTNAME

Als Blutname wird einer der ursprünglich achthundert Familiennamen jener Krieger bezeichnet, die während des Exodus-Bürgerkrieges auf Seiten von Nicholas Kerensky standen. (Derzeit existieren nur noch 760 dieser Namen. Vierzig Namen wurden nach der Vernichtung des Clans Vielfraß getilgt.) Diese achthundert waren die Basis des ausgedehnten Eugenikprogramms der Clans.

Das Recht, einen dieser Nachnamen zu tragen, ist seit Einführung dieses Systems der Wunschtraum jedes ClanKriegers. Nur jeweils fünfundzwanzig Krieger dürfen gleichzeitig einen bestimmten Blutnamen tragen, bei manchen Blutnamen von geringerem Ansehen ist diese Zahl noch kleiner und liegt im Extremfall nur bei fünf. Stirbt einer von ihnen, wird ein Wettbewerb abgehalten, um einen neuen Träger zu bestimmen. Ein Anwärter muss zunächst anhand seiner Abstammung sein Anrecht auf den Blutnamen nachweisen und anschließend eine Abfolge von Duellen gegen seine Mitbewerber gewinnen. Nur Blutnamensträger haben das Recht, an einem Konklave teilzunehmen und zum Khan oder ilKhan gewählt zu werden. Die meisten Blutnamen waren im Laufe der Zeit einer oder zwei Kriegerklassen vorbehalten. Es gibt jedoch einzelne, besonders angesehene Blutnamen, zum Beispiel Kerensky, die dadurch ihren genetischen Wert bewiesen haben, dass sie von herausragenden Kriegern aller drei Klassen (MechKrieger, Jagdpiloten und Elementare) getragen wurden.

Blutnamen werden matrilinear vererbt. Da ein Krieger nur über seine Mutter erben kann, besteht nie ein Anrecht auf mehr als einen Blutnamen.

CLANS

Beim Zerfall des Sternenbundes führte General Aleksandr Kerensky, der Oberkommandierende der Regulären Armee des Sternenbundes, seine Truppen beim so genannten Exodus aus der Inneren Sphäre in die Tiefen des Alls. Weit jenseits der Peripherie, mehr als 1300 Lichtjahre von Terra entfernt, ließen sich Kerensky und seine Leute auf fünf wenig lebensfreundlichen Welten nahe eines Kugelsternhaufens nieder, der sie vor einer Entdeckung durch die Innere Sphäre schützte. Innerhalb von fünfzehn Jahren brach jedoch ein Bürgerkrieg unter ihnen aus, der drohte, alles zu vernichten, für dessen Aufbau sie so hart gearbeitet hatten.

In einem zweiten Exodus führte Nicholas Kerensky, der Sohn Aleksandrs, seine Gefolgsleute auf eine der Welten im Innern des Kugelsternhaufens, um dem Krieg zu entfliehen. Dort, auf Strana Metschty, entwarf und organisierte Nicholas Kerensky die faschistoide Kastengesellschaft der Clans, die 3050 als Eroberer in die Innere Sphäre einfielen und auf ihrem Weg nach Terra einen großen Teil der auf ihrem Weg liegenden Nachfolgerstaaten besetzten, bevor es Präzentor Martialum Anastasius Focht in der Entscheidungsschlacht von Tukayyid 3052 gelang, ihnen einen fünfzehnjährigen Waffenstillstand abzuringen. Kurz vor dessen Ablauf 3067 konnte der 2. Sternenbund in einer gemeinsamen militärischen Anstrengung unter der Führung von Victor Steiner-Davion einen der Invasorenclans, die Nebelparder, auslöschen und in einem Widerspruchstest auf Strana Metschty die Invasion endgültig beenden.

COMSTAR

Das interstellare Kommunikationsnetz ComStar wurde von Jerome Blake entwickelt, der in den letzten Jahren des Sternenbunds das Amt des Kommunikationsministers innehatte. Nach dem Zusammenbruch des Bundes eroberte Blake Terra und organisierte die Überreste des Sternenbund-Kommunikationsnetzes in eine Privatorganisation um, die ihre Dienste mit Profit an die fünf Häuser weiterverkaufte. In den Jahrhunderten danach entwickelte sich ComStar zu einem mächtigen Geheimbund, der sich in Mystizismus und Rituale hüllte, bis es nach der Entscheidungsschlacht gegen die Clans auf Tukayyid unter Prima Sharilar Mori und Präzentor Martialum Anastasius Focht zur Reformation des Ordens und zur Abspaltung der erzkonservativen Organisation Blakes Wort kam.

CONDOR

Wie die meisten neuen Fahrzeugtypen, die ihren Weg auf das moderne Schlachtfeld finden, ist auch der Mehrzweckpanzer *Condor* eine kostspielig modernisierte Version des klassischen schweren Schwebepanzers *Kondor*. Obwohl die moderne Variante eine niedrigere Höchstgeschwindigkeit hat und über weniger Waffen verfügt, besitzt sie eine größere Schlagkraft über weite Entfernung sowie eine hochmoderne LB-X-Autokanone.

ELEMENTARE

Die mit Kampfanzügen ausgerüstete Eliteinfanterie der Clans. Diese Männer und Frauen sind wahre Riesen, die ursprünglich von Clan Höllenrösser entwickelt wurden und im Eugenikprogramm der Clans speziell für den Einsatz der von Clan Wolf entwickelten Rüstungen gezüchtet werden. Die sprungfähige Standardrüstung eines Clan-Elementars ist mit einem leichten Laser im rechten Arm, einem leichten Maschinengewehr unter einer dreifingrigen Greifkralle im linken Arm und einer nach Verbrauch der Munition abwerfbaren, zweirohrigen KSR-Lafette im Tornister bewaffnet. Die Raketenlafette hat Munition für zwei Salven. Bei Beschädigung versiegelt sich die Rüstung mit Hilfe von HarJel selbst.

Inspiriert von der großen Variation der in der Inneren Sphäre seit der Clan-Invasion aufgetauchten Kröten-Rüstungen haben auch die Clans zusätzliche Varianten dieser Gefechtspanzer entwickelt, den Gnom, den Salamander, die Undine und die Sylphe.

EUGENIKPROGRAMM

Um ihr Ziel, möglichst perfekte Krieger zu werden, erreichen zu können, bedienen sich die Clans eines groß angelegten Menschenzuchtprogramms, dessen Resultat, die so genannten »Wahrgeborenen«, im Gegensatz zu den auf natürliche Weise gezeugten und ausgetragenen »Freigeborenen«, eine generelle – in den meisten Clans drastische – Bevorzugung genießen und von vereinzelten Ausnahmen abgesehen als einzige ClanKrieger berechtigt sind, einen Blutnamen zu erringen und ein Regierungsamt anzutreten. Im Rahmen des Programms wird allen Kriegern beiderlei Geschlechts unmittelbar nach gelungener Blutung eine Erbmaterialprobe entnommen und im Genfundus des Clans eingelagert. Ob dieses Material später zur Züchtung neuer Krieger genutzt wird, hängt von den späteren Leistungen des betreffenden Kriegers ab.

Nur das Erlangen eines Blutnamens garantiert die Verwendung des eingelagerten Erbmaterials. Das Eugenikprogramm wird von der Wissenschaftlerkaste und den Bluthäusern der Kriegerkaste kontrolliert.

Innerhalb der Zivilkasten wird die Menschenzucht durch ein System behördlich reglementierter »Eheschließungen« auf niedrigerer Ebene zwar ebenfalls durchgeführt, von den Clans allerdings nicht als Eugenik anerkannt.

EXTREMREICHWEITEN-LASER (ER-Laser)

Bei diesen Waffen handelt es sich um verbesserte Versionen des normalen Lasers, mit überlegenen Fokussier- und Zielerfassungsmechanismen. Diese Waffen haben eine deutlich größere Reichweite als normale Laser und erzielen einen etwas höheren Schaden. Allerdings verursachen sie dabei auch eine höhere Abwärme.

FEUERLEITCOMPUTER

Zusätzlich zu den verschieden spezialisierten Zielsuchsystemen, die für Raketenlafetten zur Verfügung stehen, existieren auch hochmoderne Feuerleitsysteme für Direktfeuerwaffen: Laser, Partikelprojektorkanonen, Gaussgeschütze und Autokanonen. Diese Systeme werden unter dem Begriff Feuerleitcomputer zusammengefasst.

FLAMMER

Wenn sie an BattleMechs auch kaum physikalischen Schaden anrichten, gehören Flammer trotzdem zu den gefürchtetsten Waffen des BattleTech-Universums. Sie können die ohnehin ständig problematische Innentemperatur eines BattleMechs oder Fahrzeuges drastisch erhöhen und so die Effektivität des Zieles deutlich herabsetzen oder es sogar zum Ausfall bringen. Allein schon durch den psychologischen Effekt auf den gegnerischen Mechpiloten gehören Flammer außerdem zu der Art taktischer Waffen, deren Effekt über die reine Destruktivwirkung normaler Waffen hinausgeht.

FORSTMECH

Als WerkMechs, ArbeitsMechs oder IndustrieMechs bekannte Maschinen erfüllen ihre Rolle als Arbeitstiere der industriellen Produktion seit über siebenhundert Jahren. Diese Mechklasse, zu der auch AgroMechs, BauMechs, Bergbau-Mechs und ForstMechs gehören, pflügt Felder, bringt Ernten ein, gräbt Bergwerksstollen, fällt Wälder und errichtet Gebäude mit einer Geschwindigkeit, die im letzten Jahrtausend die Kolonisierung sprichwörtlich Tausender Sonnensysteme ermöglichte. Auch der BattleMech – die furchtbarste Kriegswaffe aller Zeiten – beruht auf ihren Konstruktionsprinzipien.

Der fünfundzwanzig Tonnen schwere ForstMech verkörpert den Stand der Technik auf dem Gebiet der Forsttechnologie. Mit der Arbeitskralle am rechten Arm kann er selbst große Bäume entwurzeln, und die Kettensäge am linken Arm ist in der Lage, nahezu alle bekannten Materialien zu schneiden. Eine weit verbreitete Methode, den ForstMech für militärische Aufgaben umzubauen, besteht darin, die Arbeitskralle durch eine mittelschwere LB-X-Autokanone zu ersetzen.

GAUSSGESCHÜTZ

Ein Gaussgeschütz benutzt eine Reihe von Elektromagneten, um ein Projektil durch den Geschützlauf in Richtung des Ziels bis auf Überschallgeschwindigkeit zu beschleunigen.

Obwohl sein Einsatz mit enormem Energieaufwand verbunden ist, erzeugt das Gaussgeschütz nur sehr wenig Abwärme, und die erreichbare Mündungsgeschwindigkeit liegt doppelt so hoch wie bei einer konventionellen Kanone.

Gaussgeschütz-Munition besteht aus massiven Kanonenkugeln (Nickeleisen). Daher kann es nicht zu einer Munitionsexplosion kommen, wenn feindliche Schüsse in ein Gaussmunitionslager durchschlagen. Der Treffer zerstört jedoch in der Regel den Lademechanismus. Ein Treffer an einem Gaussgeschütz selbst kann die Kondensatoren zerstören, mit deren Hilfe die Nickeleisenkugel beschleunigt wird, und die dabei abrupt frei werdende gespeicherte Energie hat Folgen, die der einer Munitionsexplosion vergleichbar sind, denn sie schlägt durch die Steuerleitungen in den Neurohelm des Piloten durch.

INNERE SPHÄRE

Mit dem Begriff ›Innere Sphäre‹ wurden ursprünglich die Sternenreiche bezeichnet, die sich im 26. Jahrhundert zum Sternenbund zusammenschlossen. Derzeit definiert er den von Menschen besiedelten Weltraum innerhalb der Peripherie.

KOMPANIE

Eine Kompanie ist eine militärische Organisationseinheit der Inneren Sphäre, die aus drei BattleMech- oder Fahrzeuglanzen oder bei Infanteriekompanien aus drei Zügen mit insgesamt 50 bis 100 Mann besteht.

KONFLIKTTEST

Wenn einzelne Krieger in Streitigkeiten verwickelt werden, die weder sie selbst noch ihre unmittelbaren Vorgesetzten lösen können, müssen beide eine Entscheidung durch das Konklave des Clans beantragen, oder durch das Große Konklave, falls die Parteien Blutnamensträger oder von hohem Rang sind. Die Streitparteien sind gehalten, bis zur Entscheidung des Konklave jeden unnötigen Kontakt zu vermeiden, selbst wenn das die Versetzung zu einer anderen Einheit nötig macht. Sie können aber auch einen Konflikttest beantragen, der den Streit durch einen Zweikampf entscheidet. Handelt es sich bei den Beteiligten um Mech- oder Jagdpiloten von Fahrzeugen unterschiedlicher Gewichtsklasse, so wird versucht, eine ausgeglichene Ausgangsposition zu erreichen, zum Beispiel durch Festlegung gleicher Fahrzeugtypen von einer Tonnage, die zwischen diesen Maschinen liegt. Bei Beteiligten aus verschiedenen Waffengattungen wird eine andere Austragungsmethode gewählt.

KREIS DER GLEICHEN

Das Gebiet, in dem ein Test stattfindet. Seine Größe kann zwischen wenigen Metern für einen unbewaffneten Zweikampf bis zu Dutzenden Kilometern für größere Gefechte variieren. Wie der Name bereits sagt, handelt es sich beim Kreis der Gleichen traditionell um ein kreisförmiges Areal. Dies ist aber nicht fest vorgeschrieben.

KRÖTEN

Die in der freien Inneren Sphäre übliche Bezeichnung für die mit Kampfanzügen ausgerüstete Eliteinfanterie, eine zuerst bei den Clans entwickelte Waffengattung. Diese so genannten Elementare sind wahre Riesen, die speziell für den Einsatz der von den Clans entwickelten Rüstungen gezüchtet werden. Die freie Innere Sphäre ist bei der Entwicklung ähnlicher Gefechtsanzüge deutlich im Hintertreffen, nicht zuletzt, da als Träger dieser Anzüge nur gewöhnliche Menschen zur Verfügung stehen.

KSR

Abkürzung für ›Kurzstreckenrakete‹. KSR sind ungelenkte Raketen mit hochexplosiven oder panzerbrechenden Sprengköpfen. Sie sind nur auf kurze Reichweiten wirklich treffsicher, haben durch den größeren Gefechtskopf aber eine stärkere Sprengkraft als Langstreckenraketen. KSR-Lafetten sind in Ausführungen mit zwei (leicht), vier (mittelschwer) und sechs (schwer) Abschussrohren verfügbar und feuern beim Einsatz eine Salve aus allen Rohren ab. Durch ihre gegenüber LSR größere Streuwirkung sind sie vor allem bei Angriffen gegen Ziele wirkungsvoll, die ihren Panzerschutz bereits an mehreren Stellen eingebüßt haben. Fahrzeuge sind für Angriffe durch KSR besonders empfindlich, da die Chance, dass eine einzige Rakete ausreicht, um das Fahrzeug auszuschalten, vergleichsweise groß ist.

LANDUNGSSCHIFFE

Da Sprungschiffe die inneren Bereiche eines Sonnensystems generell meiden müssen und sich dadurch in erheblicher Entfernung von den bewohnten Planeten einer Sonne aufhalten, werden für interplanetare Flüge Landungsschiffe eingesetzt. Diese werden während des Sprungs an die Antriebsspindel des Sprungschiffes angekoppelt. Landungsschiffe besitzen selbst keinen Überlichtantrieb, sind jedoch sehr beweglich, gut bewaffnet und aerodynamisch genug, um auf Planeten mit einer Atmosphäre aufzusetzen bzw. von dort aus zu starten. Die Reise vom Sprungpunkt zu den bewohnten Planeten eines Systems erfordert je nach Spektralklasse der Sonne eine Reise von mehreren Tagen oder Wochen.

LANZE

Eine Lanze ist eine militärische Organisationseinheit der Inneren Sphäre, die in der Regel aus vier BattleMechs oder Fahrzeugen besteht.

LASER

Ein Akronym für ›Light Amplification through Stimulated Emission of Radiation‹ oder Lichtverstärkung durch stimulierte Strahlungsemission. Als Waffe funktioniert ein Laser, indem er extreme Hitze auf einen minimalen Bereich konzentriert. BattleMechlaser gibt es in drei Größenklassen: leicht, mittelschwer und schwer. Laser sind auch als tragbare Infanteriewaffen verfügbar, die über einen als Tornister getragenen Energiespeicher betrieben werden. Manche Entfernungsmessgeräte und Zielerfassungssensoren bedienen sich ebenfalls schwacher Laserstrahlen.

LEIBEIGENER

Ein Leibeigener ist ein Gefangener der Clans mit dem Status eines Kontraktsklaven. Seine Position wird durch eine zwei- oder dreischlaufige so genannte Leibeigenenkordel um das rechte Handgelenk gekennzeichnet, deren Farbe und Muster Clan und Einheit des Halters kennzeichnen. Von einem Leibeigenen wird erwartet, nach besten Kräften für das Wohl seines Halters zu arbeiten, der ihm dafür Nahrung und Unterkunft zur Verfügung stellt. Der Halter hat das Recht, die einzelnen Schlaufen der Leibeigenenkordel zu lösen, wenn er davon überzeugt ist, dass der Leibeigene dies durch seine Leistungen verdient hat. Beim Lösen der letzten Schlaufe gilt der Leibeigene als freies Mitglied seines neuen Clans. Ein Khan hat das Recht, Leibeigene seiner Untergebenen als eigene Beute zu beanspruchen. Dies kommt jedoch sehr selten vor.

LSR

Abkürzung für ›Langstreckenrakete‹, zum indirekten Beschuss entwickelte Raketen mit hochexplosiven Gefechtsköpfen. LSR-Lafetten sind in Ausführungen mit fünf (leicht), zehn (mittelschwer), fünfzehn (schwer) und zwanzig (überschwer) Abschussrohren verfügbar und feuern beim Einsatz eine Salve aus allen Rohren ab.

MASCHINENGEWEHR

Obwohl sie selten gegen BattleMechs eingesetzt werden, macht die hohe Feuergeschwindigkeit von Maschinengewehren sie zu exzellenten Infanterie-Abwehrwaffen. Außerdem ist ihre Hitzeentwicklung im Vergleich zu allen anderen Waffen, die von BattleMechs ins Feld geführt werden, vor allem Energiewaffen, verschwindend gering.

MSR

Abkürzung für ›Mittelstreckenrakete‹, zum direkten Beschuss entwickelte Raketen ohne irgendwelche Steuerelemente, sodass sie nach dem Abschuss auf die Stelle zufliegen, die sich im Moment des Auslösens unter dem Fadenkreuz des Schützen befand, was – beispielsweise bei sich bewegenden Zielen – einiges an Vorhalt nötig macht. Dafür sind die Raketen sehr kompakt, was es ermöglicht, Lafetten mit zehn (leicht), zwanzig (mittelschwer), dreißig (schwer) und vierzig (überschwer) Abschussrohren herzustellen. Diese Raketenwerfer sind zwar nicht besonders zielsicher, können aber mit ihren Salven, besonders, wenn mehrere zugleich ausgelöst werden, sprichwörtlich ›den Himmel verdunkeln‹.

MULTI-AUTOKANONE

Dank der Erfahrungen in der Herstellung neuer Autokanonenvarianten gelang es Haus Davion in den 60er Jahren des 31. Jahrhunderts, einen mehrläufigen Autokanonentyp zu entwickeln, der bei geringerer Belastung der einzelnen Geschützläufe durch einen verbesserten Lade- und Feuermechanismus mit bis zu sechsfacher Standardgeschwindigkeit feuern kann, wenn auch unter erhöhter Hitzeentwicklung. Allerdings ist die Waffe bei längerem Einsatz in höheren Feuergeschwindigkeiten anfällig für Ladehemmungen.

PANZERUNG

Zwei verschiedene Lagen Panzerung ergänzen einander, um einen modernen BattleMech – und vor allem seine ungepanzerten, aber lebenswichtigen internen Bauteile – vor Energie- und Projektilwaffen zu schützen. Normalerweise wird für die äußere Panzerungsschicht ein Kristallstahl-Verbundstoff verwendet. Dieses Material verfügt über ausgezeichnete Hitzeableitungsfähigkeiten und verschafft dem BattleMech so einen wirksamen Schutz gegen Angriffe mit Lasern und Partikelstrahlwaffen. Eine innere Schicht aus Boron-Nitrit, imprägniert mit Diamant-Monofilament, stoppt panzerbrechende Geschosse und die durch Partikelstrahlbeschuss erzeugten hoch beschleunigten Neutronen. Diese zweite Schicht sorgt zugleich dafür, dass glühendes Schrapnell nicht bis zu den internen Komponenten wie Fusionsreaktor oder Kreiselstabilisator durchschlagen kann.

POSITIONSTEST

Ein Positionstest wird durchgeführt, um Positionen und Ehren festzulegen. Während die zivilen Kasten diese Entscheidungen in ihren jeweiligen Versammlungen und Gruppierungen entscheiden, müssen Krieger ihre kämpferischen Fähigkeiten beweisen. Jeder Krieger durchläuft minimal einen Positionstest, die so genannte Blutung, beim Eintritt in die Kriegerkaste. Sie werden jedoch auch später regelmäßig getestet, üblicherweise am Jahrestag ihres ersten Tests. Funktion und Einsatzumstände eines Kriegers ermöglichen jedoch in dieser Hinsicht eine gewisse Flexibilität. Häufig wird die erbrachte Leistung im Kampfeinsatz als Positionstest akzeptiert. Wo Tests notwendig werden, achten die einzelnen Clans darauf, diese über das ganze Jahr zu verteilen, um ihr Militär nicht zu schwächen. Ein gutes Testergebnis führt zur Beförderung, ein akzeptables zum Erhalt der gegenwärtigen Position, ein Scheitern zur Degradierung, möglicherweise zur Versetzung in eine Garnisonsklasse-Einheit, auf einen Verwaltungsposten oder sogar zur Abstufung in eine niedrigere Kaste.

Häufig ähneln diese jährlichen Positionstests eher einem Besitztest, bei dem höher rangige Offiziere die Ansprüche ihrer Untergebenen und gleichrangigen Kollegen um begrenzte Beförderungsmöglichkeiten abwehren. Um einen Zusammenbruch der Disziplin zu verhindern, sind solche direkten Herausforderungen jedoch nur außerhalb einer Kriegssituation und mit Genehmigung des Konklaves oder Khans gestattet. Direkte Herausforderungen für den Rang eines Galaxiscommanders oder Khans sind verpönt, und die Bestätigung dieses

Ranges erfolgt größtenteils automatisch. Jeder Krieger, dessen Qualifikation angezweifelt wird, kann gezwungen werden, sein Können unter Beweis zu stellen.

PPK

Abkürzung für ›Partikelprojektorkanone‹, einen magnetischen Teilchenbeschleuniger in Waffenform, der hochenergiegeladene Protonen- oder Ionenblitze verschießt, die durch Aufschlagskraft und hohe Temperatur Schaden anrichten. PPKs gehören zu den effektivsten Waffen eines BattleMechs.

REGIMENT

Ein Regiment ist eine militärische Organisationseinheit der Inneren Sphäre und besteht aus zwei bis vier Bataillonen von jeweils drei oder vier Kompanien.

REPUBLIK DER SPHÄRE

Die Republik der Sphäre unter der Regierung Exarch Damien Redburns umfasst 250 besiedelte Welten in einem grob kugelförmigen Raumabschnitt von ungefähr 120 Lichtjahren Radius um das Solsystem und ihre Zentralwelt Terra. Die 3081 von Devlin Stone gegründete und aus zehn mit lateinischen Ziffern bezeichneten Präfekturen bestehende Republik wurde aus Systemen geformt, die nach dem Sieg über Blakes Wort von den Großen Häusern und den Clans an sie abgetreten wurden. Das Motto der Republik lautet »Ad Securitas per Unitas«, übersetzt: »Durch Sicherheit zur Einheit«.

RUDELJÄGER

Ein humanoider leichter Mech von 30 Tonnen Masse und einer Höchstgeschwindigkeit von 119 km/h sowie einer Sprungreichweite von 210 Metern. Er ist bestückt mit einer Extremreichweiten-PPK auf der rechten Schulter und je vier Mikrolasern auf beiden Torsoseiten.

RYOKEN II

Ein aus dem mittelschweren Clan-OmniMech desselben Namens entwickelter, nicht sprungfähiger schwerer BattleMech mit 75 Tonnen Masse und einer Höchstgeschwindigkeit von 86 km/h. Er ist standardmäßig mit vier leichten LB-X-Autokanonen und zwei schweren LSR-Lafetten bestückt. Die von Galaxiscommander Anastasia Kerensky benutzte Version ist eine Spezialanfertigung und verfügt über eine Sprungweite von 150 Metern, bewaffnet mit zwei sechsrohrigen Blitz-KSR-Lafetten, zwei Extremreichweiten-PPKs und zwei mittelschweren Extremreichweiten-Lasern.

SCHMITT

Der mit Multi-Autokanonen bestückte Radpanzer *Schmitt* wurde von Defiance Industries im Lyranischen Commonwealth in der Tradition berühmter früherer Panzerfahrzeuge desselben Konzerns wie dem *Rommel* und *Patton* entwickelt und nach Colonel Hanni Schmitt benannt, der letzten Kommandeurin des Royal Black Watch Regiments, der persönlichen Leibgarde des Ersten Lords des Sternenbunds.

SHANDRA

Der *Shandra*-Scoutwagen ist ein leichtes, offenes Radfahrzeug mit Überrollkäfig und einer aus zwei Maschinengewehren bestehenden Bewaffnung. Er ist billig in der Produktion und dank seiner hohen Geschwindigkeit und erstklassigen Manövrierfähigkeiten für einen Gegner nur schwer zu treffen.

SM1-PANZERZERSTÖRER

Der *SM1*-Panzerzerstörer ist ein kampfstarkes, aber hoch spezialisiertes Luftkissenfahrzeug, das sich durch seine schlagkräftige, überschwere Autokanone zwar ausgezeichnet für Offensivaufgaben eignet, aber relativ verletzlich ist, und zu seinem Schutz auf Begleitfahrzeuge und seine hohe Geschwindigkeit angewiesen ist.

Der *SM1* ist eine Entwicklung der Clans, die zwar über

Jahrhunderte konventionelle Fahrzeuge generell als eines Kriegers unwürdig verachteten, aber im Verlauf der Invasion der Inneren Sphäre feststellen mussten, dass Verbundwaffentaktiken, bei denen Fahrzeuge und Infanterie neben BattleMechs zum Einsatz kamen, ihren Taktiken überlegen waren. Dies führte zur Entwicklung verschiedener neuer Clanfahrzeuge, und der besondere Erfolg des *Shoden*-Angriffspanzers veranlasste Clan Novakatze, ein Fahrzeug zu entwickeln, das speziell für den Angriff auf und die Zerstörung anderer Kampffahrzeuge ausgelegt war. Der *SM1* ist mit einer der mächtigsten Schusswaffen auf dem modernen Schlachtfeld bewaffnet und kann sie dank seines Luftkissenantriebs schnell und effektiv einsetzen.

SPRUNGSCHIFFE

Interstellare Reisen erfolgen mittels so genannter Sprungschiffe, deren Antrieb im 22. Jahrhundert entwickelt wurde. Der Name dieser Schiffe rührt von ihrer Fähigkeit her, ohne Zeitverlust in ein weit entferntes Sonnensystem zu ›springen‹. Es handelt sich um ziemlich unbewegliche Raumfahrzeuge aus einer langen, schlanken Antriebsspindel und einem enormen Solarsegel, das an einen gigantischen Sonnenschirm erinnert. Das gewaltige Segel besteht aus einem Spezialmaterial, das gewaltige Mengen elektromagnetischer Energie aus dem Sonnenwind des jeweiligen Zentralgestirns zieht und langsam an den Antriebskern abgibt, der daraus ein Kraftfeld aufbaut, durch das ein Riss im Raum-Zeit-Gefüge entsteht. Nach einem Sprung kann das Schiff erst weiterreisen, wenn es seinen Antrieb durch Aufnahme von Sonnenenergie wieder aufgeladen hat.

Sprungschiffe reisen mit Hilfe ihres Kearny-Fuchida-Antriebs in Nullzeit über riesige interstellare Entfernungen. Das K-F-Triebwerk baut ein Raum-Zeit-Feld um das Sprungschiff auf und öffnet ein Loch in den Hyperraum. Einen Sekundenbruchteil später materialisiert das Schiff am Zielsprungpunkt, der bis zu 30 Lichtjahre weit entfernt sein kann.

Sprungschiffe landen niemals auf einem Planeten und reisen nur sehr selten in die inneren Bereiche eines Systems.

Interplanetarische Flüge werden von Landungsschiffen ausgeführt, Raumschiffen, die bis zum Erreichen des Zielpunktes an das Sprungschiff gekoppelt bleiben.

STAHLWÖLFE

Die Stahlwölfe sind eine der seit dem Zusammenbruch des interstellaren Kommunikationsnetzes in der Republik der Sphäre entstandene politische Fraktion. Sie werden vom Präfekten der Präfektur IV, Galaxiscommander Kal Radick, angeführt, der sich den Clantraditionen einer Kriegergesellschaft verpflichtet fühlt und tiefe Verachtung für die friedliebende Republik Devlin Stones empfindet. Seit dem Einbruch der Dunkelheit sieht er den Zusammenbruch der Republik unmittelbar voraus und hat ehemalige Clanner um sich geschart, um einen Unterclan zu gründen, dessen Ziel es ist, sich einer Rückkehr in die Reihen des Wolfsclans würdig zu erweisen, um von dort aus an die Geschichte der ClanKriege anzuknüpfen und die Innere Sphäre für seinen Clan zu erobern.

STERN

Eine aus fünf Strahlen (5 Mechs oder Fahrzeugen, 10 Luft/Raumjägern oder 25 Elementaren) bestehende Einheit der Clans. Sie entspricht etwa einer Lanze der Inneren Sphäre.

STERNENBUND

Im Jahre 2571 wurde der Sternenbund gegründet, um die wichtigsten Systeme zu vereinen, die nach dem Aufbruch ins All von Menschen besiedelt wurden. Der Sternenbund existierte annähernd 200 Jahre, bis 2751 ein Bürgerkrieg ausbrach. Als sich das Regierungsgremium des Sternenbunds, der Hohe Rat, in einem Machtkampf auflöste, bedeutete dies das Ende des Bundes. Die Hausfürsten riefen sich zum neuen Ersten Lord des Sternenbunds aus, und innerhalb weniger Monate befand sich die gesamte Innere Sphäre im Kriegszustand. Dieser Konflikt währte drei Jahrhunderte, bis zum Überfall durch die Clans. Die Jahrhunderte nahtlos ineinander übergehender

Kriege werden in toto als die ›Nachfolgekriege‹ bezeichnet. Erst die Gefahr durch die Clan-Invasion führte 3058 bei der ersten Whitting-Konferenz auf Tharkad zur Neugründung des Sternenbunds, dessen Erster Lord alle vier Jahre neu gewählt wurde. Dieser zweite Sternenbund wurde 3067, nach dem Sieg über die Clans, von seinen Mitgliedsstaaten einvernehmlich aufgelöst, kurz bevor Blakes Wort den Heiligen Krieg ausrief.

STERNHAUFEN

Eine aus zwei bis fünf Binärsternen oder Trinärsternen bestehende Einheit der Clans. Sie entspricht etwa einem Regiment der Inneren Sphäre.

STONE, DEVLIN

Besten Schätzungen und nach dem Ende des Heiligen Krieges erbeuteten Blakes-Wort-Akten zufolge wurde Devlin Stone Ende 3042/Anfang 3043 geboren. Das genaue Datum ist ebenso unbekannt wie der Name, unter dem er geboren wurde. Sein Leben unter diesem Namen begann im Umerziehungslager RBMU 105 der Blakisten auf Kittery im Jahre 3070. Dies war eines der düstersten Jahre des Heiligen Krieges, in dem die Liga Freier Welten unterging und der draconische Koordinator Theodore Kurita starb. Darauf brach Stone 3071 gemeinsam mit Prof. David Lear, dem Sohn des berühmten Mech-Kriegers Kai Allard-Liao, aus dem Lager aus und organisierte den örtlichen Widerstand, dem es innerhalb einiger Monate gelang, die Blakisten von Kittery zu vertreiben. Ein Jahr später verfügte Stone über eine Organisation, die mehrere nahe gelegene Systeme aus dem Zugriff des Heiligen Krieges befreit hatte. Diese Systeme vereinigten sich schließlich zur Präfektur Kittery und wurden zum Vorbild der Reformen, die Stone später bei der Gründung der Republik durchführte.

Ende 3073 machte David Lear Stone mit verschiedenen Staatsmännern und Heerführern der Inneren Sphäre bekannt, die sich Blakes Wort widersetzten. Unter ihnen war auch ComStars Präzentor Martialum Victor Steiner-Davion, der Bruder der Fürsten der Lyranischen Allianz und Vereinigten Sonnen.

Von Stones Reformgedanken beeindruckt, stellte ihn Steiner-Davion weiteren Personen vor und unterstützte seine Vorschläge als eine vernünftige Methode, den ständigen Kriegswirren, unter denen die Innere Sphäre seit Jahrhunderten litt, ein Ende zu bereiten. Mit zunehmender Unterstützung durch wichtige Fürsten und Militärs wurde Blakes Wort zurückgedrängt, bis 3081 schließlich auch das Solsystem befreit wurde.

Nach dem Ende des Heiligen Krieges verlangte Devlin Stone sofort die Gründung der Republik der Sphäre, eines neuen interstellaren Reiches. Mit der Unterstützung von Persönlichkeiten wie Victor Steiner-Davion, Hohiro Kurita und Anastasius Focht sowie der überwältigenden Mehrheit der Öffentlichkeit in nahezu der gesamten Inneren Sphäre, wurde im Dezember 3081 die Gründung der Republik ausgerufen. Die meisten von ihr beanspruchten Systeme schlossen sich freiwillig an. Andere wurden von ihren Hausfürsten an Stone abgetreten. Nur eine wenige mussten gewaltsam der Herrschaft kleinerer Kriegsfürsten entrissen werden, die Stones Reformen als persönlichen Angriff auf ihre Machtbasis betrachteten. Die größten Schwierigkeiten machte die Konföderation Capella, in der sich einzelne Gruppierungen der Republik mit militärischer Gewalt widersetzten, bis Kanzler Sun-Tzu Liao 3085 dazu gebracht werden konnte, den Tikonov-Vertrag zu unterschreiben.

Zu diesem Zeitpunkt hatte Devlin Stone bereits zwei Sozialprogramme installiert, die historisch mit seinem Namen in Verbindung gebracht werden. Das erste war das Umsiedlungsgesetz von 3082, sein erster Erlass als Exarch der Republik. Mit Hilfe dieses Programms wurden Angehörige aller innerhalb der Republikgrenzen siedelnden Kulturen auf sämtliche Systeme des neuen Staates verteilt, um durch die dadurch ermöglichte direkte Erfahrung alte Vorurteile und Feindschaften zu bekämpfen. Das Programm dauerte Jahrzehnte, erreichte aber das gesteckte Ziel. Das zweite Programm war das Rückkaufprogramm von Militärmaterial, ein Ergebnis des Bürgerrechts-Prioritätserlasses von 3083. Im Rahmen dieses Planes wurden BattleMechs und anderes Kriegswerkzeug außer Dienst gestellt, Armeen verkleinert und Militärwaffen dem Besitz von Privatpersonen entzogen. Zum Ausgleich für diese Maßnahmen gewährte die Republik den Betroffenen das Bürgerrecht sowie weitere sozioökonomische Vergünstigungen. Der durch die damit für die Privatwirtschaft freigestellten Mittel und Kapazitäten erzielte Aufschwung war so deutlich, dass auch die Großen Häuser ähnliche Programme einführten, die sich sogar bis in die von den Clans besetzten Gebiete ausbreiteten.

Der Aufbau der Republik nahm Jahre in Anspruch und ging nicht restlos friedlich vonstatten. Exarch Devlin Stone eröffnete 3085 die erste Sitzung des Senats auf Terra und gründete 3088 die Ritter der Sphäre. 3091 war die Verwaltungsstruktur fest etabliert, die Grenzen der Präfekturen lagen fest und die meisten planetaren Regierungen halfen mit, die Republik zu einem Vorbild für den Rest der Inneren Sphäre zu machen. Die Ruhe währte bis 3104, als ein Machtkampf in der Konföderation Capella über die Grenze schwappte und den Exarchen schließlich zur Entsendung von Truppen in die capellanischen Sektoren zwang. Diese sporadischen Konflikte plagten die Republik fast ein Jahrzehnt lang, bis die Friedensbemühungen von 3113 die Region schließlich stabilisierten.

Damit begann das Goldene Zeitalter oder die »Friedensgeneration«, wie Devlin Stone sie nannte, eine ganze Generation Bürger und Einwohner der Republik, die Krieg nur aus dem Geschichtsunterricht kannte. Exarch Stone betrachtete dies als die Krönung seiner Anstrengungen und gab 3130 seinen Rücktritt bekannt. Nach zahlreichen Ansprachen und Paraden und einer persönlichen Empfehlung, die zur Wahl Damien Redburns zum ersten Exarchen mit limitierter Amtszeit führte, gab Devlin Stone sein letztes Versprechen: zurückzukehren, falls er wirklich gebraucht würde.

Und dann verschwand er.

STRAHL

Die kleinste Militäreinheit der Clans, bestehend aus einem Mech oder Fahrzeug, zwei Luft/Raumjägern oder fünf Elementaren.

TECHS

Menschen, die sich nicht näher mit den internen Mechanismen, die einen BattleMech sich bewegen und kämpfen lassen, auseinander gesetzt haben, sehen in den Mechanikern, die als Techs bezeichnet werden, wenig mehr als glorifizierte Handwerker, die nicht mehr tun, als nach einem Gefecht über die Wartungsplattformen zu schwärmen, um den angerichteten Schaden wieder in Ordnung zu bringen bzw. die Munitionsvorräte aufzustocken. Ein BattleMech, gesehen als hochkomplexes Konglomerat von mindestens ebenso komplizierten Einzelmechanismen, erfordert ständige Kontrolle und Neujustierung, um immer voll einsatzbereit zu sein. Dadurch sind die Techs einer Einheit meist beschäftigt, auch wenn gerade kein Kampfeinsatz besteht. Obwohl dies die hauptsächliche Aufgabe der Techs ist, übernehmen diese Mechaniker des 32. Jahrhunderts doch auch noch andere wichtige Funktionen in einer Gefechtseinheit. Zum einen haben Techs ein generelles Verständnis für technische Vorgänge, sodass sie auch andere Dinge reparieren können als nur BattleMechs.

Techs gibt es nicht nur für BattleMechs, sondern auch für alle anderen Waffengattungen und die anderen »mechanisch-elektronischen Truppenteile«. Auszubildende werden mit dem Kürzel AsTech (für Assistenz-Tech) gekennzeichnet, die Leitung der einzelnen Reparatur- und Instandsetzungs-Abteilungen hat in der Regel ein Unteroffizier oder ranghoher Mannschaftsgrad, der dann den Posten des SeniorTech bekleidet.

In einer Gefechtszone kann es schon einmal passieren, dass die Techs nicht aus einem Gefecht herauszuhalten sind, da in der Zeit der Kriegsführung im interplanetaren Maßstab Reparaturmöglichkeiten an den planetar eingesetzten Fronteinheiten manchmal den entscheidenden Unterschied ausmachen, sodass auch Techs zum legitimen militärischen Ziel werden (zumal man sie nach einer Gefangennahme bedingt auch an eigenen Maschinen zur Reparatur einsetzen kann).

Viele der an BattleMechs eingesetzten Techs entwickeln über die Jahre eine besondere Beziehung zu den »Blechkameraden«, die sie die meiste Zeit ihres wachen Lebens umgeben. Man erkennt das häufig an der Reaktion dieser Techs, wenn mal wieder ein besonders bösartig beschädigter BattleMech vom Schlachtfeld zurück in den Hangar kommt.

TRINÄRSTERN

Eine aus 3 Sternen (15 Mechs oder Fahrzeugen, 30 Luft/Raumjägern oder 75 Elementaren) bestehende Einheit der Clans. Sie entspricht etwa einer verstärkten Kompanie der Inneren Sphäre.

TURNIER

Ein schlagkräftiger und sehr vielseitiger Kettenpanzer. Der bewegliche, hervorragend mit Impulslasern bewaffnete *Turnier* kann im Gefecht die verschiedensten Funktionen ausfüllen. Allerdings ist der Panzer durch Infanterieangriffe verletzlich und muss sich bei drohenden Krötenangriffen zurückziehen, sofern er nicht durch Einheiten begleitet wird, die für die Abwehr dieser Angreifer besser ausgerüstet sind.

ULTRA-AUTOKANONE

Mit einem kurzen, glatten Lauf, einem modifizierten Kammermechanismus, einer Schnellladevorrichtung und spezieller Munition ist die ursprünglich von den Clans entwickelte Ultra-Autokanone eine weit vielseitigere Waffe als die üblichere normale Autokanone. Ultra-Autokanonen stehen in allen Standardgrößen zur Verfügung, die sämtlich in Gewicht und Hitzeentwicklung den Standardmodellen entsprechen, aber ein verbessertes Leistungsprofil besitzen, das zu reduzierter Minimal- und erhöhter Maximalreichweite führt und das Feuern mit normaler oder doppelter Feuergeschwindigkeit gestattet.

Eine mit doppelter Feuergeschwindigkeit eingesetzte Ultra-AK verbraucht logischerweise die doppelte Munition und erzeugt die doppelte Menge Abwärme. Zusätzlich erhöht sich die Gefahr einer Ladehemmung beträchtlich, die das Geschütz unter Umständen im entscheidenden Moment unbrauchbar macht.

BATTLETECH

Vom Battletech-Zyklus erschienen in der Reihe
HEYNE SCIENCE FICTION & FANTASY

DIE GRAY DEATH-TRILOGIE:
William H. Keith jr.: Entscheidung am Thunder Rift · 06/4628
William H. Keith jr.: Der Söldnerstern · 06/4629
William H. Keith jr.: Der Preis des Ruhms · 06/4630

Ardath Mayhar: Das Schwert und der Dolch · 06/4686

DIE WARRIOR-TRILOGIE:
Michael A. Stackpole: En Garde · 06/4687
Michael A. Stackpole: Riposte · 06/4688
Michael A. Stackpole: Coupé · 06/4689

Robert N. Charrette: Wölfe an der Grenze · 06/4794
Robert N. Charrette: Ein Erbe für den Drachen · 06/4829

DAS BLUT DER KERENSKY-TRILOGIE:
Michael A. Stackpole: Tödliches Erbe · 06/4870
Michael A. Stackpole: Blutiges Vermächtnis · 06/4871
Michael A. Stackpole: Dunkles Schicksal · 06/4872

DIE LEGENDE VOM JADEPHÖNIX-TRILOGIE:
Robert Thurston: Clankrieger · 06/4931
Robert Thurston: Blutrecht · 06/4932
Robert Thurston: Falkenwacht · 06/4933

Robert N. Charrette: Wolfsrudel · 06/5058
Michael A. Stackpole: Natürliche Auslese · 06/5078
Chris Kubasik: Das Antlitz des Krieges · 06/5097
James D. Long: Stahlgladiatoren · 06/5116
J. Andrew Keith: Die Stunde der Helden · 06/5128
Michael A. Stackpole: Kalkuliertes Risiko · 06/5148
Peter Rice: Fernes Land · 06/5168
James D. Long: Black Thorn Blues · 06/5290
Victor Milan: Auge um Auge · 06/5272
Michael A. Stackpole: Die Kriegerkaste · 06/5195
Robert Thurston: Ich bin Jadefalke · 06/5314
Blaine Pardoe: Highlander Gambit · 06/5335
Don Philips: Ritter ohne Furcht und Tadel · 06/5358
William H. Keith jr.: Pflichtübung · 06/5374

BATTLETECH®

Michael A. Stackpole: Abgefeimte Pläne · 06/5391
Victor Milan: Im Herzen des Chaos · 06/5392
William H. Keith jr.: Operation Excalibur · 06/5492
Victor Milan: Der schwarze Drache · 06/5493
Blaine Pardoe: Der Vater der Dinge · 06/5636
Nigel Findley: Höhenflug · 06/5655
Loren Coleman: Blindpartie · 06/5886
Loren Coleman: Loyal zu Liao · 06/5893
Blaine Pardoe: Exodus · 06/6238
Michael Stackpole: Heimatwelten · 06/6239
Thomas Gressman: Die Jäger · 06/6240
Robert Thurston: Freigeburt · 06/6241
Thomas Gressman: Feuer und Schwert · 06/6242
Thomas Gressman: Schatten der Vernichtung · 06/6299
Michael Stackpole: Der Kriegerprinz · 06/6243
Robert Thurston: Falke im Aufwind · 06/6244

DIE CAPELLANISCHE LÖSUNG:
Loren Coleman: Gefährlicher Ehrgeiz · 06/6245
Loren Coleman: Die Natur des Kriegers · 06/6246

Thomas Gressman: Die Spitze des Dolches · 06/6247
Loren Coleman: Trügerische Siege · 06/6248
Loren Coleman: Gezeiten der Macht · 06/6249
Stephen Kenson/Blaine Lee Pardoe/Mel Odom:
    Die MECHWARRIOR-Trilogie · 06/6250
Blaine Lee Pardoe: Die erste Bürgerpflicht · 06/6251
Peter Heid: Phoenix · 06/6252
Randall Bills: Der Weg des Ruhms · 06/6253
Loren Coleman: Flammen der Revolte · 06/6254
Bryan Nystul: Mein ist die Rache · 06/6255
Blaine Lee Pardoe: In die Pflicht genommen · 06/6256
Thomas Gressman: Ein guter Tag zum Sterben · 06/6257
Randall Bills: Drohendes Verhängnis · 06/6258
Loren Coleman: Stürme des Schicksals · 06/6259
Blaine Lee Pardoe: Operation Risiko · 06/6260
Loren Coleman: Finale · 06/6261
Reinhold Mai/Christoph Nick:
    BATTLETECH – Die Welt des 31. Jahrhunderts · 06/6298